제복의 소녀

Das Mädchen Manuela

크리스타 빈슬로
박광자 옮김

제복의 소녀

Das Mädchen Manuela

크리스타 빈슬로(1888~1944)

차례

이레네 하트바니에게
감사와 우정을 보내며

하트반,
1932~1933년 겨울

1

마누엘라는 모두가 기다린 아기였다. 태어나기 전부터 뜨거운 사랑을 받았기에 모두들 아기의 탄생을 기다렸다. 마누엘라는 딸이어야 했다. 아기가 세상에 오기 전부터 집에는 모든 것이 준비되어 있었다. 아버지는 초조해했다. 아직 품에 안지도 않은 아기에게 어머니는 푹 빠져 있었다. 두 오빠들은 틀림없이 좋은 친구가 될 터였다. 벌써 오빠티를 내면서 아기를 자랑스러워했다. 드디어 아기가 태어났다.

마누엘라는 성탄절인 일요일에 태어났다. 두 오빠가 성탄절 어린이 연극을 보고 집에 오니 아기가 요람 안에 누워 있었다. 성탄절 선물처럼 세상에 온 것이다. 오빠들은 놀라지 않았는데, 방금 요람에 누워 있는 아기 예수를, 베들레헴 마구간의 아기를 보고 왔기 때문이었다. 머리가 혼란스러웠던 다섯 살의 베르드람이 열 살인 형 알프레트에게 말했다.

"아기를 마구간으로 데려가면 좋아할 거야."

우리 집 마구간에는 말뿐으로, 베들레헴에서처럼 소나 당나귀가 없다는 말로 알프레트는 동생의 계획을 단념시켰다.

사람들마다 아기가 예쁘다고 했지만, 그 말은 사실과 달랐다. 아기는 검은 눈에 흰자위가 푸르스름하고 눈썹이 없었다. 머리카락이 없는 모습을 감추려고 작은 모자를 내려쓰고 있었다.

어머니 케테 부인은 걱정스러운 마음으로 아기의 민머리를 쓰다듬었다. 어느 날 명주실처럼 가늘고 보드라운 검은 머리카락 몇 개가 눈에 띄었을 때는 그야말로 잔칫날이었다. 폰 마인하르디스 씨는 모젤와인 한 병을 따서 축하해야겠다고 했다.

처음 몇 해는 꿈처럼 흘러갔다. 렐라는 요람 너머의 세상을 볼 수 없었다. 그래도 가끔 안마당 쪽에서 아버지가 탄 말발굽 소리가 들려오면 동그란 눈을 크게 떴다. 오빠들이 떠들썩하게 돌아와 책가방을 현관 구석에 던지면서 "엄마!" 하고 큰 소리로 외치면, 렐라는 별처럼 빛나는 검은 눈을 크게 떴다.

렐라에게 엄마는 언제나 곁에 있는 사람이었다. 아기인 렐라가 소리를 지르면 금방 달려오고, 울음을 터뜨리면 상냥하게 달래 주었다. '렐라'라는 이름으로 불리면서부터 아기는 다른 사람과 구별되는 존재로 인정받았다. 마누엘라는 작은 입으로 발음하기엔 어려운 이름이었다. 그래서 마누엘라는 언젠가부터 렐라라고 불리기 시작했고, 그 후 바뀌지 않았다.

조금 지나자 렐라는 바닥에 떨어지지 않도록 높은 난간이 있는 예쁜 침대로 옮겨졌다. 방은 어두웠고 문틈으로 가느다란 햇살이 스며들었다. 천장은 아주 높았다.

렐라는 명주실처럼 보드라운 머리를 뒤로 묶어 예쁜 리본을 달았다. 약간 아팠다. 밖에는 사람들이 왔다 갔다 하고 어수선했다. 부르고 대답하고 그러다가 조용해졌다. 그래도 렐라는 잠을 잤다. 아기는 반듯하게 누워 있었다. 작은 가슴 한가운데에는 좋아하는 검은 곰 인형이 놓여 있었다. 곰은 콧등에 까칠한 수염이 있어서 아빠와 뽀뽀할 때와 느낌이 비슷했다. 렐라는 이 곰을 제일 좋아했다. 혹시라도 다른 사람들이 곰을 미워하거나 빈정대면 더욱 귀여워해 주었다. 곰 양쪽에는 예쁜 토끼 인형 두 개가 그 작은 머리를 렐라 어깨에 기대고 있었다. '흰 토끼'인데, 여기서 '희다'는 처음에 하얬다는 뜻이다. 1호는 귀가 없어졌고, 가죽으로 된 입도 전부 벗겨졌다. 엄마가 입에다 빨간 잉크로 십자를 그려 주어서 간신히 그 자리에 입이 있었음을 알 수 있을 뿐이었다. 2호 토끼는 아직 새것이기 때문에 얼마든지 안아 줘도 괜찮았다. 그건 '진짜 모피'로 만들어진 것이었다. 하지만 세 마리를 한꺼번에 안는 일은 쉽지 않았다.

밖에서 말발굽 소리가 들리더니 마차가 모래 위에 멈춰 섰다. 렐라의 심장이 뛰기 시작했다. 렐라는 눈을 꼭 감았다. 아빠와 엄마가 계단을 올라왔다가 밖으로 나가 마차를 탈 것이고, 마차 문이 닫히면 사방이 죽은 듯이 조용해지면서 집 안은 텅 빌 터였다.

렐라의 작은 손이 곰의 검은 털 속에서 떨렸다.

"엄마, 와요. 빨리 와서 나한테 뽀뽀해 줘요."

그런 사소한 일로 하느님을 괴롭히면 안 된다는 사실을 알지만 렐라는 몰래 기도를 했다.

"하느님, 엄마가 한 번만 더 오게 해 주세요."

그러자 조용히 문이 열렸다. 렐라는 눈을 꼭 감았다. 부드러운 목소리가 들렸다.

"잠이 들었네."

엄마가 조심스럽게 몸을 숙였다. 갑자기 렐라는 강한 꽃
향기에 취했다. 엄마의 드러난 어깨에 달려 있는 꽃이 렐라의
얼굴을 스쳤다. 렐라는 눈을 가늘게 떴다. 하얀 공단 드레스에
네모난 브로치가 달려 반짝이고 있었다. 날씬한 엄마의 팔은
길고 흰 장갑 안에 있었다. 촉감이 좀 묘했다. 엄마의 한쪽 손
이 렐라의 이마 위에 부드럽게 십자가를 그었다.

"아가, 잘 자."

삐걱 소리가 나고 옷자락 끄는 소리도 났다. 방문이 소리
를 냈다. 이제 문틈으로 불빛이 보이지 않았다. 렐라는 어둠
속에서 눈을 크게 떴다.

거리는 젖어 있었다. 길바닥이 울퉁불퉁했고, 가로등은
바람에 깜박이며 이리저리 흔들렸다. 길은 텅 비어 있었다. 말
발굽의 쇳소리만 울렸다. 마차 안에서는 낡은 가죽 냄새가 났
다. 가로등이 마차에 탄 사람들을 스칠 때마다 훈장의 쇠붙이가
반짝였다. 여러 빛깔의 훈장 리본이 잔뜩 달려 있었다. 깃은
빨간색, 옷단은 은색이고 단추가 반짝였다.

"케테, 무슨 일이야. 왜 한숨을 쉬지?"

마차 구석에서 목소리가 들렸다.

"여보, 아시잖아요. 나는 정말이지 이 궁정 무도회가 내키
지 않아요."

"나는 뭐 재미있는 줄 알아?" 폰 마인하르디스 중령이 기
분이 상한 듯 반문했다. "누구 옆에서 식사를 하게 될지 알 수
없는 데다가, 음식은 또 어떻고! 단체 식사는 끔찍해. 전부 식
어 빠진 음식뿐이잖아. 허옇고 물컹한 생선에다 그다음엔 꼭

필레[1]가 나오거든. 항상 필레지."

침묵이 흐른다. 어둠 속에서 케테 부인의 얼굴에 달콤한 미소가 희미하게 스친다. 하지만 이내 심각해진다. 집에서 아이들과 함께 있으면 좋겠어. 뜨개질을 하거나 어머니한테 편지를 쓰거나 그냥 일찍 잠자리에 들면 좋을 텐데. 온통 낯선 사람들하고 얼굴을 맞대는 건 싫어. 그녀는 약간 겁이 났다. 그곳은 정말 시끄러워. 근무에 지친 남자들이 술을 마셔 대는데, 꽉 끼는 옷깃 위의 얼굴들이 벌겋다. 정신없이 춤을 추면서 서로 몸을 부딪친다. 왈츠를 추다 보면 현기증이 난다. 사람들이 너무 재미없다. 어서 집에 돌아갔으면…….

렐라의 엄마는 아직도 작은 궁정이 있는 이 수비대 주둔 도시 뒨하임이 낯설다. 장교들은 마치 체스의 말처럼 어떤 보이지 않는 손에 잡혀 다른 곳으로 보내진다. 왜, 어째서 그런지, 알지 못한 채로 선발되어 타지로 전출된다. 이사 비용은 나오지만 친구들하고 헤어져도 되는지, 아내가 새 기후에 적응할 수 있는지 같은 점은 묻지 않는다. 고향에서 너무 멀리 떨어진 곳은 아닌지, 아이들이 새 학교에 잘 적응할지 어떨지도 묻지 않는다. 그냥 '전출됐으니' 가야 한다. 아내의 마음은 옛 고향에 남아 있다. 새 고향을 맞을 시간이 별로 없다. 느닷없는 중단 상황이다. 마치 죽음처럼 갑자기 전출이 통보되지만, 그 전까지는 지금 자리에서 '만사에 동참해야' 한다. 연대는 굳건한 조직이다. 좋든 싫든 연대장 부인, 중령 부인, 중위 부인이 모두 가깝게 지낸다. 그들을 초대하고, 또 초대받기도 한다. 다른 사람들과는 왕래하지 않는다. 의사 부인이나 은행

---

1   육류나 생선에서 뼈나 가시를 발라낸 요리.

가 부인하고는 사귈 수 없다. 그런 생각은 할 수조차 없는데, 그 사람들과는 가까이하지 않는 것이 전례이기 때문이다.

궁정 무도회에는 가야 한다. 무도회 참석도 일종의 근무이므로 거부할 수 없다. 중병에 걸렸다면 초대받기 전에 미리 양해를 구해야 한다. 하지만 초대에, 명령에 따르지 않는 것은 있을 수 없는 일이다.

"그냥 집에 있고 싶어요."

케테 부인은 이런 말을 할 수 없었다. 뜨개질해야 해요, 편지를 쓸래요, 아이들이랑 집에 있을래요, 라는 말은 절대로 쓸 수 없었다. 그런데 정말 친정 퇴힐린에 편지를 써야 했다. 어머니가 소시지를 보내 주셨는데 아직 감사의 답장을 쓰지 못했다. 겨울용 감자 한 포대하고 사과 100파운드가 왔다. 햄은 아직 이 주일 이상 먹을 양이 충분히 있었다. 빵 위에 얹어서 사내애들이 학교 갈 때 가지고 갔다. 두 아이는 요즘 많이 먹었다. 어른처럼 먹었다. 이제 여덟 살, 열세 살인데 그랬다. 쑥쑥 자랐다. 알리의 바지는 또 짧아져 이제 동생 베르티한테 물려줘야 했다. 알리한테 새 옷을 사 줘야 하지만 이달에는 그럴 수 없었다. 혹시 어머니가…… 물론 어머니도 넉넉하지는 않았다. 친정에는 없는 것이 없지만, 현금은 부족했다.

메마른 여름이다. 수확이 어떨지 알 수가 없었다. 케테 부인의 마음속에서는 우량계 앞에 서서 비가 얼마나 왔는지 들여다보고 있을 아버지의 모습이 어른거렸다. 그 유리 장치에 모든 게 달려 있었다. 가뭄은 친정 부모님께 공포였다. 가뭄은 소작인들의 불안이고, 가뭄은 가축의 질병이며, 가뭄은 흉작이고, 흉작은 빚이고, 빚은 저당, 저당은 파산이었다. 가뭄이 들면 뿌연 먼지가 국도에서 불어와 장미와 감탕나무 덤불을 덮었다. 여름인데도 나무가 누렇게 시들었다. 그러고는 땅이 갈라졌다. 말발굽도 갈라졌다. 함석으로 만든 것처럼 보이는 부자연스러운 용설란만 집 앞에서 마구 자랐다. 완강한 외래종의 위엄을 과시하면서 용설란은 제라늄과 마거리트 꽃의 갈증을 조롱했다. 들판의 이삭은 알이 작고 껍질이 벗겨져서 빈약한 씨앗을 딱딱한 바닥에 떨어뜨렸다. 뜨거운 햇살에 집들마저 타들어 가고, 마을 사람들은 입을 다문 채 우울하게 서로를 스쳐 갔다.

마차가 급정거했다. 바지에 금줄을 두른 시종이 급히 달려와 문을 활짝 열었다. 호기심 많은 구경꾼들이 양편으로 몰려와 하얀 공단 무도화를 신은 케테 부인의 작은 발에 시선을 던졌다. 부인은 젖은 땅을 밟지 않았다. 두터운 양탄자가 인도에 깔려 있고 천개(天蓋)가 덮여 있어서 보슬비에도 젖지 않았다. 감사의 시선으로 부인은 천개를 올려다보았다. 그리고 남편을 기다리느라 잠시 머뭇거렸다. 남편은 근엄하게 마차에서 내리지만 에나멜 장화의 박차 때문에 마차의 계단을 옆으로 딛고 내려서야 했다. 해리(海狸) 털 깃이 달리고 모피로 안을 댄 연회색 망토에 주름이 많아서 마차 계단에 걸렸다. 마디가 굵은 남편의 갈색 손이 망토를 낚아챘다. 잠시 언짢은 표정이 스쳤지만, 곧 미소를 지으며 활기찬 그의 검은 눈이 구경꾼들을 둘러보았다. 그는 당황하는 기색 없이 근무 중인 시종들에게 오른손을 답례차 가볍게 모자에 대고, 감탄하며 바라보는 구경꾼들의 시선을 받으면서 기다리는 아내 곁으로 다가가 팔짱을 꼈다. 그리고 천천히 현관 계단을 올라갔다.

폰 마인하르디스 중령에게 이런 거침없는 태도는 자연스

러운 것이었다. 그의 천성이고 본성이다. 그런 것을 좋아했고 다른 사람들도 그의 그런 점을 좋아했다. 그는 어머니의 '스페인 핏줄'을 숨기려 하지 않았다. 노르스름한 피부색, 높은 발등, 검고 부드러운 머리카락은 독일인의 것이 아니었다. 연대의 동료들은 그런 그를 가끔 '외래종'이라고 불렀고, 그럴 때면 그는 다소 우쭐대며 옅은 미소를 감추지 않았다. 지금 그는 사랑스럽게 호위하면서 아내와 함께 계단을 올라가고 있다. 비슷한 경우에 항상 그렇듯 아내의 수줍고 낯설어하는 태도에 약간 감동한 상황이다. 그녀의 이런 태도가 예전에도 그의 마음을 사로잡았다. 뭐야, 이 순간에 어떻게 그런 옛일이 생각나지!

기동 훈련 중이라 숙영(宿營)을 해야 했다. 더위, 먼지, 피로. 낯선 병사들이 지친 말을 탄 채 먼지 쌓인 군화와 갈색 얼굴로 뢰힐린 마을의 린덴가(街)에 나타났다. 크고 시원한 흰색 대문이 열리고 수줍은 기색의 세 처녀가 낯선 손님들을 방으로 안내했다. 병사들은 군복을 벗고 씻은 뒤 침대에 쓰러져 죽은 사람처럼 잠이 들었다. 날벌레들이 촛대 주위를 윙윙대고 유리창 곁을 맴돌았다. 마인하르디스 소위는 창문 앞의 오래된 밤나무 사이에서 새어 들어오는 연둣빛 햇살에 눈을 깜박이며 생각에 잠겼다. 제일 어려 뵈는, 막내 아가씨 이름이 뭐였지? 맞아, 케테. 그는 미소를 지었다. 케테, 눈이 큰 그녀는 한마디도 하지 않았던 것 같다. 시골 아가씨야. 근데, 너 마인하르디스, 어떻게 된 거야? 머리가 이상해진 것 아냐? 만약 이 일이 슈바로프 왕녀[2]나 바덴바덴의 셰르메체프 아가씨 귀

---

2 여기서 '왕녀'는 19세기 후반까지 독일을 구성하던 소영주국의 딸을 말한다.

에 들어가면 어쩔 거야? 마인하르디스가 케테와? 모두들 웃을 테지. 그런데 여기서 사과 냄새가 나네. 그는 계속 생각을 이어 갔다. 골드 파르멜이나 라이넷종(種) 사과 같군. 라이넷은 늙은 여자처럼 쪼글쪼글하지. 케테는 라벤더로 씻을 거야. 흰 드레스인지 머리카락인지 손인지 아무튼 어디선가 그 향기가 났어. 분명 라벤더 향기가. 상큼한 향기. 그런데 정말 기분이 묘하군.

숙영이라니 끔찍해, 이 상스러운 경기병들 정말이지 마음에 안 들어, 라고 말하면서 푀힐린의 노인은 우량계를 두드렸다. 그렇지만 날짜가 다가왔고 푀힐린의 하얀 대문은 파란색 수레국화로 장식되었다. 빨간색 양귀비꽃이 식탁에 놓이고 새하얀 초도 놓였다. 하얀 망사 커튼에는 풀을 먹였고, 마루는 거울처럼 닦았다. 검정 성직자 복장에 하얀 깃을 단 시골 목사가 식탁에서 축사를 시작했다. 붉은 상의 어깨에 파란색 기병 망토를 걸친 동료들이 두 줄로 현관에 정렬하고 군도(軍刀)를 십자 모양으로 높이 들자 그 아래로 신랑 신부가 입장했다. 군도의 보호 아래 새로운 인생으로 들어가는 것이다.

양탄자가 깔린 계단을 천천히 올라가는 동안 마인하르디스의 머리엔 이 모든 생각이 스쳤다. 케테 부인은 한기를 느끼고 숄을 단단히 잡아맸다.

사람들은 대기실 앞에서 갈라졌다. 신사들은 하인들이, 부인들은 하얀 모자에 검은 비단옷을 입은 여집사들이 영접했다. 금테를 두른 큰 거울이 벽에 걸려 있어서 조심성 많은 첫 참석자들에게 자부심을 불러일으켰다. 반짝이는 보석으로 당당하게 머리 장식을 한 아름다운 부인들의 자신감 있는 시선도 모았다. 먼지를 조심하던 불안한 손이 이제야 긴 옷자락을 내려놓았다. 그리고 장갑의 작은 단추 고리를 잠갔다. 만약의 경우에 대비해서 이곳엔 바늘과 실이 꽂힌 두툼한 바늘꽂이가 준비되어 있다. 정식 인사는 위층 홀에서 시작될 테지만, 아는 얼굴끼리 서둘러 비공식적으로 인사를 나누었다. 숨 막히는 정적이 공간을 채웠다. 모두들 낮은 소리로 소곤댔다.

저쪽에 있는 신사들은 달랐다. 꽉 끼는 상의 때문에 끙끙대는 사람도 있고, 너무 높은 깃 때문에 거울 앞에서 목을 빼는 사람도 있었다. 서두르다가 턱에 면도 자국을 내고 투덜거리는 소리도 들렸다. 요즘은 에나멜 부츠 하나 제대로 만드는 제화공이 없다는 불평도 들려왔다. 외부에서 어떤 손님이 오는지 묻는 사람도 있고, 거울 앞에서 작은 브러시로 콧수염을 다듬는 사람도 있었다. 연미복의 신사들은 자신들의 개성이 부족하다고, 빨간색 무공 훈장이 없어서 아무래도 기가 죽는다고 생각했다. 그들은 빨간 깃, 녹색의 제복, 파란 상의와 흰 깃, 금색과 은색의 소매 단, 에나멜 구두, 알록달록한 스카프의 군인들과는 경쟁 상대가 되지 않았다. 비바람에 단련된 기병들의 갈색 얼굴에 비하면 그들의 얼굴은 창백하고 허약해 보였다. 그래서 실크해트를 겨드랑이에 낀 채 군인들 곁을 발소리를 죽이며 지나갔다. 대신들이나 내각의 시종들이 하루를 어디서 어떻게 보내는지는 아무도 알지 못했다.

빨간색 양탄자가 깔린 넓은 계단이 위로 연결되고 계단 가장자리는 꽃으로 장식되어 있었다. 위에는 대공의 시종이 서서 주인 대신 손님을 맞았다. 모두들 금빛 왕관이 찍힌 작은 팸플릿을 들고 있었다. 무도회 티켓이었다. 춤출 상대의 이름을 기입하도록 작은 연필이 비단 끈에 매달려 있었다. 춤은 순서가 정해져 있었다. 왈츠, 폴카, 라인 폴카, 만찬, 왈츠, 라시에,[3] 폴카, 왈츠, 라인 폴카, 프랑세즈,[4] 커티용[5] 순서다.

오늘 저녁에는 오래된 성의 모든 공간이 개방되어 문마다 활짝 열려 있었다. 복도마다, 문 앞마다 붉은 제복에 금빛 띠를 가슴에 두르고 반바지에 무도화를 신은 시종들이 서 있었다. 밝고 따스한 빛을 발하는 수많은 초가 촛대에서 부드러운 불빛을 사방으로 뿌려 사람들의 얼굴에는 활기가 넘치고 눈은 반짝였다. 밀치는 사람은 없었다. 좁지만 모두들 유유히 왔다 갔다 했다. 인사가 오갔다. 케테 부인은 몇몇 부인들과 어울리고, 마인하르디스는 최고 숙녀의 팸플릿에 자신의 이름이 오르기를 간절히 바랐다.

종이 울리고 웅웅거리던 목소리들이 조용해졌다. 사람들이 물러서고, 정장을 한 대공이 대공비를 대동하고 큰 홀에 등장했다.

접견이 시작되었다. 새 손님들이 소개되었다. 왈츠곡이 낮게 울리고 드디어 첫 번째 춤이 시작되었다. 나이 든 부인들은 천천히 벽에 붙은 긴 의자에 자리를 잡고, 노신사들은 흡연실로 물러났다. 모두들 약간 한기를 느끼며 둘러섰다. 아직은 좀 서먹했다.

많은 사람들과 인사를 나눠야 하는데, 그것이 관습이었다. 케테 부인은 사령관 부인을 찾았다. 부인은 궁녀들과 인사를 나누면서 윗사람답게 정중한 태도로 아이들의 안부를 물

---

3   네 명이 한 조가 되어 추는 춤.
4   8분의 6박자의 프랑스 사교춤.
5   프랑스 민속춤.

었다. 케테 부인은 누구도 불쾌하게 해서는 안 됐다. 부인이 그런 식으로 자신의 의무를 다하고 있는데 이번에는 남편의 부하인 젊은 장교들이 인사를 하러 왔다. 그들은 이런 의무를 귀찮은 일로 생각하지 않는 것 같았다. 인사성 있게 미소를 보내더니 부인에게 춤을 청했다. 그녀를 테이블 쪽으로 안내해 샴페인을 권하기도 했다. 점점 홀이 더워졌다. 드레스 자락이 춤추는 남자들의 장화에 달린 박차에 찢기는 일도 있었다. 촛불이 더욱 높게 타오르며 짓궂게도 그 아래에 서 있는 군인의 군복에 촛농을 떨어뜨렸다.

케테 부인은 계속 춤 상대를 해 줘야 했다. 그러다 지쳐서 나이 든 부인들 사이에 앉아 그들의 화제에 끼어들었다.

"아니에요. 전 북독일에서 버터를 갖다 먹어요. 그게 경제적이거든요. 보관은 잘되는 편이에요. 큰 항아리에 넣어서 물을 좀 뿌려 두거든요. 5킬로그램은 더 싸게 살 수 있어요."

"네, 그렇지만 요리할 때는 안 쓰죠?"

"아뇨, 전 자주 사용해요." 약간 쑥스러워하면서 부인이 변명하듯 덧붙인다. "저는 시골 출신이거든요, 사모님. 시골에서는 기름을 좀 많이 써요."

연로한 사령관 부인은 알겠다는 듯 고개를 끄덕였다.

하지만 케테 부인은 쉴 수가 없었다. 키가 큰 장교가 점잖게 다가왔다. 부인이 일어났다.

"할머니들 사이에서 뭐 하십니까? 부인은 그 자리에 어울리지 않습니다."

케테 부인은 고개를 숙였다. 군복 소매의 금줄이 등에 닿아서 아팠다. 상대방은 필요 이상으로 힘주어 그녀를 안았다.

"부인께서 아주 매력적이라는 사실을 모르시는 것 같습

니다."

위에서 들려오는 이 남자의 목소리가 귀에 거슬렸다. 음악이 빨리 끝났으면 좋겠다고 그녀는 생각했다. 얼굴이 약간 붉어졌다.

"너무 숨어 계시더군요. 좀처럼 밖으로 나오지도 않고요. 사모님처럼 아름답고 젊은 부인이 말입니다."

"저한테는 관심 없는 일이에요."

"어느 여성에게나 조금은 상관 있는 일이지요."

음악이 멎었고 그는 대기실의 구석 스탠드 불빛 아래로 그녀를 이끌었다. 부인은 더 이상 마주하기 싫었지만 빠져나올 수가 없었다.

카이저스마르크 중위는 부인 곁에 다가앉았다. 오래된 소파가 너무 낮아 왼쪽 무릎이 테이블에 닿는 바람에 그는 거의 무릎을 꿇은 듯한 자세가 됐다. 중위는 조용히 한숨을 쉬었다.

"어디 불편한가요?"

케테 부인이 걱정스럽게 물었다. 콧등에서 입으로 주름이 깊게 파인 것이 눈에 띄었다. 잘생긴 얼굴인데 안됐다고 그녀는 생각했다.

"부인은 아실 필요 없는 일인데 놀라게 해 드릴 것 같아서 마음이 무겁습니다. 하지만 부인께 말씀을 드리면 제가 조금은 나은 사람이 될 것 같군요. 저는 갚을 가망이 없는 빚을 지고 있습니다. 사령관님께 경고를 받았지만 가망이 없습니다."

"아버님은요?"

"재산을 다 매각하셨지만 그것으로는 부족합니다."

"그럼 친구들은요?"

"최악입니다. 이미 모두에게 빌렸거든요."

"그럼 은행에……."

"은행에도 빚이 있습니다."

"그러면 어떻게 해요?"

"부인, 저를 보시는 것은 오늘이 마지막입니다. 오늘 밤 저는 군복을 벗습니다." 그는 수놓아진 금빛 견장으로 시선을 보냈다. "내일이면 트렁크 하나만 들고 다른 대륙으로 떠날 겁니다."

"아메리카요? 거기서 무얼 하실 건데요?"

"저도 모르겠습니다. 아마 접시를 닦든지……."

잠시 침묵이 흘렀다. 두세 쌍의 젊은이들이 그들 곁을 지나갔다. 시종이 펀치, 맥주와 생수를 들고 왔다. 카이저마르크는 물잔을 집어 단숨에 마셨다. 케테 부인이 다시 입을 열었다.

"알 수 없는 일이군요. 실례지만 어쩌다 그렇게 됐나요?"

카이저마르크는 어깨를 움찔했다.

"네, 흔한 일입니다. 아버지는 돈이 많이 드는 연대에다 저를 넣으시고 금방 결혼시킬 생각이셨습니다. 처음의 제복 값은 그럭저럭 빌리셨습니다. 하지만 카지노 지출도 해야 했죠. 신분에 걸맞게 살자면요. 지루한 근무와 어리석고 재미없게 어울리는 일이 끝나면 무언가 다른 게 필요했거든요. 맙소사, 사랑에 빠져 본 적도 있는데, 그것도 돈이 들더군요. 월급요? 그건 담뱃값밖에 안 됩니다."

"네, 그렇지만……."

"제가 경솔했다고 생각하시죠? 맞습니다. 하지만 어떻게 해야 했을까요? 스물네 살의 동료가 모젤 포도주를 마시는데 저는 물만 마셔야 합니까? 형편없는 말을 타고 연대 앞을 달려야 합니까? 헌 군복을 입고 다 떨어진 군화를 신어야 하나요? 누구도 그럴 수 없습니다. 부유한 규수가 나타나긴 했지만 그것도 실패로 끝났습니다. 동료들이 충전된 권총을 내밀어……."

케테 부인이 놀라서 눈을 크게 떴다.

"아뇨, 받지 않았습니다. 자살은 하지 않을 겁니다. 전 살아야 해요."

"그럼요, 살아야 해요. 아메리카에, 그래야만 해요."

카이저마르크 중위는 케테 부인의 손을 잡고 절을 했다.

"춤추실까요?"

케테 부인은 그의 팔을 잡았고, 그는 왈츠의 멜로디 속으로 그녀를 이끌었다.

흡연실 공기는 탁했다. 테이블 위에는 커다란 적포도주병과 시가 상자가 가득했다. 모두들 얼굴이 벌겋게 번쩍였다.

"아냐, 그 친구 그렇게 못 해. 아직도 그 규수한테 빠져 있어서……."

"알았어, 악셀스테른. 하지만 뢰벤슈타인 집안은 점잖은 사람들이야, 그리고 부자야."

"그래, 알아. 좋아, 하지만 유대인이지. 그렇게 하면 궁정에서 지위가…… 안 돼, 밀려나게 돼. 만약 그렇게 한다면 여기서 밀려나서 모레면 끔찍한 국경 지대로, 일선 연대로 전출될 거야."

"하지만 아주 예뻐. 엄청 미인이야. 실은……."

"알아." 악셀스테른이 미소를 지었다. "유대인 아가씨들은 뭔가 있지, 독특한 매력이. 자, 건배나 하자고."

다른 쪽 구석에는 앳된 소위가 동료에게 허리를 굽혀 인사를 하고 있었다.

"뭐라고? 진지전(陣地戰)? 그건 전쟁이 아니라고 생각해. 보이지도 않는 적한테서 총을 맞고 죽는 거야."

"그래, 맞아, 멋진 일은 아니지."

"내 말 들어 봐. 우리 아버지가 70년 전쟁[6]에 참전하셨는데 말을 타고 공격을, 접근전(接近戰)인가 뭐 그런 걸 하셨대. 진짜 사나이만이 할 수 있지. 그런데 뭐, 참호? 그런 건 군인답지 않아."

비에 젖은 길로 마차가 들어섰다. 정확한 시간에 예약이 되어 있었는데, 아침에 일찍 일어나서 근무를 해야 하는 신사들 때문이었다. 하지만 모두가 다 집으로 가지는 않았다. 많은 사람들이 군도를 허리춤에 매단 채 무도회에서 있던 일을 편하게 얘기하려는 생각으로 주점을 찾아 발걸음을 옮겼다.

마인하르디스는 마차 문을 열어 주고 부인한테 키스했다.

"먼저 가요."

"너무 늦지 않게 들어오세요."

"여보, 친구들하고 한잔 마셔야겠어. 춤추고 났더니 목이 몹시 마르거든."

케테 부인은 무도회에서 받은 꽃다발을 세면기에 놓았다. 그리고 끈과 철사를 풀고 정성스럽게 물을 줬다. 미모사는 향기가 짙고, 흰 수선화는 이국적이었다. 그녀는 발소리를 죽인

---

6 보불 전쟁을 가리킨다. 오스트리아를 패배시킨 비스마르크가 독일 통일을 마무리하려는 목적으로 일으킨, 프랑스와 프로이센 간의 전쟁이다. 1870년 7월 19일에 시작되어 1871년 5월 10일에 끝났다.

채 문을 살짝 열고 들어가 렐라의 침대 앞으로 가서 섰다. 렐라는 조그마한 두 손을 덥수룩한 곰의 털 속에 파묻은 채 곤히 잠들어 있었다.

빨간 슬리퍼를 신은 렐라가 살그머니 방문으로 다가가서 조심스럽게 문을 열었다. 엄마의 방은 아직 어두웠다. 커튼이 내려져 있었다. 문소리가 작은데도 침대 쪽에서 케테 부인의 졸린 목소리가 들려왔다.

"응, 렐라지?"

문 앞에서 렐라가 조심스럽게 물었다.

"엄마, 엄마한테 가도 돼?"

그러자 대답이 들렸다.

"그럼, 어서 이리 와."

발꿈치를 들고 방의 어둠 속에서 렐라가 엄마의 침대로 다가갔다. 이불을 들치고 병아리가 암탉의 품으로 들어가듯 렐라는 따뜻한 이불 속으로 들어갔다. 엄마에게 바싹 다가가자 엄마는 렐라를 품에 안았다. 엄마의 가슴 위에 렐라의 엉클어진 머리가 놓였다.

한동안 조용하다. 그러다 렐라가 물었다.

"엄마, 어제 재미있었어?"

"그럼, 아주 재미있었지."

"엄마, 다른 사람들도 엄마처럼 예뻐?"

"엄마보다 예쁘지."

"그래도 나는 엄마가 예뻐. 난 알아."

"렐라야, 엄마는 예쁘지 않아. 예쁘고 싶지 않아. 난 착하고 싶단다."

한동안 말이 없다가 렐라가 입을 열었다.

"네, 엄마."

밖에서 달그락거리며 말이 지나가는 소리가 들렸다. 마차가 한 대 지나갔다. 집 안은 조용했다. 두 오빠는 학교에 갔고, 안나 선생님[7]은 주방에 있었다.

"엄마, 안나 선생님은 왜 매일 아침 교회에 가는 거야?"

"가톨릭 신자니까."

"왜 우리는 일요일 아침에만 가?"

"우리는 개신교니까."

"안나 선생님이 우리보다 믿음이 깊은 거야?"

"아냐. 그건 아니야. 우리도 가끔 평일 오후에 가잖아.“

"엄마, 새벽이 더 좋지 않아? 교회 안이 컴컴할 때나 불이 환한 저녁이……."

"렐라야, 하느님은 어디에나 계시단다. 낮에도 계셔."

"네, 엄마."

하느님이 어디에나 계시다는 말이 렐라는 마음에 걸렸다. 가톨릭교회에만 계시면 좋겠다는 생각이 머리를 떠나지 않았다.

이곳 된하임에서 렐라를 가장 설레게 하는 곳은 가톨릭 성당이었다. 남부 독일의 작고 깨끗한 이 도시의 중심에는 대공이 건축한 새 궁성이 자리했다. 그 앞에는 가로수와 산책길이 있는 큰 광장이 있었는데 매일 정오가 되면 군악대가 연주를 했다. 그리고 한가한 시민들은 주변을 산책했다. 거기서부터 옛 대공의 기념상이 있는 곳까지 아름답고 넓은 대로가 펼

---

7   보모 겸 가정교사를 의미한다.

쳐졌다. 궁정 극장과 옛 궁성 앞을 지나면 이른바 구시가지로 이어지는 길이 나온다. 모퉁이에는 작은 길이 있고, 그 가운데에 시장이 있었다. 가톨릭 성당은 새 궁정과 마누엘라의 집이 있는 작은 정원이 딸린 주택가 사이에 있었다. 렐라는 시내 중심가로 들어갈 때 언제나 성당 옆을, 아니, 성당을 한 바퀴 돌아서 지나갔다. 그것은 묘하게 생긴 둥근 건물로, 담에는 아무것도 없었다. 창문도 없고 장식도 없었다. 마름돌을 차곡차곡 쌓아 놓은 흐릿한 선만이 보였다. 차가운 슬레이트의 평평한 둥근 지붕이 건물 전체를 덮고 있어서 성당이라기보다 가스탱크나 커다란 창고처럼 보였다. 검소한 입구 위에 십자가가 달려 있지 않다면 원형 경기장 따위로 생각될 정도였다.

적대적으로 꽉 막힌 벽, 단조로운 노래와 오르간 소리만 들리는, 창문도 없이 폐쇄된 이 건물은 아주 운이 좋아야 멀리 어둠 속에서 촛불의 불빛을 볼 수 있었다. 렐라는 상상의 나래를 폈다. 안나 선생님은 틀림없이 나를 데려가 줄 거야. 하지만 엄마가 허락하지 않겠지. 렐라는 그것을 알 수 있었다. 렐라가 저 둥근 교회에 관해서 물을 때 대답하는 엄마의 목소리에서 그것을 느낄 수 있었다.

성당 앞을 지나면서 렐라가 안나 선생님에게 물었다.

"선생님, 성당 안은 어떻게 되어 있어요?"

"정말이지, 아주 아름다워."

"나도 꼭 한번 들어가 보고 싶어요."

"엄마가 허락하지 않으세요. 그리고 렐라에겐 훌륭한 교회가 있잖아요."

"네."

"알겠죠? 착하게 있으면 일요일 아침에 어머니가 군인 교회에 데려가 주실 거예요."

"네."

두 사람은 말없이 집으로 돌아왔다.

마당으로 들어서는데 마침 아빠가 검정 말을 꺼내면서 렐라를 불렀다. 렐라, 이리 와 봐라! 렐라는 아빠 품으로 달려갔다. 아빠는 렐라를 번쩍 들어 말 위에 앉혔다. 아라비아 말은 잠시 깡충 뛰지만 아빠가 달래서 길로 끌고 나가 길 너머의 마장(馬場)으로 향했다.

렐라는 기뻐서 어쩔 줄 몰랐다. 항상 바라던 일이었다. 안나 선생님이 낮은 소리로 말했다.

"중령님, 사모님께서……."

하지만 마인하르디스는 전혀 듣지 않았다. 그는 딸이 사랑스러워서 자랑하고 싶었다.

마술 연습장은 크고 어둠침침한 건물로 사람들이 가득했다. 승마복을 입은 부인들이 둘러서고, 군복이나 빨간 상의를 입은 남자들은 말에 앉아 있었다. 갑자기 음악이 울려서 깜짝 놀랐다. 「도나우강의 왈츠」였다. 렐라는 낯선 사람을 따라 관람석으로 가서 앉았다. 마치 음악을 기다리고 있었던 듯 말이 왈츠 박자에 맞춰 가볍게 뛰기 시작했다. 남자와 여자, 서로 파트너가 정해져서 렐라의 곁으로 아주 가깝게 지나갔다. 아빠도 있었다. 아름다운 여자가 아빠와 말을 타고 있었다. 귀에는 커다란 흰 진주를 달고, 옅은 금빛 머리에 작고 뾰족한 모자를 쓴, 뺨이 붉은 여자였다.

승마복이 너무 끼지만 그녀가 아주 멋있다고 렐라는 생각했다. 아빠는 아름다운 그녀와 이야기를 나누면서 몸이 흔들릴 정도로 크게 웃었다. 말에 올라앉아 왈츠 박자에 몸을 맡긴 채 말은 별로 열심히 몰지도 않았다. 아빠와 그 여자, 두 사람은 렐라의 앞을 지나갈 때마다 손짓을 했다.

말이 땀을 흘리기 시작했다. 발굽으로 계단 발판을 둔탁하게 차고 숨을 몰아쉬었다. 한 남자가 마장의 중앙에 서서 지휘를 했다. 그러자 말들이 한쪽으로 갈라졌다가 다시 모였다. 말들이 한 번은 빨리, 한 번은 천천히 크고 작은 원을 만들면서 돌았다. 렐라는 마치 꿈을 꾸는 것 같았다. 그리고 그 중앙에 아빠와 아름다운, 정말 아름다운 여자가 있었다.

점심 식사를 하는데 오늘은 무척이나 조용했다. 알리와 베르티는 말없이 수프를 먹었다. 아빠 역시 한마디도 하지 않고 알리는 멍하니 엄마를 쳐다보았다. 엄마는 아무렇지 않은 척하지만 아랫입술이 떨리고 아무것도 먹지 않았다. 렐라는 막연히 죄를 지은 것 같은, 나쁜 짓을 저지른 것 같은 기분이 들었다. 정말 멋있었는데, 그러면 안 되는 건가? 가톨릭교회 같이 금지된, 그런 일인가? 아빠가 문을 닫고 나간 뒤에 렐라는 조용히 위층으로 올라갔다. 알프레트처럼 엄마를 껴안을 수가 없었다.

렐라는 라우라한테 다가갔다. 라우라는 렐라의 비둘기였다. 렐라는 작은 코를 비둘기 날개에 파묻고, 검은 깃털이 난 라우라의 목덜미에 입을 맞추었다. 라우라는 예쁜 산호색 발을 렐라의 작은 손가락에 올리고 앉아 있었다. 라우라의 깃털은 따뜻하고 기분이 좋았다.

"라우라, 네가 정말 좋아."

작은 소리로 이렇게 말하는데, 렐라의 굵은 눈물 한 방울이 라우라의 깃털에 떨어졌다.

렐라는 행주를 손에 들고, 파란 앞치마를 두르고 있었다. 엄마도 마찬가지였다. 테이블 위에는 은그릇이 잔뜩 쌓여 있었다. 한꺼번에 켜도 되고 낱개로 켜도 되는 촛대, 테가 재미있게 만들어진 접시, 포크와 나이프도 정말 많았다. 하지만 렐라는 그런 것에 손을 댈 수 없었다. 렐라 앞에는 은제 빵 그릇이 놓여 있었는데, 테두리에 가느다란 격자 장식이 있어서 렐라가 작은 손가락을 넣어서 닦곤 했다. 대부분의 접시에는 무언가 적혀 있었다. 예를 들면 "연대를 떠나는 친애하는 마인하르디스 님께"라거나 "평지 경마 1등상. 치텐 기념 경마 대회, 날짜" 등과 같은 글자들이. 엄마가 그중의 하나를 읽었다.

"사랑하는 카머카체."

"엄마, 카머카체가 뭐예요?"

"응, 카머카체는 말 이름이야. 아주 훌륭한 말이었지. 하지만 아빠가 파셨단다."

"왜요?"

"아빠는 말을 많이 가지실 수 없으니까."

"왜요?"

"비용이 많이 들어. 말은 굉장히 많이 먹거든."

"하지만 엄마, 말은 귀리만 먹잖아요."

"꼬마야, 넌 아직 몰라도 돼."

그러면서 엄마는 깊은 한숨을 쉬었다.

렐라도 더 이상 물어서는 안 되겠다는 생각이 들어서 잠자코 그릇만 닦았다. 그런데 다른 일이 생겼다. "테이블을 빼내야겠다."라고 엄마가 말했다. 식탁을 양편으로 당겨서 넓히는 일이라 모두가 도와야 했다. 렐라가 엄마와 함께 식탁을 당기고 있는데 프랑크가 짖었다. 프랑크는 혈통을 알 수 없는 갈색 개로, 특별한 일이 생기면 사람들 일에 끼어들기를 좋아했다. 오늘은 손님들이 오니까 프랑크에게도 특별한 날이었다.

양쪽으로 벌어진 식탁 사이에 널판을 몇 장 얹고 다리를 세웠다. 렐라와 프랑크는 어두운 식탁 밑으로 기어 들어가 식탁이 단단하게 세워졌는지 검사했다. 그런 다음에는 위에다 녹색 모직 덮개를 덮고 그 위에 다시 넓은 다마스크 천의 식탁보를 깔았다.

엄마는 렐라와 함께 세탁물 선반으로 갔다. 렐라는 잔뜩 쌓인 냅킨을 꺼내는 엄마의 손을 조심스럽게 바라보았다. 엄마의 손은 길고 하얬다. 렐라는 그 손이 너무나 좋았다. 엄마의 손이 머리를 만지거나 옷이나 목을 어루만져 줄 때면 정말 기분이 좋았다. 아빠도 가끔 그렇게 해 주지만 아빠의 손은 간지럽기만 했다. 그런데 엄마를 올려다보면서 렐라는 엄마가 아침마다 머리를 반듯하게 빗어 넘기는 게 마음에 안 든다고 생각했다. 머리를 조금 풀거나 웨이브를 만들면 훨씬 더 예쁠 것 같았다. 손님들이 와서 단단하게 빗어 넘긴 엄마의 머리를 보는 게 싫어서 렐라는 마치 자기 머리가 미운 듯 숨어 버리고 싶었다.

하지만 지금 엄마는 바빠서 렐라에게 신경 쓸 틈이 없었다. 렐라는 가득 쌓인 냅킨을 꺼내야 했다. 달그락 소리가 났다. 엄마가 그릇장 앞에 서서 크리스털 접시를 하나씩 꺼내고 있었다. 렐라가 닦아도 되는 것이었다. 엄마는 절임 과일 병을 열어서 녹색 과일을 반짝거리는 접시에 쏟았다. 위에서 보면 별로 재미없는 일이지만 유리가 반짝거리는 옆에서 보니 재미있었다. 이번에는 작고 노란 살구 차례였다. 다른 접시에 빨간 버찌가 놓이고, 그다음에는 검은 견과류 차례였다. 그 접시들을 식탁으로 가져갔다. 이번에는 과일 차례였다. 렐라가 봉지를 열었다. 오렌지, 포도, 사과, 호두, 귤, 대추야자. 마치 크리스마스 같았다.

"엄마, 왜 손님들 것뿐이고, 우리 것은 없어요?"

"우리가 가난해서란다."

렐라는 입을 다물었다. 우리가 가난하다니 너무 슬퍼, 라고 생각했다. 그런데 왜 가난하지? 아빠는 말이 있다. 가난한 사람들은 말이 없는데……. 엄마는 무도복이 있다. 가난한 부인들은 무도복이 없는데. 우리 집에는 은그릇도 있고 테이블보도 많다. 그리고 하인도 한 명 있다.

"엄마, 가난한 사람은 하인이 한 명인가?"

"애야, 넌 아직 어려서 모르는 게 많단다."

아이들은 오늘 평소보다 일찍 잠자리에 들어야 했다. 엄마의 침실은 오늘 부인들의 옷방으로 쓰였다. 거기엔 단정한 차림으로 세탁부가 서 있었다. 남자 손님들은 아빠 방에 겉옷을 벗어 놓았다. 밖은 추웠다. 남자 손님들의 박차가 계단에서 달그락댔다. 일용(日傭) 하인을 두 명 고용했는데, 그들이 적포도주와 노란 포도주를 유리병에 쏟고 있었다. 렐라는 문 앞까지 살그머니 다가가 안을 들여다보았다. 식탁은 마치 동화속 세상 같았다. 은촛대에서는 긴 초가 밝게 타올랐고, 테이블 여기저기에 꽃이 놓여 있었다. 유리잔이 촛불에 별처럼 빛나며 반짝였다. 하인들은 장갑을 끼고 어떻게 서빙을 할지 이야기를 나누었다. 사령관의 부인이 앉아 있는 자리부터 시작해서 그다음으로 높은 부인에게 갔다가 맨 마지막이 엄마 차례였다. 왜 엄마가 맨 마지막이야! 렐라는 기분이 좀 상했다.

좌석마다 앉을 사람의 이름이 적힌 카드를 놓았다. 이렇게 식탁 정리가 끝날 때까지 아빠는 굵은 시가를 두 개나 피웠고, 손님 접대용 시가였기 때문에 엄마는 화를 냈다. 아빠는 지금껏 손님 맞을 준비를 하느라고 애썼으니 시가 정도는 피워도 되지 않느냐고 했다. 엄마는 벌써 하루 종일, 그리고 일주일 내내 손님 맞을 준비를 했고, 저녁에는 감자볶음과 계란프라이밖에 먹지 못했단 말은 하지 않았다. 아빠가 단호하게 말하면 엄마는 아무런 말도 하지 않는다. 그런데도 아빠는 기분이 풀어지지 않아서 대개의 경우 문을 쾅 닫았다.

테이블에 둘러앉아서도 손님들은 처음 얼마 동안은 별로 말이 없었다. 렐라가 침대 속에서 들은 것은 수프 스푼이 달그락거리는 소리와 한두 마디 말소리뿐이었다. 얼마 후 수프 접시를 내가고 간 뒤부터 조금씩 대화가 이어졌다. 마지막으로 시종들이 문을 열었을 때는 엄청나게 큰 소음이 들렸다.

렐라는 긴장한 채 기다리고 있는데, 이제 아빠의 말 관리사 카를 아저씨가 맛있는 음식을 가져올 것이기 때문이었다. 아저씨가 분홍색 솜사탕을 한 보따리 가져왔다. 꼭 꿈같았다. 맛이 특별한 노란색 아이스크림도 있었다. 아저씨는 렐라의 침대 옆에 무릎을 꿇고 앉아서 접시를 내밀었다. 렐라는 침대에서 일어나 높은 침대 모서리 너머를 넘겨다보았다. 복도에서 가느다란 불빛이 새어 들어왔다.

"카를 아저씨, 무슨 냄새죠?"

"마스키노예요."

잠시 후 아저씨가 발소리를 죽이고 가늘고 긴 유리잔을 몰래 갖고 왔다. 마셔 보려는데 코끝이 얼얼했다.

"이게 뭐예요?"

"샴페인."

렐라는 마셔 보았다.

남들이 보지 않도록 이쪽저쪽을 살피면서 아저씨는 살그머니 방을 나갔다. 사모님은 괜찮지만, 안나 선생님이 알면 절대로 용서하지 않을 일이었다.

그때 갑자기 식당이 떠들썩해졌다. 의자를 뒤로 당기는 소리가 나더니 훌륭한 식사에 대한 인사가 크게 들려왔다. 이제는 열이 오르고 기분이 좋아진 벌건 얼굴로 모카커피, 고급 시가와 담배, 색색의 리큐어 병이 기다리는 층으로 올라갈 차례였다.

케테 부인은 손님들에게 일일이 미소를 지어 답했다. 승리로 끝난, 상처 없이 무사히 전쟁을 치른 기분이었다. 마인하르디스는 조금 큰 소리로 이야기를 하는 중이다. 손님들이 그의 어깨를 치면서 말했다. 마인하르디스, 자네는 좋은 사람이야. 이야기가 재미있어, 정말 멋져.

손님들이 2층으로 올라간 뒤 렐라는 곤히 잠들었다. 그 후 마차가 도착하고 주인을 모셔 가기 위해서 낯선 시종들이 집으로 들어왔다. 그러고는 한 명씩 정중한 인사를 남기고 손님들이 떠나갔다. 케테 부인은 지쳐서 누웠다. 마인하르디스만 몇 명의 손님들과 앉아 있었다. 빈 병이 수북이 쌓여 있고 재떨이에는 재가 가득했다. 하지만 기분이 좋았다. 지금은 더할 나위 없이 행복한 시간이었다. 무엇이든 거리낌 없이 얘기할 수 있었다. 언제나 그렇듯이 말[馬]하고 아내 이야기가 빠지지 않았다. 마인하르디스는 케테 부인을 칭찬하는 말을 듣고 싱글벙글 웃었다.

문이 살그머니 열렸을 때 렐라는 곤히 자고 있었다. 아빠가 침대에서 들어 올려 이불과 함께 안고 갈 때에도 렐라는 잠에서 깨지 않았다. 녹색 제복과 붉은 칼라를 두른 멋진 남자들이 자신을 보면서 웃는 모습만 한 번 보았을 뿐이다.

그중 한 사람이 렐라를 자기 무릎에 앉혔다. 렐라는 맨발을 오므리고 눈을 비볐다. 사람들이 웃었다. 렐라는 기병 대위 젤르너의 무릎에 앉아 있었다. 렐라는 그를 알았다. 미남이어서 좋았다.

"나한테 뽀뽀."

젤르너가 말하자 렐라는 그렇게 했다.

그런데 왜들 저렇게 웃지? 모두들 뽀뽀를 해 달라지만 렐라는 더 이상은 싫었다. 싫어, 다른 사람은 싫어요, 라고 렐라가 말했다.

아침에 엄마는 편두통에 시달렸다. 아주 조용히 있어야 했다. 점심때 아빠가 제비꽃 다발을 들고 왔다. 엄마는 머리가 많이 아프지만 미소를 지어야 했다.

덤불 속에다 아이들이 인디언 요새를 만들었다. 아빠의 전투 훈련용 천막을 카를의 도움으로 땅에 제대로 세웠다. 이웃 아이들 몇이 얼굴에 전투 분장을 했다. 베르티가 비네토우[8]인데, 무서워 뵈는 요란한 머리 장식을 하고, 허리에는 인디언 도끼를 차고 있었다. 곧 열여섯 살이 되는 알리는 오늘 렐라가 조르기 때문에 하는 수 없이 같이 어울렸다. 렐라도 머리에 수탉 깃털을 꽂고 머리띠를 맸다. 렐라는 스쿠아[9] 역할

---

8 인디언 소설로 유명한 카를 마이(Karl May, 1842~1912)의 작품에 등장하는 영웅.

9 카를 마이의 인디언 소설에 등장하는 여성의 이름.

인데, 집 안에서 음식 준비를 했다. 반면 남자들은 전쟁터로 나갔다. 소년들은 머리 가죽과 전승 기념물을 메고 승리의 함성을 지르며 집으로 돌아왔다. 렐라는 천막 안에 혼자 있었다. 베르티의 친구 게르하르크는 바지 양쪽으로 술이 늘어진 인디언 바지를 입고 있었다. 진지한 표정인데 엄청 무서워 보였다. 렐라는 스쿠아 역할만을 해야 하는 점이 슬펐다. 왜 여자는 인디언 바지를 입으면 안 되는지, 왜 체조할 때만 바지를 입을 수 있는지 속상했다. 안나 선생님은 그런 건 여자애들한테 안 어울리는 일이라고 했다. 하지만 남자아이들처럼 허리에 무기를 차고 싸우러 나가면 얼마나 멋질까!

렐라가 깜짝 놀랐다. 붉은 피부의 인디언이 살그머니 다가와 끔찍스러운 동작으로 기다란 창을 앞으로 내밀었다. 창끝이 렐라의 곰 인형에 꽂혔다. 렐라는 가슴이 찢어질 듯 날카로운 비명을 질렀다. 다행히 알리가 나타나 인디언 소년의 팔을 잡아서 톱밥 피를 흘리는 곰을 빼앗았다. 그러고는 소년의 따귀를 몇 번 때린 다음 떨고 있는 렐라를 안아 주었다.

집 안에서도 소리를 듣고 엄마와 안나 선생님이 달려왔다.

"렐라, 대단한 일 아니야." 선생님이 말했다. "곰이 찔린 곳을 꿰매 줄게."

하지만 렐라는 그 말에 놀라 더욱 소리 높여 울었다.

"꿰매지 말아, 꿰매면 안 돼요."

엄마가 렐라를 품에 안았다.

"꿰매지 않을게." 엄마가 안심시키면서 말했다. "그럴 필요 없어. 그냥 아물어서 나을 거야."

알리와 엄마는 렐라가 잠들 때까지 곁에서 지켜 주었다. 자다가도 렐라는 가끔 몸서리를 쳤다. 렐라의 작은 손은 곰의 상처를 꼭 붙들고 있었다. 이윽고 알리가 렐라의 손에서 곰을 빼내자 엄마가 램프 아래서 상처를 수선했다. 곰은 피를 많이 흘려서 약간 홀쭉해졌다. 곰은 다시 렐라의 가슴에 놓였고, 알리도 안심하고 잠자리에 들었다.

알리와 렐라는 남매지만 별로 닮은 데가 없었다. 렐라는 점점 아빠를 닮아 갔고, 똑똑하고 침착한 알리는 금발에 가까운 외가 쪽을 닮았다. 하지만 알리는 항상 렐라 편이었다. 필요할 때면 항상 곁에 있었다. 반면 베르티는 아직 어린애 같았다. 렐라의 머리를 잡아당겨 약을 올리고, 장신구를 숨기는가 하면 소꿉놀이 접시를 꺼내서 기르는 흰 쥐의 밥그릇으로 쓰기도 했다.

"베르티 오빠, 그러지 마." 렐라가 울음을 터뜨렸다. "그러면 라우라가 그 접시에 못 먹어. 흰 쥐의 기분 나쁜 냄새를 라우라가 안단 말이야."

그럴 때면 알리 오빠가 해결해 주었다. 장신구를 찾아 주고, 베르티한테서 소꿉놀이 접시를 빼앗아 오고, 렐라에게 장난감을 만들어 주고, 쾨힐린에서 부쳐 온 거위의 뼈로 아주 작은 소꿉놀이 방을 조립해 주었다. 알리는 솜씨가 좋았다. 렐라를 자전거에 태워서 마당을 한 바퀴 돌아 주기도 했다. 그건 렐라가 생각할 수 있는 최고의 멋진 일이자 위험한 도전이었다. 양쪽 다리가 이리저리 흔들거리기 때문에 핸들을 꽉 잡으려면 상체를 푹 숙여야 했다. 여러 번 떨어질 뻔했지만 항상 알리의 커다란 손이 단단히 잡아 주었다.

모두들 기다리던 엄마의 생일이 되었다. 엄마는 5월에 태어났다. 렐라는 오래전부터 멍하니 있을 때가 많았다. 엄마가 무엇을 물어도 아랑곳하지 않고 비밀 생각에 빠져 있었다. 엄마의 생일에 무슨 선물을 할까 생각했는데, 절대 비밀이었다. 엄마가 놀라야 하기 때문이었다. 혹시 비밀을 실토할까 봐 걱정이 되어서 렐라는 대답도 제대로 할 수 없었다. 엄마가 아이들 방에 들어오면 렐라는 수놓던 것을 숨기면서 "엄마, 눈 감아."라고 소리쳤다. "자, 이제 됐어요."라고 말하면 착한 엄마는 그제야 눈을 떴다.

엄마가 나가면 렐라는 숨겼던 것을 꺼냈다. 연한 파란색 연필로 장미 무늬를 그려 놓은 하얀 천이었다. 렐라는 윤이 나는 초록색 비단실을 가지고 있었는데, 그것으로 나뭇잎을 수놓고, 꽃은 연분홍색과 빨간색으로 수놓을 작정이었다. 바늘에 실을 꿰는 일은 정말 어려웠다. 바늘귀가 작은 데다 비단실이 자꾸 갈라지기 때문에 침을 약간 묻혀서 엄지와 검지로 말아야 했다. 그러다 보니 실이 약간 더러워졌다. 렐라는 깊은 한숨을 쉬었다. 긴장해서 열이 났다. 드디어 기다리던 날이 왔다. 쾨힐린에서 커다란 소포가 도착했는데, 할머니가 보내신 온갖 귀한 물건들이 가득했다. 홀 중앙 테이블에 하얀 식탁보가 펼쳐졌다. 케이크에는 초가 굉장히 많이 꽂혀 있었다. 오늘 엄마는 늦게까지 침대에 누워 있었다. 아빠가 퇴근하고 돌아와서야 선물 증정이 시작되었다. 계속해서 꽃이 도착했다. 꽃 항아리가 라일락으로 가득 찼다. 색색의 튤립과 아네모네도 있었다. 연대 전체도 축하 인사를 보내왔다. 아빠도 멋진 선물을 사 왔다. 은으로 만든 아주 작은 물건인데 상자 안에 들어 있었다. 터키석의 별 모양 장식이 있는 반지였다. 세탁해서 잘 다린 렐라의 선물은 맨 앞에 놓였다. 알리는 나무 상자를 만들었고, 베르티는 멋진 카드를 만들었다. 전지 두 장 크기의 종이에다 꽃과 천사를 그렸다. 거기엔 지금껏 베르티가 한 번도 써 본 적 없는 아주 멋진 글씨로 생일 축하 인사가 적혀 있다. 마치 중요한 문서처럼 보였는데 "은혜에 감사하는 성실한 아들 베트람 드림"이라고 쓰여 있었다.

갑자기 군악대가 마당에 들어섰다. 원을 그리며 정렬하는데, 가운데에는 군악대장이 있었다. 아빠는 화환을 들고 엄마 방으로 가서 축하 키스를 했고, 그 뒤에는 분홍색 끈이 달린 하얀 드레스를 입은 렐라가, 그리고 수병(水兵) 복장의 두 오빠가 축제 분위기에 쑥스러워하며 서 있었다. 생일 축하 음악이 연주되고 엄마가 선물 앞으로 나왔다. 엄마는 얼굴이 붉어져서 모두를 포옹했다. 뒤이어 많은 방문객들이 몰려와 엄마에게 축하의 말을 전했다. 안나 선생님은 부족한 꽃병 탓에 정신없었다. 렐라가 케이크를 잘랐다. 그리고 그것을 마당의 군악대에게 가지고 갔다. 알리는 잔을, 베르티는 포도주를 날랐다. 부엌에서는 푀힐린에서 보내온 거위가 끓고 있었다. 아빠의 손은 먼지투성이인데 지하실에서 아주 오래된 포도주를 꺼내 왔기 때문이다. 그 술이 정말 오래됐음을 사람들이 볼 수 있도록 병의 먼지를 털어서는 안 된다.

오늘은 엄마와 함께 모두가, 전부가 기쁘다. 집 안은 장미와 라일락, 초와 과자 냄새로 채워졌다. 오늘은 누구든지 엄마한테 가도 괜찮았다. 엄마는 아무것도 안 해도 됐다. 바느질도 안 하고 부엌에도 안 가고 계산도 안 했다. 그냥 소파에 예쁘게 앉아 있기만 하면 됐다. 렐라는 엄마 무릎에 앉아 엄마의 목을 양손으로 끌어안았다.

"엄마, 엄마, 엄마, 난 엄마가 정말 좋아."

"알리 오빠, 발에다 나 올려봐 줘."

렐라가 졸랐다. 알리는 렐라가 그 놀이를 제일 좋아한다는 사실을 알았다. 알리가 두 다리를 포갠 다음 발에다 렐라를 앉히고 위아래로 흔들었다.

그런데 오늘은 오빠가 멍하니 앉아 있었다.

"렐라, 안 되겠어. 머리가 아파."라고 알리가 말했다.

무언가 마음에 들지 않는 강아지처럼 렐라는 오빠 주위를 맴돌았다.

알리는 먹으려고도 하지 않았다. 밖에 나가려고도, 축구를 하려고도 하지 않았다. 누워 있기만 했다. 사흘 동안 거머리 치료를 받았다. 굵고 검은 벌레가 알리의 피를 빨아 먹었다.

"엄마, 뭐 하는 거예요?"

엄마가 렐라의 손을 잡았다. 알리는 침대에 뻣뻣하게 누운 채 문을 쳐다보면서 엄마의 무릎에 앉아 있는 렐라에게 물었다.

"안나 선생님이에요?"

"아니, 엄마야."

렐라는 엄마의 가슴으로 파고들었다. 엄마는 말없이 울었다.

그날 밤 알리는 세상을 떠났다.

다음 날 렐라는 유난히 일찍 일어났다. 베르티는 상의를 벗은 채 밝은 햇빛 속에 서 있다. 소리 없이 울고 있었다. 눈물이 흘러내리는 모습을 렐라는 보았다. 옷 입는 것도 잊고 얼굴을 일그러뜨린 채로 서서 계속 울었다.

안나 선생님이 렐라의 머리를 빗겨 주면서 이제 알리는

천국에 있다고 했다.

"네."

마누엘라는 이렇게 감동 없는 대답을 했다. 렐라는 슬프지 않았다. 오늘은 집안 분위기가 보통 때와 달랐다. 현관의 종이 점점 자주 울렸다. 검은 옷을 입은 부인들이 엄마가 있는 방으로 바쁘게 들어갔다. 방 안은 조용했다. 많은 조문객들이 렐라의 머리에 손을 얹고 "이런 일을 당하다니 가엾어라." 하고 말했다. 렐라는 적당한 표정을 지어 보려 했다. 서서히 슬픈 날임을 알게 된 까닭이다. 하지만 모든 것이 흥분되고 흥미로웠다. 전보와 꽃다발이 계속 들어왔다. 친구들도 왔다. 흔들거리는 월계수를 실은 마차도 왔다. 집 안이 식물원 같은 냄새로 가득 찼다. 결국 현관 종을 떼어 버렸다. 울릴 때마다 엄마가 슬퍼했기 때문이다.

"오빠한테 오너라."

누군가가 말했다. 렐라는 알리가 잠들어 있는 관 앞에 섰다. 전혀 우리 집 같지 않았다. 알리도 달라 보였다. 손에 꽃과 십자가를 들고 있었다. 초가 타고 있고, 방은 숲속처럼 온통 녹색 나무로 가득했다. 아름다웠다. 가톨릭 성당 안도 이럴 것 같았다.

모두 울고 있었다. 렐라는 도무지 울음이 나오지 않아서 부끄러웠다. 엄마의 흐느끼는 소리를 듣자 렐라는 엄마 상복에 매달렸다.

"알리는 이제 이 세상에 없단다."

엄마가 말했다.

그러자 걷잡을 수 없는 슬픔이 렐라의 작은 가슴에 휘몰아쳤다.

"엄마, 엄마." 렐라가 울부짖었다. "엄마, 울지 마."

엄마가 우는 것이 무서웠다. 오빠가 죽은 건 정말 무서운 일인 듯했다.

"자, 오빠의 얼굴을 마지막으로 봐야지."

엄마가 말했다.

하지만 렐라는 떨기만 했다. 그건 오빠가 아니었다. 그런 오빠는 보고 싶지 않았다.

알리가 떠나는 날 아침이 되었다. 렐라는 창문에 붙어 서서 알리의 동급생들이 길과 마당에 정렬해 있는 모습을 보았다. 모두들 와 준 것이 자랑스러웠다. 전부 관 주변에 둘러섰다. 정장을 입은 연대 장교들이 깃털 달린 철모를 옆에 끼고 양손을 군도 위에 모았다. 마치 동상 같다고 렐라는 생각했다. 엄마는 검은 베일을 쓰고 부인들에 둘러싸인 채로 앉아 있어서 잘 보이지 않았다. 목사가 엄마에게 위로의 말을 전했는데 렐라는 반 정도밖에 알아듣지 못했다. 잠시 후 밖에서 음악이 시작되었다. 느리고 슬픈 멜로디였다. 렐라는 울음을 터뜨렸다. 좀처럼 그칠 수 없었다.

매일 묘지에 갔다. 렐라는 묘지가 무서웠다. 알리 묘의 꽃에 물을 주려고 우물에서 물을 길어 오는 것이 렐라의 일이었다. 펌프 옆에는 그 물을 마시지 말라고 적혀 있었다. 물은 깨끗하지 않았다. 렐라가 물어보자 묘지 옆을 흐르기 때문이라고 엄마가 말해 주었다.

렐라는 눈을 가늘게 뜨면 누워 있는 시신의 모습이 떠올랐다. 땅 아래에 수없이 많은 무리가 알리처럼 뻣뻣하게 누워 있었다.

"좀 지나면 뼈만 몇 개 남아."라고 베르티가 말했다.

묘지의 담 밖에 깊게 구덩이를 파 놓은 공터까지 가는 일이 괴로웠다. 시든 화환을 버리려면 거기까지 가야 했는데, 그동안 엄마는 기도를 하며 혼자 남아 있었다. 쓰레기 더미에서는 연기가 피어올랐다. 어린아이가 보기에 그 화환 더미는 산 것도 죽은 것도 아니었다. 리본이 매달린 채 썩어 버린 꽃다발 냄새, 녹이 슨 핀, 누렇게 시들어서 진이 흐르는 꽃, 여기저기 흩어진 꽃다발, 양철 꽃바구니, 깨진 꽃병 등이 잘 손질되어 나란히 놓여 있는 묘지보다 더 무서웠다. 알리의 묘지로 돌아오는 게 렐라는 기뻤다. 엄마는 거기 벤치에 앉아서 멍하니 앞을 바라보거나 누런 담쟁이 잎을 주워 모았다.

오빠의 묘비가 어린 마누엘라에게 글 읽을 기회를 제공했다. 모든 묘비에 쓰인 글을 다 읽을 수 없는 게 속상했다. 왜냐하면 생각에 잠겨 앉아 있는 엄마 곁에서 긴 시간을 보내야 했기 때문이다. 그래서 렐라는 글씨를 익히게 되었는데, 멍하니 생각에 잠겨 있는 엄마는 그 점을 눈치채지 못했다.

알리가 죽은 후 엄마는 변했다. 렐라의 어린 마음은 그것을 느낄 수 있었고, 생각에 잠긴 엄마가 이 세상을 떠나 마누엘라가 두려워하는 낯선 세상에 들어가 있는 것 같아서 무서웠다.

그리고 매일 저녁, 해가 져서 헤어질 시간이 되면 엄마는 마치 산 사람에게 하듯 슬프고 나지막한 목소리로 "잘 있어라, 알리야."라고 중얼거렸다.

2

"자, 마인하르디스 중령, 좀 거북한 이야기입니다."

나이 든 대령이 작은 손가락으로 굵은 시가의 재를 털어
냈다. 그가 뒤로 기대앉으면서 상대방을 바라보았다. 마인하
르디스 역시 자욱한 담배 연기를 내뿜으며 창밖으로 시선을
던졌다. 상관을 정면으로 쳐다보고 싶지는 않았다. 지금 기분
이 어떤지 알리고 싶지 않았다. 하지만 전역을 개인적으로 미
리 알려 주기 위해서 대령이 불러 준 것은 각별한 호의다.

"뮐베르크라는 곳이 좋은 주둔지가 아닌 건 사실이야." 대
령이 말을 이었다. "말하자면 독일 육군의 쓰레기통이지. 죄
다 범죄자들이고. 그 말썽꾸러기들의 소굴을 깨끗하게 청소
할 유능한 인물을 찾고 있었는데, 상부의 회의 결과 자네한테
그 일이 넘어갔네. 큰 명예이고 승진이고 월급도 오르는데, 잘
된 일인가? 글쎄, 잘된 일이라고 하긴 좀⋯⋯."

마인하르디스가 아무튼 '명령은 명령입니다.' 그 비슷한
몸짓을 했다. 그러자 대령이 말을 이었다.

"이건 도박이야. 정말 바보 같은 짓이지. 전에는 잘못을

저지르면 오지로 보냈지만, 그건 옛날 얘기야. 자네가 이번엔 고생 좀 해야겠어. 정말 유감일세. 자네가 그 패거리들한테 본때를 한번 보여 주게."

파면당하는 기분이었다. 마인하르디스는 일어났다.

"대령님, 여러 가지로 감사합니다. 대령님께서 도와주신 덕에, 상황이 더 나빠질 수도 있었는데……. 일단 집으로 가 보겠습니다. 아내가, 여자들이란 쉽게 받아들이지를 못하거든요. 대령님, 이만 물러가겠습니다."

장화의 박차가 요란한 소리를 냈다. 그는 왼쪽 손에 군모를 들었다. 대령이 그의 오른손을 잡고 힘차게 흔들었다.

"자, 머리를 들게, 마인하르디스. 괜찮을 거야."

밖으로 나오자마자 마인하르디스는 군도를 고쳐 맸다. 우연히 거울에 모습이 비치자 손으로 옷깃을 바로 세웠다. 이제 곧 이 빨간 깃도 못 달겠군. 이 군복도 이젠 끝이었다. 이젠 다른 군복을 입어야 했다. 하늘색에 흰 깃이 있는 군복이었다. 우스꽝스럽다. 흰 깃은 쉽게 더러워질 텐데. 그리고 하늘색으로 온몸을 휘감는 것도 끔찍하다. 진초록 군복을 입고 근무하고 말을 타는 데 익숙해졌는데, 하늘색 옷을 입고 말 탈 생각을 하니 끔찍했다. 그는 기분이 언짢았다. 새 군복은 지금 것보다 훨씬 비쌀 텐데. 이사도 번거로웠고 아내 또한 가엾었다. 마인하르디스는 꽃집 여자한테서 마거리트와 수레국화 한 다발을 샀다. 어머니가 좋아하는 꽃이어서 고향 푀힐린이 생각났다.

케테 부인은 예상했다는 듯 전근을 의외로 담담하게 받아들였다. 몇 년 전까지도 적지였던 국경 마을로 간다는 점이 어떤 뜻인지 그녀는 잘 안다. 앞으로 행복한 날들이 기다리고 있지 않다는 사실을 은연중 느꼈다. 하지만 필요 이상으로 남편의 마음을 무겁게 하고 싶지는 않았다. 아직은 날짜가 좀 남아있었다. 남편이 먼저 그곳에 가서 거처를 찾기로 했다. 특별 휴가를 받았지만 전혀 쉴 수가 없었다. 전보다 더 자주 교회를 다녀왔는데, 혼자 갔다가 항상 마음이 훨씬 평온해져서 돌아왔다. 그녀의 시선은 내면을, 보이지 않는 목표를 향하고 있었다. 그것이 그녀를 착하고 참을성 있고 명랑해 보이게 했다. 케테 부인은 편안한 마음으로 이사 준비를 했다. 어린 렐라는 그림자처럼 말없이 엄마를 따라다녔다.

마침내 마지막 날이 왔다. 케테 부인은 생각에 잠겨 이 방저 방을 돌아다녔다. 그녀는 알리의 책상이 놓인 창문 앞에 한동안 서 있었다. 렐라가 보고 있자니 엄마는 모자, 장갑, 아침에 산 꽃 몇 송이를 집어 들었다.

"엄마, 나도 오빠한테 갈까?"

묘지에 가는 시간을 알기 때문에 렐라가 물었다. 하지만 케테 부인은 무릎을 구부리고 렐라의 눈을 들여다보았다. 입은 아이에게 부드러운 미소를 보낼 수 없을 정도로 슬프고, 놀랄 만큼 고통스러워 보였다. 엄마가 진지하게 말했다.

"아니야, 렐라. 오늘은 엄마 혼자 가야 해. 알리에게 이별의 인사를 해야 하거든. 이제 알리는 혼자, 완전히 혼자 남아 있어야 해. 엄마가 없는 이곳에."

렐라는 현관문까지 따라 나가 엄마가 미리 준비했던 듯빠르고 확고한 걸음으로 걸어가는 모습을 바라보았다.

오늘은 누구도 렐라와 놀아 줄 수 없다. 하는 수 없이 렐라는 프랑크의 목줄을 잡아 머리를 무릎에 올려놓고 다정하게 쓰다듬어 주었다. 이상하게도 애틋한 행복감이 가슴에 차올랐다. 엄마는 오늘 렐라를 마치 어른처럼 대해 주었다. 그건 비밀이었고, 렐라는 그 일을 세상 누구에게도 말하지 않았다.

렐라는 뮐베르크 역 앞에 서 있었다. 오른손으로 엄마를 꼭 잡고 있었다. 엄마는 아빠와 얘기를 하고 있고, 아무도 렐라에게 신경 쓰지 않았다. 렐라는 주위를 둘러보았다. 이 마을은 왜 이렇게 지저분할까. 그리고 군인들이 너무 많아. 경례를 받느라고 아빠는 두 마디도 제대로 하지 못했다. 군인들이 오고 갔다. 보통의 군인이라면 재깍 아빠 앞에서 걸음을 멈추고 차렷 자세를 취했다. 아빠가 손짓으로 저지 신호를 보내야 그 군인은 계속 앞으로 걸어갈 수 있었다. 지나던 사람이 장교라면 손을 모자로 올려 경례를 보냈다. 그것 때문에 엄마 역시 안절부절못하는 것 같았다. 창백하고 기운이 없어 보였다.

"오늘 여기에 무슨 일이 있어요?"라고 엄마가 물었다.

"아무 일도 없어."라고 아빠가 대답했다. "여긴 24개 기병 연대가 주둔해 있어. 바이에른 연대하고 보병대, 포병대, 공병대를 제외해도 그래."

아빠는 다른 군복을 입고 있어서 아빠 같지 않았다. 렐라는 외면을 했고 그에 관해 얘기하지 않는 게 좋겠다고 생각했다. 그런데도 자꾸만 아빠의 하얀 깃으로 시선이 갔다.

그때 사륜마차가 나타났는데, 마부석에는 병사 한 명이 앉아 고삐를 쥐고 있었다. 그 역시 연하늘색과 하얀색이 섞인 군복을 입고 있었다. 트렁크를 실자 말들이 곧장 성벽을 향해 출발했다. 높은 성벽 위에는 잡초가 자라고 있었다. 성벽 입구는 터널처럼 보였다.

렐라는 겁이 났다.

"아빠, 저게 뭐예요?"

"요새의 벽이란다. 뮐베르크는 요새거든."

"그런데 왜 터널이 이렇게 구부러져 있어요? 왜 똑바로 되어 있지 않아요? 그리고 왜 낮에도 불을 켜야 할 만큼 깜깜해요?"

"그건 프랑스 사람들이 쳐들어와서 대포를 쏘지 못하게 하는 거야."

렐라는 놀라서 눈을 크게 떴다. 터널 안은 소음이 엄청나서 더 이상 물을 수가 없었다. 엄마가 렐라의 무릎에 손을 얹었다.

"얘야, 걱정하지 마. 프랑스군은 안 와."

엄마는 단순히 나를 위로하기 위해서 그렇게 말한 것일까? 정말일까? 아무튼 어른들이 일부러 아이들 말투를 흉내 내면서 말을 할 때는 불안했다. 아직 어려서 그렇다는 말도 믿을 수가 없다. 하지만 어린아이는 아빠가 이제 프랑스 군인은 오지 않는다고 말하자 비로소 안심을 했다.

렐라를 무섭게 위협하던 성벽이 마을 전체를 둘러싸고 있었다. 성벽 아래에는 호가 파여 있고, 다시 두꺼운 벽과 호가 자리했다. 넓은 강이 이 거대한 요새의 자연 방패 역할을 해주고 있었다. 성벽 안에는 방공호, 대포나 탄약 등을 격납하는 창고, 그리고 군인들을 수용하는 병영이 있었다. 안은 굉장히 어두웠다. 포문이 좁아 빛이 잘 들어오지 않았으며 곰팡내가 나고 눅눅했다. 그렇게 폐쇄된 도시는 확장되기가 힘들다. 택지는 비싸고 길이 좁아서 가옥은 위로 높이 치솟아 협소하다.

굴뚝도 무척 많이 솟아 있었다. 구부러진 것, 곧은 것, 망가진 것, 각양각색이었다. 연통이 뿜어내는 연기는 노란색이었고, 지붕과 창턱과 길거리에 그을음 먼지를 뿌렸다. 고딕 양식의 교회가 좁은 집들에 떠밀려 마치 하늘로 쫓겨난 듯 돌덩이의 바다 한가운데에 우뚝 솟아 있었다. 교회의 종탑은 푸른 하늘을 뾰족하게 찌르고 있었다.

마인하르디스는 거처를 구하러 다녔다. 전부 어둡고 좁고, 창문은 높다란 성벽 쪽을 향하고 있었다. 케테 부인이 말했다.

"조금이라도 좋으니 하늘이 보여야 해요."

밀베르크에는 정원이 아예 없었다. 그런데 어느 날 마인하르디스는 몇 그루의 나무가 큰길을 따라서 교회와 마주 보고 늘어서 있는 광경을 발견했다. 적대적으로 노려보는 성벽도 폐쇄된 육중한 대문 때문에 끊어져 있었다. 대문 옆에는 초인종 줄이 달린 작은 문이 있었고, 그 옆에 관리인이 서 있었다.

그것은 보불 전쟁 전에 지어진 개인 저택으로, 전쟁으로 건축이 중단된 상태였다. 기다란 별채와 가운데 건물 일부분만 완성되어 있었다. 중앙에는 넓은 뜰이 있고 아직 착공되지 않은 담 쪽으로는 몇 그루의 키 큰 나무들이 서 있었다. 별채 2층에는 전설의 노부인이 살고 있었는데 아래층을 세놓기는 커녕, 적국의 장교를 보거나 만나려 하지도 않았다.

마인하르디스는 한 가지 묘안을 생각해 냈다. 군복을 벗고 사복 차림으로 노부인을 방문했다. 그는 유쾌하게 살짝 치켜 올라간 콧수염을 쓰다듬었다. 출정에 앞서 눈은 미소를 보내며 유창한 프랑스어 실력으로 자신의 매력을 어필하면서 집세를 비싸게 내겠다는 조건을 제시하여 노부인을 함락시킬 작정이었다. 뻣뻣한 노부인도 그의 수완에 넘어가고 말았다. 프로이센 사람이 이렇게 고상한 매너로 프랑스어를 구사하면서 풍부한 화제를 입에 올릴 줄 몰랐던 것이다. 하지만 노부인은 자신의 패배를 극복하지 못한 것 같았다. 그녀는 프랑스로 돌아가게 되었고, 아래층을 마인하르디스 일가에게 내주었지만 자신이 살던 2층은 비워 두고 떠났다.

노부인은 관리인 지로 씨만 남겨 두고 떠났다. 그는 마당에 있는 오각형의 작은 별채에서 살았는데 벽에 기대어 지은 이 건물은 넓은 출입문과 작은 현관 사이에 자리했다. 지로 씨는 잘생긴 사람은 아니었다. 뾰족한 콧수염을 기르고 차양이 달린 군모를 쓰고 있었다. 눈썹의 숱이 많고 시선은 날카로웠다. 항상 손에는 낡은 빗자루를 들고 있었는데 마치 「헨젤과 그레텔」에 나오는 마녀의 남편 같다고 렐라는 생각했다. 일단 입을 열기만 하면 욕이 튀어나왔다. 렐라는 그가 프랑스어로 하는 욕설을 하나도 알아들을 수 없었다. 그래서 무섭지 않았다. 그가 욕할 거리는 얼마든지 있었다. 마인하르트는 지로 씨더러 밤에만 출입구를 잠그고 낮에는 열어 놔 달라고 했다. 뒤에 있는 건물에 마구간이 있는 것을 보고 거기로 말을 끌어 올 생각이었다. 하지만 일흔 살의 지로 씨는 프로이센이 밀베르크를 점령한 이래 이 문을 연 적이 없었다. 열쇠는 녹이 슬어 기름을 쳐도 소용없을 정도였다. 그래서 프로이센 장교와 병사들은 말을 탄 채로 길거리에 서서 지로 씨가 문을 열어 줄 때까지 기다려야 했다.

지로 씨는 전쟁을 했다. 빈집의 작은 별채에서 혼자 빗자루를 휘두르며 프로이센 기병대의 침략에 맞서 전쟁을 했다.

렐라는 독방을 갖게 되었다. 두 개의 큰 창문이 길가 쪽으로 나 있었다. 창턱은 흰색과 회색 줄이 있는 대리석이었다. 침대는 벽감 안에 놓였다. 벽감 한쪽에 문이 있어서 작은 통로를 지나 복도에 있는 두 번째 문으로 나갈 수 있었다. 다른 쪽에는 벽장이 있었다. 두 문이 모두 복도로 연결되었으며, 복도 벽에는 옷걸이가 붙어 있었다. 협소한 복도 오른쪽에는 공간이 있는데 굉장히 깜깜했다. 그쪽으로는 문이 없었다.

집 전체에 그런 식으로 비밀 벽장과 은신처가 있었다. 문을 열고 들어가 보면 식기나 세탁물이 가득한 선반과 마주쳤다. 벽지를 바른 문을 열면 벽장이 있을 것 같은데 구부러진 통로를 지나 뜰로 이어지기도 했다. 방은 줄지어 늘어서 있었다. 첫 번째 문으로 들어가면 옛날 성처럼 일곱 개의 방을 한눈에 볼 수 있었다.

첫 번째 방은 온통 석고 세공으로 장식되어 있었다. 둥그스름한 네 귀퉁이에는 날개를 높이 펼친 황금색 천사들이 보였다. 마누엘라는 발끝으로 살금살금 들어가서 높은 벽난로의 대리석 판 위에 걸린 거울을 들여다보았다. 머리 위에는 촛대가 달린 샹들리에가 있었다. 마누엘라는 100개의 촛대와 100명의 마누엘라, 그리고 불이 켜진 2만 개의 초를 보았다. 왜냐하면 다른 쪽에도 다시 벽난로가 있고 금빛 테를 두른 커다란 거울이 있었기 때문이다. 여기가 '집'이었다는 사실을 믿을 수가 없었다. 렐라는 한숨을 쉬면서 프랑스어 문법책을 펼쳐 들고 벽난로 옆에 앉아 타오르는 불꽃을 바라보았다.

당시 렐라는 오빠 베르티를 자주 보지 못했다. 자신과 자기 일만으로도 몹시 바빴다. 뒨하임에서부터 얼마 전까지는 개인 수업을 받았지만, 이제는 다른 아이들과 함께 학교에 다녔다. 시립 학교인데 국경 지대라 프랑스 아이들이 많았다. 프랑스 소녀들은 렐라가 지금껏 알던 아이들과 많이 달랐다. 렐라는 그 애들이 독특하고 흥미롭다고 생각했다. 아이들의 이름도 이색적이고 묘한 콧소리 발음이 아름다웠다. 렐라의 앞쪽에는 붉은 곱슬머리에 언제나 하얀 공단 리본을 하고 있는 잔 아모스가 비스듬하게 앉아 있었다. 그 옆에는 짧은 머리를 반항적으로 세운 앙드레아가 앉아 있었다. 앙드레아는 목이 가늘고 손도 굉장히 가늘었는데 손에 반지와 팔찌를 하고 있었다. 반면에 아멜리는 불결하고 지저분한 남자아이로 보였다. 검은 머리카락이 이마까지 내려와서 커다란 회색 눈을 덮었다. 하지만 렐라는 그 애가 제일 좋았다. 뭔가 물어보고 싶었지만 용기가 나지 않았다. 프랑스 소녀들과는 될 수 있는 대로 사이좋게 지내야 할 의무가 있는 것 같았다. 프랑스인은 독일인에게 패했다! 전쟁에서 지는 것은 끔찍한 일일 터다. 모두들 굉장히 슬플 것이다. 그런데 언젠가 베르티한테 물어보았더니 "아냐, 뻔뻔스러운 사람들이라 그렇지 않아. 그리고 이제 그건 다 지난 일이야."라고 대답했다.

하지만 언제라도 70년처럼 또 전쟁이 일어날지 몰라. 그렇게 되면 여자들은 스물네 시간 안에 도시를 떠나야 해. 남자들은 남아 있어도 돼.

렐라가 눈을 크게 뜨고 물었다.

"어디로 떠나?"

"어디든 상관없어. 여기에만 없으면 돼. 여기는 폐쇄돼. 여자들은 모두 군인들이 가진 것 같은 상자를 하나씩 받게 돼. 그러면 필요한 것을 거기에 넣어야 해."

렐라는 걱정이 되었다.

"인형도 되나?"

"안 될 거야." 베르티가 힘주어 대답했다. "꼭 필요한 것만 넣어야 하거든."

그다음 날 실제로 학교에서 '군사 동원' 연습이 있었다. 마당에서 종소리가 나자 모두 일어났다. 여자 선생님이 숫자를 셌다. 하나, 하면 모두 책을 집어 든다. 둘, 하면 모두 의자에서 비켜선다. 셋, 하면 외투를 입는다. 넷, 하면 두 명씩 교실 문 앞으로 가서 선다. 달려서 집으로 가면 안 되고 행진하듯 정확한 발걸음으로 가야 한다. 집에 가서는 상자에 짐을 넣어야 한다.

상자에 대한 생각, 소지품이 전부 그 안에 들어갈까 하는 생각이 렐라의 머리를 떠나지 않았다. 가져가지 못하는 물건은 아마 프랑스 사람한테 뺏기겠지. 더구나 군인용 상자는 아주 작았다. 엄마는 내의하고 긴 양말만, 그리고 교과서와 옷, 그리고 구두만 가져가라고 했다. 마지막 결정을 할 때까지 시간이 있는지 궁금해서 식탁에서 렐라가 물었다.

"아빠, 프랑스 사람들이 곧 쳐들어오나요?"

아빠는 큰 소리로 웃었다. 엄마는 그런 일은 없으니 걱정하지 말라고 했다. 그러자 아빠가 렐라를 감싸며 말했다.

"그 말이 맞아. 그런 일이, 전쟁이 일어날 수도 있어."라고 아빠가 말했다. "하지만 네 생각처럼 그렇게 심각하진 않아. 난 한번 겪어 봤지. 멋진 일이었어."

"아빠, 프랑스 사람을 칼로 찔러서 정말 죽여 본 적 있어요?"

"응, 그랬지. 하지만 전쟁 때는 그래야 해. 프랑스 사람들이 헬무트 삼촌을 죽였잖아. '빨간 바지'[10] 군대가……."

---

10   1차 세계 대전까지 프랑스 군대는 '빨간 바지'라는 별명으로 불렸다.

그래, 그건 그래. 아빠 방 소파 위에는 삼촌의 견장(肩帶)이 걸려 있었다. 실 장식이 달린 은빛 허리띠도 있는데, 거기에는 갈색의 마른 핏자국이 있었다. 그리고 철모도 걸려 있고 대검도 있었다. 렐라는 더 이상 '바보 같은' 질문을 할 용기가 나지 않았다. 하지만 프랑스 사람들이 총을 쏘면 아멜리, 앙드레아, 잔은 어떻게 될지 상상이 되지 않았다. 그 애들은 그 자리에서 독일인들한테 죽게 되나?

"말도 안 돼." 베르티가 말했다. "독일인은 여자나 어린아이들을 상대로 전쟁을 하지 않아."

어쨌든 이제부터 아멜리, 앙드레아, 잔에게 전보다 더 잘해 주어야겠다고 마누엘라는 생각했다.

렐라는 모두를 집으로 초대했다. 아빠는 별로 좋아하지 않았다. 하지만 엄마가 렐라의 편을 들어 주었다. 우리 딸은 원하는 친구를 얼마든지 초대할 수 있어요. 엄마는 친구들 모두에게 친절하게 대해 주었지만 친구들은 처음에 옷방에 걸려 있는 군모와 대검, 승마용 채찍과 장교용 망토를 곁눈으로 훔쳐보면서 불안해했다.

특히 아멜리는 렐라의 집을 더욱 자주 방문했다. 소꿉장난을 할 때 아멜리는 렐라의 훌륭한 조수 역할을 했다. 렐라는 소꿉 나라를 제대로 만들어 보고 싶었다. 책 속에 나오는 것이나 구경만 하는 그런 것이 아니라 진짜를 제대로 만들고 싶었다. 렐라의 장난감 상자에는 작은 인형들이 많았고 아멜리는 여러 가지 자투리 천으로 예쁜 옷을 만들 줄 알았다. 그것은 렐라가 지금까지 본 적이 없는 헝겊들이었다. 흰색과 은색의 양단, 장미와 꽃장식이 있는 중국 리본, 베일과 레이스, 물의 요정한테 쓸 연두색 망사, 왕의 긴 옷자락에 쓸 두꺼운 빨간

우단, 그리고 요정들한테 사용할 흰색 비단, 님프들한테 쓸 망사, 모피, 녹색과 터키블루의 깃털 조각, 그리고 왕관에다 쓰는 별 장식까지.

모두 아멜리 엄마가 입는 옷의 자투리였다. 렐라는 아멜리의 엄마를 만나 보고 싶었지만 아멜리가 엄마에 관해 입을 열지 않았기 때문에 아무것도 묻지 않았다. 렐라는 앉아서 열심히 인형들에게 옷을 입혔다. 식탁하고, 일부는 가엾은 알리의 작품인 의자를 가져다가 신비스러운 분위기를 내기 위해서 장롱 안 어두운 구석에다 소꿉 나라를 만들었다. 왕의 식탁인 원탁 전부를 보여 줄 생각이었다. 좌석 배치는 쉽지 않았다. 왕자는 너무 수가 적고 요정은 너무 많았다. 그리고 너무 컴컴했다.

아멜리는 방법을 알고 있었다. 다음 날 아멜리는 국수 두께의 실 같은, 장밋빛의 향기로운 밀랍을 학교에 가져왔다. 가톨릭 분위기가 난다고 렐라는 생각했다. 둘은 그것을 잘라 작은 초를 만들어 소꿉 나라 왕의 테이블에 늘어놓았다.

작은 촛불이 타면서 탁탁 소리를 냈다. 장엄하고 아름다웠다. 성당에서보다 훨씬 더 아름다웠다. 흔들리는 불꽃에 반사되어 비단이 빛났고 왕의 빨간 벨벳도 화려하게 빛났다.

아멜리가 집으로 돌아간 뒤에도 렐라는 닫힌 장롱 안에 계속 들어앉아 불빛을 바라보았다. 양초 타는 냄새를 맡고 하녀 조피가 달려와 장롱 문을 열었을 때도 렐라는 아름다움에 취해서 넋을 잃고 있었다.

맙소사, 조피가 비명을 질렀다. 떨면서 울음을 터뜨린 렐라를 벽으로 밀어붙이고 조피는 소꿉 원탁의 초를 끄고 고함을 질렀다.

"도대체 여기 숨어서 뭘 하는 거야. 사모님한테 당장 이를 거야. 어떻게 되나 두고 보자."

조피가 인형을 하나씩 전부 꺼냈다.

"전부 다 누더기네. 훌륭한 기독교 집안에서 이런 짓을 하다니. 모두 반나체로 앉아 있잖아! 너, 부끄럽지도 않아? 양심이 찔리기는 하니? 아무도 못 보는 이런 컴컴한 구석에 앉아 대체 무슨 짓을 하는 거야!"

렐라는 말없이 바라보기만 했다. 눈물이 한 방울도 나오지 않았다. 아, 엄마는 이해할 거야. 하지만 엄마는 집에 없었다. 엄마는 외출 중이었다.

렐라는 말없이 침대로 끌려갔다. 아무것도 먹지 못했지만 눈치챈 사람은 없었다. 방에 불이 꺼지고 나서야 장롱 안이 비어 있음과 엉망으로 어질러진 것이 생각나 긴장이 풀어지면서 눈물이 나기 시작했다. 눈물이 계속해서 조용히 베개를 적셨다. 그때 갑자기 달콤한 향기가 나는 엄마의 손이 렐라의 머리를 어루만졌다. 렐라는 엄마를 끌어안고, 머리를 엄마 가슴에 파묻은 채 떨리는 입술로 보드라운 얼굴에 키스했다. 그렇게 우는 것이 너무 좋았다. 그렇게 울 수 있음이 장롱 안의 소꿉인형들보다 더 아름다웠다.

환상의 나라는 사라지고 다시 현실이 나타났다. 학교가 있고 그 외에도 생각할 일들이 많았다. 며칠밖에 안 지났는데 베르티가 전에 없이 인심을 쓰며 커다란 초콜릿을 렐라에게 주면서 어두운 복도 구석으로 데리고 갔다.

"저기 말이야, 부탁이 있어." 베르티가 얼른 말을 이었다. "너희 학교에 다니는 에바 폰 마르스도르프라는 애 알지?"

렐라는 생각했다. 그래, 알지. 몸집이 크고 잿빛 금발을 길게 기르고 빨간 베레모를 쓰고 다니는 상급생이었다.

"알아. 무슨 일인데?"

"만나거든 내 안부 좀 전해 줘. 해 줄 거지?"

그러지, 뭐. 그건 아주 쉬운 일이었다. 에바는 말하자면 '언니'인데, 쉬는 시간에는 모두 운동장에서 같이 놀기 때문에 매일 마주쳤다.

"고맙다, 넌 착한 동생이야. 그런데 '우리 오빠 베르티……' 라고 말할 때 그 애가 어떤 얼굴을 하는지 잘 봐야 해."

렐라는 약속했다. 그건 어려운 일이 아니었다. 오빠가 좋아하는 일을 해 주게 되어 즐거웠다. 알리가 죽고 난 후 베르티는 렐라를 못살게 구는 법이 없었다. 그래서 오빠에 대해서 상당히 감탄하고 있었다. 베르티의 머리는 연한 금발이고, 눈이 맑았다. 언제나 행복한 미소를 머금고 있어서 모든 사람들이 좋아했다. 하인도 마구간 관리인도 동급생도 친척도 모두 그랬다. 사람들은 "아휴, 베르티는 정말 귀여워."라고 말한 뒤에 좀 이따가 "렐라도 예뻐."라고 말하곤 했다. 렐라는 자신의 검은 머리와 검은 눈이 오빠와 비교해서 좀 부끄럽게 생각됐다. 오빠한테 중요해 보이는 심부름을 해 줄 수 있어서 렐라는 기뻤다.

다음 날 렐라는 임무를 완수하려는 생각으로 일찍 학교로 달려갔다. 1교시에는 집중이 안 되었고 2교시에도 질문에 도통 대답하지 못했다. 드디어 쉬는 시간을 알리는 종이 울렸다. 렐라는 10시 간식은 잊어버린 채 밖으로 달려 나가 다른 반 아이들이 밖으로 나오는 입구가 마주 보이는 자리에 가서 서 있었다.

쏟아져 나오는 인파가 렐라 곁을 스쳐 갔다. 너무 긴장해서 현기증이 날 지경이었다. 이윽고 에바가 나타났는데, 금발을 살랑살랑 흔들면서 웃고 있었다. 와, 어쩜 저렇게 예쁘게 웃지! 에바는 양쪽 팔에 친구들과 팔짱을 끼고 있었다. 친구들에게 뭔가 굉장히 우스운 이야기를 하는 것 같았다. 그들은 몸을 흔들며 웃더니 다시 머리를 맞대고 소곤거렸다. 렐라는 끔찍한 기분이 들었다. 내 얼굴은 노랗고 다리는 너무 가늘고 내리닫이 원피스는 너무 초라하고 손은 너무 앙상하고 검은 앞치마[11]는 끔찍스럽다. 렐라는 그대로 멈춰 서 있었다. 휴식시간이 끝나고 모두들 교실로 들어가서 교정이 비었지만 렐라는 운동장이 텅 빌 때까지 그냥 그 자리에 서 있었다.

집에 오니 베르티가 기다렸다는 듯이 문 앞에서 기다리고 있었다.

"내 얘기 전했어?"

"아니, 내일……."

렐라가 오빠를 옆으로 밀어냈다.

렐라는 하루 종일 이리저리 돌아다니며 거울을 들여다보면서 자신의 얼굴을 훑어보았다. 정말이지 예쁜 얼굴이 아니었다. 얼굴이 창백하고 목은 너무 가늘었다. 이 원피스도 너무 싫어. 오빠처럼 바지를 입으면 기분이 좀 나아질 것 같은데. 가끔 엄마는 렐라가 감색 체조 바지를 입고 운동하도록 허락해 주었다. 그럴 때면 자유롭고 상쾌했다. 그런 차림으로 학교에 가면 안 되나? 그러면 에바한테 다가가 인사를 하고 '언니'라고 부르면서 가방을 들어 주고, 앞에서 울타리를 뛰어넘거

11 독일어권의 전통 의상에는 장식으로 앞치마가 달려 있는 경우가 많다.

나 나무에 올라가서 내려다보며 인사할 수 있는데. 그리고 댄스 파트너를 부탁하면서 꽃을 보내기도 할 텐데. 적어도 그런 일 정도는 할 수 있을 것 같았다. 하지만 막상 실행하려고 생각해 보니 어려움이 산더미처럼 많았다. 도대체 무엇부터 시작해야 하지? 돈은 있다. 지금 당장 달려가서 꽃을 사다가 숨겨 놓을까? 나한테 그런 용기가 있나? 아마 웃음거리가 될 거야. 아니야, 사정을 알면 안 웃을지도 몰라.

길고 어두운 복도 한구석에는 두 아이를 위한 체조 기구가 있었다. 둥근 봉(棒) 하나가 두 개의 밧줄에 매달려 있었다. 봉은 마누엘라가 두 손으로 충분히 잡을 수 있는 높이였다. 마누엘라는 두세 걸음 물러나 흔들리는 봉을 잡고 휙 뛰어올랐다. 그러고는 공중그네를 한 바퀴 돌아 무릎 회전으로 거꾸로 서서 몸을 상하로 흔들었다. 마치 아래에서 관중이 올려다보는 것 같은 기분이었다. 서커스 천장에서 그네를 타는 것 같았다. 모든 스포트라이트가 그녀에게 집중된다. 렐라가 큰 회전을 하자 음악이 멈추었다. 그러고는 공중에서 한 바퀴 돌아 스쿼드 자세로 다시 한 번 점프해서 착지하자 팡파르가 요란하게 울려 퍼진다. 박수갈채가 쏟아진다. 남자가 된 마누엘라는 몸에 꼭 맞는 운동복 차림으로 뭐 이 정도쯤이야, 라는 표정으로 관중에게 미소를 보내며 인사를 한다.

다음 날이 되었다. 렐라는 쉬는 시간이 되길 기다렸다. 그리고 잔 아모와 팔을 끼고 운동장을 이리저리 돌아다녔다. 아무 일도 없고 아무 일도 일어나지 말아야 한다는 듯 여유롭게 빵을 먹었다. 그러면서 에바를 지켜보았다. 에바는 한 손에는 사과를, 다른 손에는 책을 든 채 책을 읽으면서 문을 나왔다.

지금은 한쪽 발로 서서 다른 쪽 다리는 무릎을 접어 벽에 기대고 있었다. 아무것도 보지도 듣지도 않은 채 책을 읽으면서 가끔 사과를 베어 먹었다. 그 곁을 지나갈 때마다 렐라는 가슴이 뛰었다. 아이들이 지나가면서 에바를 가리면 화가 났다. 에바는 치마에 주름이 잡힌 빨간색 원피스를 입고 있었는데 남자아이처럼 흰 칼라가 달려 있었다. 책을 읽는 중에 연한 금빛 머리카락이 에바의 얼굴을 덮었다. 곱슬머리는 아닌데 부드럽고 웨이브가 많았다. 손은 희고 손가락마저 가늘었다.

렐라는 에바가 집으로 돌아가는 길을 알고 있었다. 12시 종이 치자 미리 돌아갈 채비를 마친 렐라는 제일 먼저 학교에서 뛰어나갔다. 집으로 가는 것은 아니었다. 골목에서 오른쪽으로 돌아 몇 집을 지나 계속 뛰어갔다. 입구가 넓은 그 집을 렐라는 알고 있었다. 입구에서 렐라는 갈래머리의 리본을 잡아당겨 마치 뛰어오면서 흘러내린 듯 머리를 헝클었다. 렐라는 자신의 머리 스타일이 싫었다. 책가방을 바닥에 던지고 두 손으로 머리를 잡았다. 그런 다음 마치 사람들이 쓰다듬어 주면 털을 정리하는 강아지처럼 몸을 흔들고 나서 선원 모자를 다시 썼다.

그러자 에바가 오는 기척이 났다. 혼자였는데 가방을 흔들며 오고 있었다. 렐라는 심장이 뛰어서 터질 것 같았다. 하지만 용감하게 다가가서 "저어, 가방 들어 드릴까요?" 하고 겸손하게 말을 걸었다. 얼굴이 빨개지고 가슴은 콩닥거렸다. 렐라는 에바를 쳐다보지도 않은 채 에바의 책가방을 들고 옆에서 걸었다.

에바는 웃고 있었다.

"어디서 나타났지? 날 기다렸어?"

그렇게 말했는데, 기분이 나빠 보이지는 않았다.

렐라는 고개만 끄덕였다. 가방은 무거웠다.

"너 말이야," 에바가 말했다. "왜 이러는 거야? 왜 날 따라다녀? 나 그런 거 정말 싫어하거든…….."

"따라다니는 거 아니에요."

렐라가 조금 반항적으로 대답했다.

"그래? 그럼 뭐야?"

에바가 몸을 돌렸고, 렐라는 에바와 담 사이에 갇히게 되었다. 에바는 렐라가 달아나지 못하게 담으로 밀더니 양손을 렐라의 어깨에 놓았다. 뒤로 미는 바람에 렐라는 담으로 밀려갔다.

양손에 책가방을 들고 있어서 렐라는 꼼짝할 수 없었다. 에바는 두 손으로 천천히 렐라의 목을 끌어당기더니 귀를 잡아당겼다. 한 번도 기절한 적 없는 렐라지만 눈에는 공포의 눈물이 가득 찼다.

"자, 나를 봐. 내 눈을 똑바로 보란 말이야."

렐라는 그러지 않았다. 미칠 듯이 창피해서 책가방을 땅바닥에 던지고 에바의 양팔을 붙잡고 늘어졌다.

"뭐야, 덤벼 보겠다는 거야?" 에바가 웃었다. "별일이네." 그러면서 렐라의 뺨을 살짝 때렸다. "이 나쁜 계집애."

렐라는 무릎이 떨리는 것을 느꼈다. 그러자 에바가 풀어 주면서 말했다.

"좋아, 싫으면 관둬, 꼬마야, 난 너 필요 없어."

에바가 땅에서 가방을 집어 들고 가다가 "잘 가." 하고 소리쳤다. 렐라는 친절한 그녀의 인사에 대꾸할 상황이 아니었다. 아직도 목이 졸린 것 같았다.

전부 실패로 끝났다.

이젠 에바가 절대로 말도 걸어 주지 않겠지. 왜 난 그렇게 바보같이 굴었을까! 생각에 잠겨 고개를 숙이고 렐라는 천천히 집으로 향했다.

베르티는 열심히 렐라를 기다리고 있었다. 열네 살 나이에 비해 베르티는 굉장히 키가 컸다. 렐라도 학급에서 제일 컸지만 베르티에 비하면 언제나 작아 보였다.

"말해 봐, 얘기 좀 했어?"

베르티가 다급하게 물으면서 렐라의 방까지 따라왔다.

렐라는 일부러 침착하게 자기 일부터 했다.

"오빠는 에바한테 빠진 거야?"

그러자 베르티가 화를 내며 "빠지다니? 그건 여자애들이나 하는 거지. 난 사모하는 거야." 하고 받아쳤다.

렐라는 침착하게 "그래."라고 말하고 입을 다물었다. 더 이상 렐라한테서 아무 말도 듣지 못한 채 이야기가 끝나 버리자, 베르티는 렐라가 냉정하고 아무것도 모르는 바보라며 앞으로는 절대 속마음을 털어놓지 않겠다고 소리쳤다.

문이 꽝 닫혔다. 하지만 이상하게도 렐라의 마음은 동요하지 않았다. 지금까지는 오빠와 싸우고 나면 가슴이 터질 듯이 슬퍼서 울었다. 하지만 오늘은 어딘지 달랐다. 거의 유쾌하기까지 한 기분으로 렐라는 식탁으로 갔다.

"에이, 골치 아픈 일이 생겼네."

말 관리사 카를 아저씨가 연장이 가득 든 상자를 들고 렐라의 방으로 들어와서 길을 내려다보았다.

"무슨 일이에요?"

렐라는 지금 혼자 있고 싶었다. 가능만 하다면 어두운 장롱 안으로 들어가 두 손으로 귀를 막고 에바와 그녀의 손을 생각하고 싶었다. 하지만 방해자가 나타난 것이 싫지는 않았다.

"여기에 깃발을 달아야 해. 깃발은 엄청나게 긴데 창문이 너무 낮아서 걱정이야."

고개를 기웃거리며 카를은 창밖의 벽을 둘러보았다.

마누엘라는 깃발이 좋았다. 깃발은 언제나 축제를 의미하니까. 이번에는 황제가 오신다고 했다. 그러면 학교는 휴교를 하고, 집집마다 깃발이 내걸린다. 군악대 연주와 시가행진이 계속된다. 아빠는 깃털 달린 군모를 쓰는데, 렐라는 그 깃털의 빗질을 허락받았다. 그리고 종이 울린다. 성당의 신비스러운 종소리가 울려 퍼지는 것이다.

무테 종도 울린다. 그것은 아주 오래된 크고 두터운 종으로, 금이 생겨서 정말 특별한 축제에만 친다. 그럴 때는 무테 종 하나만 치는데, 무테의 종소리는 아주 멀리까지 퍼져 간다. 종소리가 오래도록 울리는 까닭이다. 다음번 종소리가 들릴 때까지 아주 한참을 기다려야만 한다.

아저씨가 쇠막대를 창문 아래 벽에다 박았다. 망치질을 하면서 웃는다.

"왜 웃어요?"

"흑백의 프로이센 깃발이 프랑스 사람들 마음에는 안 들 거야. 독일 깃발이……."

케테 부인도 그런 생각을 하고 서둘러서 흑색, 백색, 적색[12]

---

12 프로이센 깃발은 흑백의 줄무늬 혹은 흰 바탕에 검은 독수리 문양이었고, 프로이센이 중심인 북독일 연방의 국기는 흑색, 백색, 적색이었다.

을 함께 이어 박아서 리본으로 만들어 놓았다. 깃대는 흑백 칠을 했고, 금빛 봉을 달았다.

"깃발 꽂을 막대기를 박아 놓았으니 오늘 밤은 창문이 꼭 닫히지 않을거야."

"괜찮아요."

깃발을 다른 방이 아니라 자기 방에 달았다는 사실이 렐라는 자랑스러울 뿐이었다. 그렇게 하기를 바랐고 드디어 소원이 이루어졌다.

"불도 켜요?"

"물론이지. 사모님이 초도 사 놓았거든. 횃불 행진도 있어."

오후가 되자 집집마다 준비가 한창이었다. 창문마다 전나무 잎으로 만든 화관을 내걸었고, 발코니에는 융단이 내려졌다. 사다리가 놓이고 흑색, 백색, 적색 천 장식이 문 위에 내걸렸다. 진열창에는 황제의 초상이 걸렸는데, 종이로 만든 떡갈나무 잎으로 장식이 되어 있었다. 깃발은 동났고, 창문마다 양초가 가득 놓였다.

마누엘라는 촛불을 들고 다른 초로 초의 밑동을 녹였다. 말랑말랑해지자 초를 창틀에 놓고 누르면서 차가워질 때까지 잡고 있었다. 창문마다 초가 열두 개씩 놓였다. 한 군데도 어두운 곳이 없었다. 횃불 행렬은 마인하르디스의 집 앞을 가로질러 중앙 도로를 지나도록 되어 있었다.

마누엘라와 엄마가 창문 앞의 초에다 불을 붙이는 동안 멀리서 횃불 행진의 구령 소리가 들려왔다. 그러더니 음악이 시작되었다.

"엄마," 어두운 길을 불안하게 내려다보면서 렐라가 말했다. "어떤 사람이 자꾸 올려다봐요. 오후 내내 저기에 서 있었

64

어요."

"아마 비밀경찰일 거야. 감시하는 거야."

"엄마, 우리를 감시하는 거예요?"

"아니야. 바보 같은 소리 하지 마. 누가 황제 폐하께 나쁜 짓을 하거나 암살이라도 시도할까 봐 감시하는 거야. 황제 폐하는 어디를 가든 호위를 받으시거든. 그러려고 아빠도 나가 계신 거야. 아빠도 호위를 하고 계실 거야."

렐라는 황제 폐하가 안됐다는 생각이 들었다. 계속 사람들의 호위를 받아야 한다니 정말 끔찍한 일이야. 황제 폐하도 결국은 무서운가 봐.

"엄마, 황제 폐하도 무서우실까?"

"아냐, 그건 아냐. 황제 폐하께선 무서운 게 하나도 없어. 우리가 무섭지. 못된 프랑스인들이 나쁜 짓을 할까 봐."

멀리서 북소리가 들렸다. 그러더니 곧 주위가 죽은 듯이 고요해졌다. 곧 사람들이 요란하게 "만세, 만세, 만세!"라고 외치는 소리가 나더니, 곧이어 행진에 맞춰 군악대가 연주를 시작했다.

아래쪽 큰길로 사람들이 몰려갔다. 길을 막느라고 아까부터 그곳에 서 있던 군인들이 이제 소총을 들고 사람들을 인도로 내몰았다. 창문 안의 촛불이 불안하게 흔들렸다. 눅눅한 저녁 바람이 알록달록한 깃발을 물결치게 했다. 전나무 잎 향기가 풍겼다. 길가의 사람들이 조용해졌다. 음악이 점점 가까워졌다. 기마병들이 연주를 하고 있었다. 관악기들이 노란빛을 번쩍였다. 말들은 귀에다 빨간 술을 달고 금빛 덮개를 덮고 있었다.

묘한 주황색 빛이 모두를 감쌌다. 렐라는 엄마의 손을 잡았다. 횃불 행진이었다. 팔을 높이 든 수백 명의 대학생들이 타오르는 막대를 높이 들고 있었다. 그들 머리 위로 불꽃이 붉게 타오르며 검은 연기를 뿜어냈다. 학생들은 줄과 열을 맞춰 행진했다. 음악이 점점 멀어지더니 종소리가 온 세상에 울려 퍼졌다. 처음에는 천천히 울리다가 점점 크게 울렸다.

렐라는 엄마의 얼굴을 쳐다보았다. 얼굴은 횃불의 불빛 때문에 비현실적으로 반짝였다. 엄마가 말을 하는데, 입만 움직일 뿐 무슨 말을 하는지 알 수 없었다. 불빛에 반짝이는 엄마의 눈을 볼 수 있었다. 렐라는 엄마의 손을 꽉 잡았다. 엄마의 손이 사라질까 두려운 듯 힘껏 쥐었다. 건너편 집의 벽은 불빛 때문에 마치 큰 화재가 난 듯 보였다. 그쪽을 보면 큰불이라도 날 것 같았다. 그럴 수도 있었다. 어디까지든 번져 나갈 기세였다. 이번에는 괜찮지만 어쩌면 다음번에는……

거리에 있는 사람들은 불빛 속에서 침묵하고 있었다. 축제를 준비했는데 무슨 이유인지 제대로 진행되지 않은 기분이다. 종소리가 그쳤다. 그러자 이번에는 근처 성당에서 종소리가 처음에는 낮게, 그러다가 점점 더 크게 울렸다. 바람에 실려 수천수만의 군중 위로 관악기들이 힘차고 자신 있게 울부짖었다.

주님께서 보여 주신
사랑의 힘에 기도합니다.

렐라는 두 손을 모았다. 그녀가 좋아하는 찬송가, 개신교 교회에서 부르던 노래가 가톨릭 성당 저 높이에서 들려왔다. 마지막 음이 사라지자 금이 간 무테의 종이 끔찍할 정도로 진지한 곡조를 어둡고 무겁게 울렸다.

창마다 촛불이 꺼지고 거리가 어두워졌다. "이제 끝나서 횃불을 모으네."라고 누군가가 말했다. 무테의 종이 계속 울리는데, 오랫동안 위협적으로 떨리는 여음 탓에 창문이 흔들리고 사람들이 귀에 고통을 느낄 정도였다. 무심하게 거리에 서 있던 사람들도 마치 종탑의 부름을 받은 듯 이제는 얼굴을 들어 탑을 쳐다보았다. 무테는 프랑스 여자 이름이리라고 렐라는 생각한다. 아멜리는 무테의 종소리를 듣고 기뻐하고 있을 거야. 아멜리와 다른 사람들이 기뻐할 거라고 생각하니 기분이 좋았지만, 렐라는 그 생각을 입 밖에 내지 않았다.

침대에 들어가자마자 렐라는 바로 잠이 들었다. 길은 텅비었다. 길 건너 어느 창문에는 아직도 불이 밝혀져 있었다. 술집으로 들어가는 문이었다. 그곳엔 소음과 담배 연기가 자욱했다. 여기저기서 조용히 하라는 외침이 들렸다. 순찰하는 순경이 지나갔다. 그들은 술집을 들여다보고 걸음을 멈춘 채 서로 무슨 말인가를 주고받았다. 하지만 곧 천천히 걸음을 옮겨 그곳을 지나갔다.

케테 부인은 다시 한 번 렐라의 방으로 들어가 거리를 내려다보았다. 잠시 세상이 조용했다. 부인은 렐라의 침대로 다가갔다. 아이는 곤히 자고 있었다. 항상 그렇지는 않았다. 오래전부터 케테 부인은 렐라가 자는 동안 몸을 뒤척이고 꿈을 꾼다는 사실을 알고 있었다. 무언가 두려운 모양이었다. 꿈속에서 쫓기고 있는지도 몰랐다. 확실하다. 비명을 지를 때도 있었다. "프랑스 사람이 온다.", "총을 쏴요, 총을 쏘고 있어요."라고 잠꼬대를 했다. 그럴 때면 케테 부인은 아이를 깨워 안심시킨 뒤에 다시 재웠다. 부드럽게 이마를 만져 주면 렐라는 푹 잠들었고 다음 날 아무 말도 하지 않았다. 아무것도 기억하지 못했다. 케테 부인은 렐라의 이마 위에 십자를 그었다. 그리고 조용히 문을 닫았다. 혼자 남은 렐라는 귀여운 인형 두 개를 품에 안고 자던 어린 시절처럼 깊은 잠에 빠졌다.

길에서 시끄러운 소리가 들렸지만 렐라는 깨지 않았다. 술 취한 두세 사람이 술집에서 나오며 비틀거렸다. 그 사람들의 프랑스어는 알아들을 수가 없다. 바람이 없어서 깃발은 조용히 내려와 있었다. 길 아래로 내려앉아 있었다. 그런데 누가 깃발을 잡고 있나? 누가 잡아당기지? 누구지? 렐라의 창틀에 있는 깃대의 묵직한 한쪽 끝이 갑자기 위로 치솟았다. 그러더니 요란한 소리와 함께 벽에서 쇠말뚝이 떨어져 나가더니 유리창을 때렸다. 무언가 떨어졌고, 누군가가 아래에서 소리를 질렀다. 비명인지 환호인지 알 수 없었다.

깃대의 한쪽 끝은 아직 창틀에 매달려 있었다. 엉망진창이었다. 헝겊은 찢어지고 막대는 부러진 채, 렐라는 창백하게 방 한가운데 서 있다.

"엄마, 엄마, 엄마."

그렇지만 목소리가 목에 걸려서 한마디도 나오지 않았다. 술집 문이 왈칵 열리며 사람들을 쏟아 냈다. 검은 그림자들이었다. 두 팔을 허공에 뻗고 껑충 뛰었다. 그들이 깃발을 찢어서 더럽고 축축한 땅에다 놓고 밟고 있었다. 렐라가 알아들을 수 있는 건 한마디뿐이었다.

"몰아내자, 프로이센. 몰아내자, 프로이센."

렐라가 아는 말이었다. '프로이센'이라는 말과 '몰아내자'라는 말이 렐라가 배운 최초의 프랑스어였다. 깃대는 사라지고 없었다. 맨발인 렐라의 발 앞에는 유리 조각이 나뒹굴고 창문은 활짝 열려 있었다. 천천히, 두려움을 삼키며 렐라는 창문으로 다가갔다. 밖에는 아무도 없었다. 깃발도 보이지 않았다. 멀리서 「라 마르세예즈」 노랫소리가 요란하게 들려왔다.

깨어나 보니 렐라는 엄마의 침대에 누워 있었다. 손은 엄마의 손을 꼭 쥐고, 머리는 엄마 어깨에 기대고 있었다. 따뜻하고 기분이 좋았다. 눈이 잘 안 떠졌다. 오랫동안 운 것처럼 부어 있었다. 어젯밤에 울었나? 왜 엄마의 침대에 와 있지? 분명 무슨 일이 있었어. 깃대, 아, 맞다. 렐라는 엄마의 침대 속으로 파고들었다. 여기는 안전해. 아빠는 항상, 렐라도 이제 다 컸으니까 엄마 침대로 오는 건 곤란하다고 했다. 아기들이나 그러는 거라고. 그렇지만 엄마의 침대에 누워 있으면 너무 좋다. 여기서 영영 나가지 않았으면 좋겠다. 난 여기 있을 거야. 다른 데는 싫어. 혼자서 침대에 누워 있으면 너무 추워. 인형은 빼앗겨 버렸다. 인형하고 놀기에는 너무 컸다면서. 그런데 깃발은 어떻게 됐지? 프랑스 사람들이 끌어 내렸는데……. 그런데 왜들 그러지? 렐라는 한숨을 쉬었다.

그 소리에 케테 부인이 눈을 떴다.

"얘야, 왜 그러니?"

"엄마, 우리 모두가 프랑스 사람들한테 아주 친절하게 하면 그 사람들도 전쟁에서 진 일을 잊지 않을까?"

오늘 렐라는 학교에 가지 않았다. 그래서 좋았다. "이런, 게으름뱅이."라고 엄마는 말하지만 그래서만은 아니었다. 엄마는 모르지만 다른 이유에서도 좋았는데, 바로 에바 때문이다. 에바는 화가 났을 것이다. 에바는 내가 자기를 우습게 여긴다고 생각할 터다. 엄마한테는 이 상황을 설명할 수가 없다. 그런데 왜 설명이 안 되는 거지?

렐라는 작은 장바구니를 들고 엄마와 시장에 갔다. 여긴 시장이 실내에 있었다. 렐라는 아주 어렸을 때 하녀를 따라 시장에 가기를 정말 좋아했다. 뒨하임 시장은 굉장히 평범했다. 뚱뚱한 아줌마들이 앉아 있는데, 이상한 사투리로 말을 하고 과일, 감자, 꽃을 알 수 없는 이름으로 부르기 때문에 말을 새로 배워야 했다. 땅바닥에다 포대를 펴 놓고 무, 겨자무, 상추를 파는 사람도 있었다. 중앙에 있는 오래된 분수 주변에는 꽃장수들이 앉아 있다. 거기는 맨 나중에 가는데 20페니히 정도 남으면 엄마를 위해서 물망초 한 다발을 샀다. 하지만 이곳 뷜베르크는 완전히 달랐고, 시장도 달랐다.

시장 건물도 렐라가 생각한 것 같은 건물이 아니었다. 커다란 건물 앞에 다가갔을 때 렐라는 환멸을 느꼈다. 건물은 크기만 하지 더러운 창고 같았다. 그래도 안에는 활기가 넘쳤다. 부르는 소리, 떠드는 소리, 그리고 각양각색의 몸짓과 손짓. 렐라는 불안해서 엄마의 손을 꼭 잡고 안으로 들어갔다. 컴컴해서 처음엔 잘 보이지 않았지만 곧 눈앞이 환해졌다.

"저어, 사모님 뭘 찾으세요? 뭐가 필요하세요?"

여기저기서 프랑스어가 들렸다.

렐라는 발이 땅에 붙어 버린 듯 서 있었다. 엄마의 손을 꼭 잡고 있었다. 아무리 봐도 있을 수 없는 기적 같았다.

"엄마, 아줌마들이 프랑스어로 말해요!"

마인하르디스 부인은 어느 판매대 앞에 서 있었다.

"엄마, 어떻게 시골 아주머니들이 프랑스어를 해요?"

"프랑스 사람이니까 그렇지, 이런 바보."

렐라는 더 이상 말을 하지 못했다. '프랑스 여자'는 전혀 다른데, 아주 섬세하고 아주 부드러워서, 시장 아줌마들하고 완전히 다른데…….

엄마도 프랑스어로 장을 보고 있었다. 아스파라거스였다. 크고 두껍고 둥그런 여러 다발의 아스파라거스가 있었다. 순이 연보라색이었다. 인형한테나 쓸 정도로 아주 가느다란 것은 연두색이나 녹색으로 길이가 길지 않은데, 그건 순이 다 자란 아스파라거스였다. 흔히 볼 수 있는 정상적인 아스파라거스도 있었는데 그것은 분홍색 끈으로 묶어 1파운드씩 따로 포장되어 있었다. 일렬로 놓인, 눈처럼 희고 순이 굵은 연한 색깔의 굵은 아스파라거스는 제일 비쌌다. 렐라 옆 땅바닥에는 무가 가득 쌓여 있었다. 마치 산더미 같았다. 아래는 넓고 위는 뾰족하게 쌓여 있는데, 거의 렐라의 키 정도로 높았다. 무의 녹색 밑동은 안쪽에 있어서 안 보이고, 바깥에서는 구릿빛 붉은 몸통에 달린 아주 부드러운 무 꼬리만 보였다. 그걸 보니 렐라는 웃음이 나왔다. 너무 예뻤다. 젖은 다발 몇 개를 광주리에 담고 앉아 있는 사람들의 모습이 슬펐다.

갑자기 렐라가 새로운 것을 발견했다.

"엄마, 오이 봐요. 벌써 오이가 나왔어요."

"그래, 그렇지만 우리가 사기엔 너무 비싸."

엄마는 항상 값이 싼 아스파라거스만 샀다. 깨끗한 대바구니에 가득 쌓여 있는 굵고 하얀 버섯을 렐라는 부러운 듯 바라보았다. 엄마도 틀림없이 그 버섯을 보았을 것이다. 하지만 오이를 비싸다고 하니……. 두 사람은 천천히 돌아다녔다. 렐라가 한 번도 보지 못한 과일과 채소 들이 가득 쌓여 있었다. 굵은 자주색 가지, 치커리라고 부르는 특이한 채소도 있었다. 굉장히 재미있어 보이는데 엄마는 이런 것은 사지 않았다. 하지만 렐라는 아무 말도 하지 않았다. 사람이란 지나쳐서는 안 되고 항상 최고의 것을 가지려고 욕심내면 안 된다. 저런 것은 다른 사람들의 몫이다. 누군가가 '최상품'을 사 갈 터였다. 예를 들면 저기 걸려 있는 거위, 닭, 비둘기, 병아리 같은 것 말이다. 어쨌든 렐라는 장바구니에 피 흘리는 것들을 담지 않아서 다행이라 생각했고, 고깃덩어리는 외면하면서 안 보려고 했다.

토막 난 채로 젖은 판매대에 미끄럽고 차갑게 놓여 있는 커다란 연어나 은빛 생선을 렐라는 좋아하지 않았다. 엄마는 걸음을 멈추고 대구를 샀다. 렐라는 시선을 돌렸다. 옆에 대구가 산처럼 많이 쌓여 있는데 제일 싼 가격이 붙어 있었다. 다행히도 누렇게 얼룩진 생선 포장은 엄마가 받았다.

생선 장수는 채소 장수처럼 친절하지 않았다. 생선을 종이에 싸서 엄마의 얼굴에 던지다시피 했다. 다 건네고 고맙다거나 안녕히 가시라는 인사도 없었다. 렐라는 그런 대우를 받은 까닭이 엄마가 대구를 프랑스어로 무어라고 부르는지 몰랐거나, 그냥 대구만 샀기 때문이라는 사실을 몰랐다.

엄마와 함께 집으로 돌아오면서 렐라의 시선은 진열창을 떠나지 않았다. 엄마와 함께 걷고 있는 자신의 모습을 보고 싶었다. 렐라는 이제 다 자란 처녀만큼 커서 거의 엄마 어깨까지 왔다. 어찌나 빨리 자라는지 옷이 작았다. 가느다란 팔목이 나와 보여서 엄마는 종종 옷단을 뜯어 소매를 늘여야 했다. 종종 가슴 부위에 뜨거운 작은 통증이 일었다. 에바, 오늘은 에바를 만나지 못했다. 내일은 볼 수 있을 거야. 베르티의 말을 전할 수 있을 거야. 한번 이야기를 해 봐야지. 못할 이유가 없잖아. 곁에 다른 아이들이 있어도 상관없어. 렐라는 엄마의 옆얼굴을 보았다. 내일 학교에 다른 옷을 입고 가겠다고 엄마한테 말해도 될까? 하지만 엄마에게는 지금 다른 걱정거리가 있었다.

엄마는 내일 올 손님들 생각을 하면서 과자 가게 앞에서 걸음을 멈추었다. 렐라의 이모와 이모부가 이곳 밀베르크를 구경하기 위해 베를린에서 올 예정이었다. 그래서 다과를 주문해 놓아야 했다.

과자 가게 주인 므슈 칼리난은 프로이센인을 미워하지 않았다. 그래서 색색의 사탕이 들어 있는 높은 유리통을 열심히 쳐다보는 렐라의 시선과 마주치자 사탕 몇 개를 종이에 싸서 아스파라거스와 무가 들어 있는 장바구니에 넣어 주었다. 렐라는 부끄러워서 "고맙습니다."라고 프랑스어로 말했다. 마음 속으로는 몇 번이나 경탄하면서 진열창 안에 들어 있는 특이한 모양의 노란 달걀 속에 무엇이 들어 있을지 궁금해했다. 집에 돌아오자마자 렐라는 얼른 하얀 사탕을 입에 넣고 깨물어 보았다. 놀랄 만큼 딱딱했다. 그래도 깨물어지긴 했다. 안에 든 것은 아몬드였다. 약간 실망을 하고 렐라는 남은 사탕을 차례로 깨물어 보았다. 연보라색, 자주색, 갈색이었다. 묘한 색깔이었다. 겉으로 보기엔 다 예쁜데, 전부 다 딱딱하고 속에는 하나같이 아몬드가 들어 있었다. 렐라는 열려 있는 서랍에다 하나씩 던져 넣었는데 마치 돌멩이가 떨어지는 것 같은 소리가 났다.

그러느라 엄마한테 원피스 이야기를 꺼내지 못한 채 잊고 말았다.

"자, 어서 머리를 빗자. 이게 뭐야. 새 신발 신고 앞치마도 깨끗한 걸로 해. 네가 지저분한 모습을 보면 루이제 이모가 당장 뭐라고 할 거야. 자, 어서 서두르자. 곧 도착할 거야."

마누엘라는 자기 방으로 달려가서, 빗을 적셔 머리를 매만지기 시작했다. 루이제 에렌하르트 이모는 아이들한테 별로 인기가 없었다. 엄마는 "좋아해서 그러는 거야."라고 말하지만, 베르티는 이모가 키스를 할 때면 이[齒牙]가 닿아서 깨물 것 같다며 겁을 냈다. "이모는 아이가 없으니까 잘 몰라서 그래."라고 엄마는 이모를 변명했다. 하지만 이모부는 달랐다. 에렌하르트 이모부는 상냥하고 재미있는 분이다. 백발에 몸집이 작은 신사로 목소리가 약간 고음인데, 흥분을 잘하는 이모를 달래기 위해서 종종 목소리를 부드럽게 낮추어야만 했다. 그럴 때면 이모는 이모부를 성(姓)으로 부르면서 "에렌하르트, 내 말 들어요. 이건 이래요."라고 말했다. 그러면 각하 칭호가 있고 훈장이 많아서 옷깃에까지 하나 달아 둔 에렌하르트 장군은 언제나 그래, 라고 동의했다. 언제나 그랬는데, 그건 평생의 습관이었다. 약간의 미소까지 보내면서 그러는데, 가끔 미소를 짓지 않는 경우도 있었다. 그럴 때는 더 이상 이모가 시끄럽게 굴지 않도록 바라보면서 아주 쾌활한 척 결정적인 한마디를 남겼다.

"맞아, 당신 말은 항상 맞아."

그러고는 신문을 탁자 위에 내던졌는데, 문장이 있는 인장 반지와 뼈마디가 굵은 자그마한 손이 조금 떨렸다. 하지만 이모는 신경 쓰지 않았다. 이모는 머리카락을 하나도 남기지 않고 위로 빗어 넘겼다. 풀칠을 한 실타래 같은 게 머리핀으로 단단히 고정되었다. 이모는 얼굴이 불그레하고 동그스름한데, 본인은 위엄 있게 보이길 원하지만 고집스러운 작은 코 때문에 별로 그렇게 보이지 않았다. 코르셋으로 조인 가슴과 맨 위까지 잠근 원피스 깃 위의 이중 턱이 그런 결함을 어느 정도

만회해 준다. 이모는 키가 크지 않은데도 커 보이는데, 자세 때문이다. 반면 노장군은 작은 편이 아닌데도 역시 자세 때문에 작아 보인다.

그런 에렌하르트 이모부와 루이제 이모가 렐라의 집에 손님으로 왔다. 그런데 아이들 선물을 잊고 왔다.

"저런, 우리가 깜빡 잊었네." 점심때 이모부가 말했다. "그런데 말이야, 루이제, 여보 이런 건 당신이 챙겨야 하는 거야."

베르티와 렐라는 서로 쳐다보지도 못한 채 아이들이 보통 그러듯이 입술을 약간 실룩거리며 접시만 내려다보았다. 선물 사는 건 물론 루이제 이모의 몫이다. 하지만 선물을 사 왔다 해도 너무 뻔했다. 이모와 이모부는 대개 크리스마스 때 나타났다. 그때 렐라의 생일도 있기 때문이다. 엄마의 또 다른 언니인 이레네 이모는 아이들이 너무 많아서 시간이 없기 때문에 해마다 예쁜 종이로 싸고 금빛 리본으로 묶은 소포를 두 개 보내왔다. 소포에는 전나무 가지와 두 장의 카드가 들어 있었는데 그중 한 장에는 '마누엘라의 생일을 축하하며'라고 쓰여 있고, 다른 한 장에는 '크리스마스를 축하하며, 마누엘라에게'라고 적혀 있었다. 루이제 이모는 언제나 작은 선물 하나를 가지고 와서 "자, 이건 양쪽을 겸한 선물이야. 생일하고 크리스마스."라고 말했다.

그런데 이번에는 더운 여름에 온 것이다. 아빠가 연대에 마차를 부탁해서 아이들까지 모두 함께 전투지 구경을 가기로 했다. 베르티와 렐라는 절망적인 시선을 주고받았다. 전투지라면 이미 모르는 데가 없을 정도로 구석구석 잘 아는데, 손님이 올 때마다 어쩔 수 없이 따라가야만 했다. 간신히 참고, 둘은 마차에 올라 좁은 뒷좌석에 앉았다. 이모와 이모부가 앞에 앉고 아빠는 고삐를 잡은 병사와 나란히 앉았다. 마차는 가벼운 사냥용 마차여서 길을 달릴 때 몹시 덜컹거렸다. 엄마는 두통이 걱정돼서 이 시골 소풍에 빠졌다.

루이제 이모는 마치 거리를 처음 구경하는 외국인처럼 사방을 두리번거렸다.

"이 마을은 아직도 프랑스처럼 보이네요. 독일 도시 같지가 않아요."

"그야 그렇지. 얼마 되지 않았어. 겨우 이십오 년 밖에 안 됐으니까. 시간이 좀 더 지나야지. 시간이 필요한 일이야."

이모부가 말했다.

"하지만 참을 수 없네요. 프랑스 간판 보기 싫어요. 정육점이라면 메츠거(Metzger)[13]라고 해야지 샤퀴티에(charcutier)[14]가 뭐예요! 내가 한마디 하겠는데 저런 간판은 전부 떼고 독일어 간판만 달아야 해요."

이모는 몹시 흥분해 있었다. 할 말이 있으면 다 할 생각인 것 같았다.

마차는 이제 시골 분위기를 풍기는 교외를 달리고 있었다. 푸른색 상의에 나막신을 신은 남자들이 나지막한 집 앞에 서서 파이프를 피우고 있었다. 말들은 겁먹은 듯 속력을 내어 그들 곁을 지나갔다.

마인하르디스는 사복을 입고 있었다. 하지만 마부석의 병사는 편안해 보이지 않았다. 그는 꼿꼿이 앉아 왼쪽도 오른쪽도 쳐다보지 않았다.

---

13 독일어로 '정육점', '도축업자'라는 뜻.

14 프랑스어로 '정육점', '도축업자'라는 뜻.

파이프를 피울 때는 왜 저렇게 침을 많이 뱉는지 의아한 생각이 들었다. 하지만 문득 이곳 남자들이 고의로 침을 뱉고 있음을 렐라는 눈치챘다. 마차가 지나가자 길가의 노인 하나가 주먹을 휘두르며 침을 뱉고 "꺼져라, 프로이센 놈들!"이라고 미친 듯 고함치는 소리가 들렸다. 베르티는 앞만 바라보았고, 다른 사람들은 노인에게 등을 돌렸다. 놀란 렐라의 눈하고만 마주쳤는데 그러자 노인이 무섭고 위협적으로 노려보았다. 렐라는 무섭고 기분이 나빠서 좌석 옆의 가느다란 쇠고리만 힘주어 잡았다. 떨어지면 안 돼, 라고 렐라는 생각했다. 나를 죽일 거야. 어서 빨리, 빨리 지나가야 해.

"마누엘라의 얼굴이 새파래졌네." 루이제 이모가 말했다. "왜 그러니?"

"저런." 이모의 목소리를 마부석에서 듣고 마인하르디스가 말했다. "저 앤 항상 그래요. 나를 닮았죠. 어린아이가 저렇게 얼굴이 창백하다니 정말 이상해요."

"아이들은 뺨이 발그레해야 좋은데."

이모가 위압적으로 말했다.

마누엘라는 기가 죽었다. 그래요, 나도 에바처럼 발그레한 뺨과 금빛 머리였으면 좋겠어요. 에바가 나를 안 좋아하는 건 이상한 일이 아니야. 오늘은 일요일이다. 그리고 어제도 만나지 못했다. 내일은 꼭 만나서 나 역시 에바 따위를 좋아하지 않는다는 사실을 똑똑히 알려 줘야지. 앞으로는 아는 척도 하지 않을 거야. 오빠도 내가 어떤 사람인지 좀 알아야 해.

그때 마차가 멈췄다. '르 슈발 블랑(Le cheval blanc)'[15] 음

---

15   프랑스어로 '백마'라는 뜻.

식점 입구다. 입구의 검은 간판에는 내달리는 건장한 흰말 그림이 있었다. 모두들 마차에서 내렸다. 일행은 여기다 말을 놔두고 갔다가, 점심 식사 때 돌아올 예정이었다. 모두들 먼지가 날리고 햇빛이 쏟아지는 길을 활기차게 걸었다. 루이제 이모가 양산을 폈다. 두 신사는 주위를 살폈다. 마인하르디스가 팔을 뻗어 저쪽 구릉 지대를 가리켰다. 그쪽이 황태자 군대가 머물던 곳이다. 이모부도 잘 알고 있다. 이모부 역시 '함께 겪었다.' 돌격과 승리 후의 그 저녁을.

"정말이지 대단했죠. 아시겠지만 그날 저녁에……."

아빠가 그 얘기를 시작하자 베르티와 렐라는 살짝 자리를 빠져나왔다. 아빠의 전쟁 이야기를 얌전히 듣는 것은 엄마가 엄한 시선으로 강요할 때뿐이다. 무슨 이야기가 나올지 뻔했다. 루이제 이모는 열심히 귀를 기울이고 있었다.

"어서 얘기해요. 이 신성한 자리에서 그 이야기를 듣게 되다니 정말 흥미로워요."

"네, 그렇게 기이한 일은 두 번 다시 없을 겁니다. 우리는 하루 종일 예비병으로 주둔하고 있었는데, 기병이라 참전이 불가능해서 화가 났습니다. 전투는 아침 일찍 시작됐지만 우리는 헛간에 앉아 파이프나 피우고 있었어요. 그런데 날이 어두워질 때 갑자기 '말을 타라'는 명령이 내려왔습니다. 삽시간에 우리는 말에 뛰어올랐어요. 나는 파이프를 급히 상의 주머니에 넣었습니다. 우리는 적군을 향해 '총격'을 했습니다. 엄청난 접전이었어요. 그 망할 유색(有色) 보병 놈들, 아시지요?"

그가 에렌하르트를 쳐다보자 이모부는 고개를 끄덕였다.

"놈들은 우리의 팔목을 향해 휘어진 군도를 휘둘렀습니

다. 하지만 나는 비단 수건을 양손에 감고 있었어요. 그런 상황에 대비해서 어머니가 보내 주신 거죠. 어떻게 이야기를 해야 할까요? 엄청난 전투였습니다. 처참한 학살 현장이었는데, 내 부하들은 모두 용감해서 사자처럼 사납게 소리치며 돌격했습니다.

별안간 적이 사라졌어요. 마치 아군이 불어서 날려 보낸 듯 말입니다. 우리는 아직도 힘이 남아돌았어요. 우리는 근처 벌판에서 야영을 시작했습니다. 그런데 앉자마자 나는 갑자기 가슴에 심한 통증을 느꼈어요. 놀라서 모두에게 '이봐, 나 부상당했어.'라고 소리쳤어요. 부하들이 내 상의를 찢어서 벗겼습니다. 그런데 안에 연기가 가득한 거예요. 셔츠하고 내 살이 타고 있었어요. 무슨 일인 줄 아세요? 불씨가 남은 파이프를 내가 그대로 주머니에 넣은 겁니다. 내가 말을 타는 동안 담뱃불이 내 살을 태우고 있었어요. 내 가슴은 비프스테이크처럼 됐어요. 모두들 한바탕 웃었지요."

루이제 이모는 재미있다고 웃어 댔고, 이모부는 마인하르디스의 어깨를 치면서 "동서도 보통은 아니야."라고 말했다.

"자, 그러면 그곳이 어디고, 전투가 어떤 식으로 전개되었는지 알려 드리죠. 여기 옆에 대포가 있었습니다."

마인하르디스가 동쪽을 가리켰다.

렐라와 베르티는 함께 돌아다녔다. 둘은 울타리가 쳐진 무덤 앞에 섰다. 쓸쓸하고 텅 빈 들판 한가운데였다. 무덤에는 쇠창살이 둘러 있고, 십자가 하나와 측백나무 두 그루가 양쪽에 서 있었다. 십자가와 무덤은 구슬로 만든 화관들에 덮여 있었다. 구슬은 여러 빛깔인데, 그중 어느 화관 가운데의 에나멜 팻말에는 사진이 들어 있었다. 턱수염이 있고 검은 지팡이를

든 남자 사진이었다.

"자, 저리 가자, 렐라, 여긴 프랑스인 묘지야."

베르티가 말하면서 렐라를 잡아당겼다. 저쪽에서 "베르티, 렐라, 이리 오너라." 하고 부르는 소리가 들렸다.

넓은 평원이 눈앞에 펼쳐지고, 들판과 황량한 초원 여기저기에 기념물이 서 있었다. 그들의 다음 목적지는 최근에 낙성식을 한 저격병의 기념비였다. 멀리서 보니 잉크병 같다고 렐라는 생각했다. 계단 위에 커다란 돌 받침이 놓여 있는데, 햇빛에 반사되어 눈처럼 희게 빛났다. 받침대는 넓고 판판했다. 기념비는 위로 갈수록 폭이 좁아지다가 맨 위에는 저격병 제복을 입은 병사의 거대한 동상이 있었다. 동상은 앞으로 나아가려는 듯 한쪽 팔을 내밀어 언덕 위를 가리켰다. 동상은 순금으로 만든 것처럼 빛이 났다. 햇살이 동상에 반사되어 무수한 광선으로 흩어졌다. 너무 눈이 부셔서 제대로 뜨지도 못하고 실눈으로 쳐다볼 수밖에 없었다.

렐라와 베르티가 그곳에 가 보니 어른들은 이미 전사자의 이름과 날짜를 읽고 있었다. 그들은 거의 모두를 알고 있었다.

"아아, 라소, 정말 훌륭한 청년이었는데 안됐어. 익살꾼이었는데. 여긴 그뤼네 무덤이군. 아가씨가 그 친구를 따라 여기까지 왔었지. 미남에 금발이었는데, 안됐네."

일행은 더 걸었다. 대지는 황량하고, 잡초뿐이었다. 엉겅퀴, 쐐기풀, 냉이, 민들레, 흰양귀비만 가득했다. 돌멩이하고 먼지밖에 없었다. 나무도 수풀도 없는 벌판이었다. 슬픈 기억과 기념비에 억눌린 채 대지는 본래의 사명을 잊고, 뜨거운 열과 건조한 대기 가운데 눈앞에 펼쳐져 있었다. 저 위에는 분노한 시선의 용감한 독수리가 청동의 거대한 양 날개를 죽은 대지 위로 펼치고 있었다. 거기에는 다 부서진 대포 위에 쓰러지듯 넘어진 천사가 죽어 가는 병사를 천국으로 인도하고 있었다. 묘지 하나하나가 태양이 내리쬐는 이 단조로운 벌판에 검은 점을 만들고 있었다. 일행은 먼지를 뒤집어쓴 채, 발을 질질 끌면서 묵묵히 '백마'로 돌아왔다.

'뱅 그리'는 특별한 포도주다. 옅은 레드 와인이다. 레드 와인에 물을 섞은 듯 보인다. 레드 와인에다 물을 많이 섞은 것 같다. 하지만 가볍게 생각하고 뱅 그리를 마시면 제법 독하다는 사실을 곧 알게 된다. 일어나려고 할 때에야 그것을 확실히 깨닫는다. 그제야 두 다리가 제대로 말을 듣지 않음을 지각한다. 무릎까지 올라오는 고무장화를 신었거나 물속을 걸어가거나 발에다 납을 달았거나 무릎이 솜으로 되었거나, 아무튼 그런 기분이다. 하지만 이 모두가 '프티 뱅 그리,' 꼬마 와인 탓이다. 에렌하르트 이모부는 이게 보통 물건이 아니라는 점을 금방 알아차렸다. 루이제 이모는 뺨이 빨개져서 아빠가 무슨 말만 하면 잉꼬 비둘기처럼 깔깔 웃었다. 묘지에 묻힌 프랑스인들이 마시던 이 술이 너무나 맛있어서 마인하르디스는 무덤으로 달려 나가 마치 '나폴레옹군 지휘관'처럼 프랑스어로 소리를 질렀다. 경기병들의 제복은 양쪽 나라 모두 비슷했기 때문이다. 정말 바보 같은 일이었다.

"적들은 뒤에서 우리 병사들하고 저한테 총을 쏘아 댔습니다. 하지만 하나도 못 맞혔어요. 우린 악마처럼 날쌔게 돌진했거든요."

마인하르디스가 이야기를 끝냈다.

그건 건배를 해야 할 또 하나의 이유였다. 모두들 밝게 빛나는 포도주가 담긴 작은 유리잔을 높이 들어 조용히 잔을 부딪치고 다시 입으로 가져갔다. 에렌하르트 이모부는 계속 하얀 바다표범 코밑수염을 닦았고, 그러고 나서 양팔을 다시 편안하게 테이블 위에 내려놨다. 이마는 하얀데, 얼굴 하관은 가느다란 핏줄이 서로 엉켜서 불그레했다. 잘생긴 코도 약간 벌겠고 눈은 촉촉해 보였다.

"동서, 얘기 좀 더 해 주게나. 나도 여러 가지 일을 겪었네만, 이야기를 잘할 줄 몰라. 그건 내 분야가 아냐. 나는 그걸 평생 다른 사람한테 양보했네. 사랑하는 아내한테 말이야."

그러면서 애교 섞인 눈길을 이모한테 보냈다. 이모는 약간 당황했지만 오늘은 이모부한테 별 불만이 없었다. 왜냐하면 오늘은 행복한 날인 까닭이었다. 여행을 하고 동생 집을 방문해서 소풍을 하고 명소를 방문한 이 모든 일들이 이모는 즐거웠다. 오늘은 긴장을 풀고 대낮에 레드 와인까지 마시는 날이다.

"자, 어서 이야기 계속해요."

이모가 기분이 좋아서 외쳤다.

마인하르디스에게는 사실 부탁할 필요도 없었다.

"더 듣고 싶으시다면 전쟁 후의 이야기를 해 드릴게요. 당시 저는 점령군으로서 프랑스에 주둔했습니다." 그러면서 아이들에게 말했다. "프랑스는 평화 협정 이후에도 배상할 게 남아 있어서 그게 끝날 때까지 우리 군대가 거기에 체류했지. 정말 좋은 때였어."

추억에 잠겨 짙은 담배 연기를 내뿜는 바람에 한순간 그가 보이지 않았다. 담배를 조심스럽게 재떨이에 문질러서 끄고 마인하르디스가 이야기를 이어 갔다.

"당시 우리는 봉급을 두 배로 받았고 여러 가지 편의도 제공받았어요. 경마, 사냥 같은 것 말입니다. 하는 일은 아무것도 없었습니다. 어느 날 로랑스라는 이름의 아가씨가 찾아왔어요, 로랑스였습니다." 꿈꾸듯 그가 말하며 미소 지었다. "그래요, 로랑스라는 이름이었어요. 금발에 푸른 눈! 그런데 너무나 우는 겁니다. 처음엔 이야기를 들을 수 없었지만, 곧 무슨 일인지 알게 되었는데 약혼자가 포로로 붙잡혀서 베를린으로 끌려갔다는 거예요. 검은 옷에 금빛 목걸이를 한 그 모습에 저는 감동했어요. 목걸이 메달에는 사진이 들어 있었어요. 약혼자는 솔직히 말해서 인물이 별로였어요. 아무튼 나는 로랑스를 따뜻하게 위로했습니다. 나는 바로 자리에 앉아서 최고 참모한테 편지를 썼는데, 친구의 형이 포로병의 최고 지휘관이었던 거예요. 우리는 기마 학교 시절부터 알고 지냈는데 함께 장난도 많이 쳤어요. 그래도 나는 일이 해결될 거라고는 생각하지 않았습니다. 로랑스는 매일 찾아와서 좋은 소식이 있는지 물었습니다. 이제 울지는 않았어요. 그런데 어느 날 약혼자가 정말로 돌아왔습니다. 그런데 제 말을 믿으실지 모르겠지만, 로랑스가 약혼자를 더 이상 만나려 하지 않았어요."

마인하르디스는 만족스러운 미소를 숨기려 했지만 잘되지 않았다. 베르티와 렐라는 열심히 귀를 기울였다. 처음 듣는 이야기였다. 루이제 이모 역시 미안해하면서, 달아오른 뺨으로 눈을 반짝이면서 귀를 기울이고 있는 아이들을 힐긋 쳐다보았다. 베르티는 하나도 못 알아들은 척했고, 렐라는 깜짝 놀라서 벌떡 일어나 아빠를 포옹하고 코밑수염 한가운데 있는 아빠 입에 키스를 했는데, 평상시에는 하지 않던 행동이었다.

즐거워하며 아빠가 렐라의 양손을 잡았다.

"이 이야기 마음에 드니? 아름다운 로랑스 이야기 말이다."

아빠가 자랑스럽게 말했다.

렐라는 고개만 끄덕이고 아빠를 바라보았다.

"그건 꼬마 숙녀에겐 어울리는 이야기가 아니야."

루이제 이모가 책망하듯이 말했다.

하지만 이모부는 "아, 뭐, 그런 것 가지고…… 우리 마누엘라도 이젠 숙녀가 다 됐는데, 뭘. 안 그런가?" 하고 말했다.

이모부도 렐라를 한순간 다정하게 끌어안았다.

렐라는 약속을 지켰다. 점심시간에 렐라는 에바를 '보지 않았다.' 아멜리가 렐라를 도왔다. 둘은 멀리 떨어진 구석으로 갔고, 렐라는 옆을 지나치는 소녀들에게 보란 듯이 등을 돌렸다. 그런데 갑자기 뒤에서 누군가가 머리를 당겼다. 너무 세게 당겨서 돌아보지 않을 수 없었다. 렐라는 곧 어깨에 느껴지는 손길과 향기로 상대가 누구인지 짐작했다. 렐라는 큰 소리로 저항했다. 명랑한 웃음소리가 머리 위에서 들렸다. 에바가 놓아주면서 말했다.

"뭐야, 아는 체도 안 하겠다는 거야, 꼬마야?"

걸음을 멈춘 에바는 렐라가 바보같이 당황한 모습을 보고 재미있어했다.

"그러니까 나한테 빠진 게 아니네, 안 그래?"

"아니에요."

렐라가 잘라 말했다.

"그럼 왜 날 기다리고 그런 거야. 왜 내 가방을 들어 준 거야?"

"아, 그건 오빠가 부탁했기 때문이에요."

이번에는 에바가 당황했다.

"오빠 이름이 뭔데?"

에바가 급히 물었다.

"베르티요."

작은 소리로 대답했다.

그러자 에바가 함께 있던 친구들과 아멜리를 옆으로 밀더니 렐라의 팔을 잡아 조금 떨어진 곳으로 데리고 갔다. 둘뿐이었다.

"자, 얘기해."

에바가 강하게 나왔다.

"싫어요."

이제 더 이상 관심도 없는 일에 에바가 바싹 흥미를 보이자 렐라가 대답했다.

렐라를 잡은 에바의 손이 더 강해졌다.

"말해, 알았어? 자, 말해 봐, 오빠가 뭐라고 했어?"

렐라는 거짓말을 했다.

"아무 말도 안 했어요."

"거짓말 말아. 얼른 말해. 나쁜 말이지?"

렐라는 놀랐다.

"아뇨, 아니에요."

"그럼, 뭐야, 말해."

렐라는 팔이 아팠다.

"놔요."라고 큰 소리로 말했다.

"솔직하게 말한다고 약속하면 놔줄게."

에바의 강한 시선에 렐라는 약속을 하고 말았다. 렐라의 깨끗한 드레스는 에바가 붙잡고 있던 탓에 온통 구겨지고 말왔다. 하지만 에바의 흔적을 품고 집으로 돌아가는 일이 기뻤다. 이 즐거움을 오래 간직할 수 있기 때문이었다. 이런 구석에 에바하고 단둘이 아주 가까이 마주 서 있는 일조차 너무 행복해서, 언제까지나 계속되었으면 했다.

그때 종이 울렸다. 쉬는 시간이 끝났다. 에바가 서둘러 렐라를 달랬다.

"자, 너 화약 공원에 가 본 적 있어? 오늘 오후에 그리 갈게. 나 만나려면 회전 그네로 와. 무슨 용건인지 네 오빠더러 와서 직접 말하라고 그래. 너한테 한 것처럼 팔을 누르지는 않을 테니 걱정 말고……"

시간이 딱 맞았다. 운동장은 거의 비어 있었다. 에바는 가 버렸다.

화약 공원은 강 건너편에 있는 놀이터로, 도시 경계가 되는 곳이었다. 그곳 어디엔가 화약 창고가 있어서 주변에 집을 지을 수 없고, 그래서 자연스럽게 공원이 생긴 것이다. 렐라는 그곳이 마음에 들지 않았다. 작은 건물마다 안에 무서운 폭약이 들어 있을 것만 같았다. 하얀 금속판에 빨간색 글씨로 금연 푯말이 곳곳에 붙어 있었다. 종종 군악대가 연주를 했다. 커피를 마실 수 있는 레스토랑이 하나 있고, 아이들과 어른들을 위한 놀이터가 마련되어 있었다. 렐라는 엄마와 함께 몇 번 가 본 적이 있었다. 베르티가 동생 렐라를 데리고 화약 공원에 간다고 하자 모두들 놀랐다. 원래는 혼자 갈 생각이었는데 렐라도 거기서 친구들을 만날 수 있으니까 특별히 이번만 데려가는 것이라고 했다.

둘은 말없이 작은 나무 벤치에 가서 앉았다. 앞에는 회전그네가 있었다. 빙빙 돌아가는 원반이 회전축 맨 위에 있고,

거기에 줄사다리가 늘어져 있다. 두 손으로 줄사다리를 잡고 신호에 따라 앞으로 구르면 허공을 가로질러 날아가는 기구였다. 구경하는 사람들 머리 위로 두 발을 구르면서 날아가면 기분이 좋았다.

렐라와 베르티는 앞에서 점점 빠르게 날아가는 아이들의 빨간 치마와 휘날리는 머리카락과 신나는 웃음을 눈으로 좇았다. 렐라는 빨간 모자를 무릎에 놓았다. 회전 그네에는 줄이 세 개나 달려 있었지만 빈자리가 없었다. 렐라도 타 보고 싶었는데, 마침 에바가 그네를 멈추더니 렐라를 불렀다.

"한번 타 볼래?"

렐라는 모자를 벤치에 놓고 그네로 달려갔다.

에바가 렐라의 손에 줄을 쥐여 주었다.

"다른 아이한테 넘겨주면 안 돼. 그러면 아무리 기다려도 차례가 안 와."

렐라는 신났다. 에바가 이렇게 다정하다니 영광스러웠다. 렐라가 그네를 타고 싶어 하는지 신경도 안 쓰고 다른 아이한테 줄을 넘겨주었어도 그만이었다. 고마움 가득한 시선으로 렐라는 밧줄을 받았다. 그러고는 얼른 다른 아이들보다 훨씬 높이 그네를 띄웠다. 돌연 용감해져서 왼쪽 발을 사다리 맨 아래 디딤판에 놓고 왼쪽 다리로만 서서 오른쪽 발은 허공에 내민 채 베르티와 에바에게 신호를 보냈다. 하지만 그 둘은 사라지고 없었다.

렐라는 실망해서 그네를 멈췄다. 하지만 에바한테 그네를 내주기로 약속했기 때문에 두 사람을 찾으러 그네에서 내려올 수가 없었다. 하는 수 없이 렐라는 그네에 남아 있었다. 조금 전의 기쁨은 완전히 사라졌다. 다른 아이들한테 방해가 되지 않도록 억지로 그네를 탈 수밖에 없었다. 양 손바닥이 아파 오기 시작했다. 밧줄이 딱딱해서 그것을 잡고 있으려니 피부가 벗겨지고 쓰라렸다. 공원은 이제 텅 비고 추워졌다. 다른 아이들은 하나씩 집으로 돌아갔다.

렐라는 그네 줄을 놓고, 아까 에바와 베르티가 앉아 있던 벤치에 쓰러지듯 걸터앉았다. 이젠 아무래도 집으로 돌아가야 할 것 같았다. 하지만 베르티가 혼자 집으로 갔을 리 없었다. 그래서 렐라는 기다렸다. 음악이 끝났다. 강물 흘러가는 소리까지 들릴 정도였다. 박쥐가 렐라의 곁을 날아갔지만 무섭지 않았다. 렐라는 박쥐를 좋아했다. 하지만 너무 추워서 결국은 일어날 수밖에 없었다. 되는대로 길을 따라 걸으면서 나지막하게 "베르티, 에바……." 하고 불러 보았다. 하지만 아무 대답도 들리지 않았다.

렐라가 들어선 길은 높은 수풀 사이로 난 좁은 길이었다. 이제 경사면이 나타났다. 밑에서는 강물이 빠르게 소리 없이 흘렀고 갈대숲에서는 오리들이 꽥꽥거렸다. 멀리 지평선에서 해가 지고 있었다. 하늘은 황색으로 물들었고, 강 건너 초원은 크리스마스 구유에서 나무로 만든 양들이 서 있는 가짜 초원처럼 부자연스러운 녹색이었다.

렐라는 이렇게 늦은 시각까지 혼자 있어 본 적이 없던 터라 갑자기 이상한 공포에 사로잡혀 달리기 시작했다. 소리를 지를 듯이 입을 크게 벌리고 뛰었지만 소리는 나오지 않았다. 입이 바싹 말랐다. 눈물도 뺨에서 말라 버렸다. 뛰기 시작하자 주변이 제대로 보였다. 사방이 귀신 들린 것 같았다. 화약 창고, 나무, 주위를 휘감고 있는 울타리, 강물 위의 높은 다리, 마을을 둘러싼 요새의 벽. 시내에는 불이 들어오고 있었다. 푸르스름한 하늘에 노란 불빛이 비치기 시작했다. 뛰는 데 사람들이 방해가 되었다. 무릎이 아프고 다리가 후들거렸다.

케테 부인은 아직 불을 켜지 않았다. 부인은 석양이 지는 시간을 좋아했다. 어둠이 내리기 시작하면 쉴 틈 없던 일과가 끝나고, 그녀는 푹신한 소파에 편안히 앉아 휴식을 취했다. 집 안은 텅 비어 있었다. 마인하르디스와 에렌하르트는 저녁에 한잔하러 외출했고, 루이제는 쇼핑을 나갔다. 곧 아이들이 돌아올 시간이었다. 그때 렐라의 발소리가 들렸다. 마당에서 현관으로 이어지는 계단을 급히 올라오는 소리였다. 한 번에 두 계단씩 올라와서 벨을 난폭하게 누르고 허겁지겁 뛰어 들어오더니 엄마의 품에 안겼다. 숨을 헐떡이느라 말도 제대로 하지 못했다. 물어도 고개만 끄덕일 뿐이었다.

"베르티하고는 헤어진 거야?"

마누엘라는 고개를 끄덕였다.

"혼자서 뛰어왔구나."

케테 부인은 더 이상 묻지 않았다. 하지만 아이가 이렇게 흥분해서 품속으로 뛰어든 것이 바깥의 어둠 때문만은 아니리라는 생각이 막연히 들었다. 엄마는 렐라의 머리를 쓰다듬으며 진정시켰는데, 렐라는 부끄러운 듯 엄마 가슴에 얼굴을 묻었다. 아직도 숨을 몰아쉬고 있었다.

"자, 진정해라. 어서."

애정 어린 목소리가 너무도 부드러워서 렐라는 마음이 놓였다. 렐라는 점점 더 엄마한테 파고들었다. 마음에 걸리는 에바와 베르티, 베르티와 에바의 일은 생각하지 않기로 했다. 지금쯤 어두운 공원 어딘가에 둘이서 나만 혼자 떼어 놓고 서……

"엄마, 엄마."

그제야 엄마 품에서 벗어나며 렐라는 어린애처럼 울음을
터뜨렸다. 엄마는 모든 것을 알고 있다는 듯이(사실 엄마는 무
엇이든 다 안다.) 렐라를 쓰다듬으면서 귀에다 비밀을 말했다.

"안심해, 렐라야, 엄마가 있어. 엄마는 언제나 네 편이야,
언제나 네 편이야."

어두운 방 안은 이제 조용해졌다. 멀리서 거리의 소음이
어렴풋이 들려왔다.

가방이 무거웠다. 그리고 길은 너무 멀었다. 마누엘라는
학교에 가고 싶지 않았다. 어제 일은 모두 우연일 거야. 밤이
되어서야 돌아온 베르티의 말대로 둘은 정말 길을 잃었을 거
야. 정말로 날 찾았을지도 몰라. 좀 더 기다려 줄걸. 하지만 솔
직히 말하면 둘이서 일부러 렐라를 따돌리고, 아무것도 모른
채 혼자 그네에 앉아 에바가 다시 그네를 타러 올 때까지 기다
리는 렐라를 비웃었을 것 같은 생각이 들었다. 에바가 친구들
한테 그 이야기를 했을지도 몰랐다. 가능한 일이었다. 아마 모
두들 신나서 웃었을 거야. 지금 렐라는 단 한 가지 생각뿐이었
다. 이대로 길 한 가운데 주저앉아 학교에 가지 않는 것이었
다. 에바의 그 뻔뻔한 시선이 제일 무서웠다. 에바한테는 아무
렇지도 않은 비웃음이었다. 그런데 이상하게도 에바가 렐라
를 피했다. 단 한 번 방과 후에 집으로 돌아가다가 에바의 빨
간 원피스가 모퉁이 저편으로 사라지는 모습을 멀리서 보았
을 뿐이다. 렐라는 가슴이 찢어지는 듯 아팠다.

루이제 이모와 에렌하르트 이모부는 떠났다. 방문객이 풍

기던 잔치 분위기도 사라졌다. 아빠의 귀가 시간이 점점 늦어졌다. 식사 시간도 대개 침묵 속에서 지나갔다. 부모들은 가끔 아이들이 못 알아듣게 영어로 이야기했다. 아빠는 매일 일이 바빴다. 저녁에도 거의 집에 있지 않고, 집에서는 책상 앞에 앉아 일을 하기 때문에 모두들 조용히 해야만 했다. 엄마는 자주 교회에 갔다.

어느 날 베르티가 학교에서 돌아오지 않았다. 함께 점심을 먹으려고 기다렸는데 오지 않았다. 학교에 가서 물어보니 베르티가 머리가 아프다고 해서 10시에 집으로 보냈다는 것이다. 식구들이 모두 걱정을 했다. 렐라는 오빠 친구들을 전부 찾아다녔다. 베르티는 어디에도 없었다.

렐라가 집으로 돌아와 보니 베르티는 어두운 방 침대에 누워 있었다. 곁에서 엄마가 지키고 있었는데, 렐라에게 조용히 걸어 다니라고 주의를 줬다. 베르티는 운동장에서 넘어져 머리를 다쳤다. 그래서 귀가시켰는데 집으로 오는 길을 못 찾았다고 한다. 결국 마을 사람들이 베르티를 전에 견진 성사 수업을 받던 교회로 데려갔고, 거기서 교회 집사가 집으로 데려다주었다고 한다.

뇌진탕이라고 했다. 베르티가 헛소리를 한다고 조피가 말했다. 베르티는 엄마 침대에 누워 있었고 엄마가 그 곁을 지켰다. 렐라는 그 방에 들어가는 것이 허락되지 않았다. 아빠는 잠시 집에 들어왔다가 다시 나갔다. 엄마가 베르티를 지켰다. 소파를 방에다 들여놓았다. 엄마는 거기서 잘 모양이었다. 저녁 식사 때에도 엄마는 나오지 않았다. 렐라는 혼자 넓은 식탁에 앉았다. 삶은 계란은 차가웠다. 렐라는 기계적으로 빵을 씹었다.

방은 넓고 높았다. 식탁 위의 등이 흐릿한 빛을 던지고 있었다. 렐라는 무심코 의자에서 내려와 문으로 갔다. 여섯 계단을 내려가면 마당이었다. 계단에는 포도 넝쿨이 매달려 있었다. 렐라는 계단에 앉았다. 모든 것이 전혀 현실 같지 않았다. 마당의 아카시아 잎이 흔들리며 작은 잎사귀를 흩날리고 있었다.

지로 아저씨가 뜰을 청소를 하고 있었다. 누렇게 마른 노인의 손으로 렐라 주변에 흩어진 나뭇잎을 쓸어 모았다. 그가 나지막이 물었다.

"오빠가 아픈가?"

렐라는 놀랐다. 하지만 누군가가 말을 걸어 줬음이 기뻐서 프랑스어로 친절하게 말했다.

"네, 많이 아픈 것 같아요."

지로 씨가 천천히 멀어지면서 혼잣말을 했다.

"아, 안됐네, 사모님이, 정말 안됐어……."

어둡고 답답한 며칠이 지나갔다. 에바는 렐라를 쳐다보지 않았다. 서로 인사할 일도 없었다. 베르티에 관해 물어보지 않았고, 인사를 전해 달라는 말도 없었다. 렐라는 집 안을 서성거렸다. 주방, 마구간, 마당을. 아빠는 항상 기분이 안 좋았다. 마구간 관리인한테 소리를 칠 때도 있었다. 한번은 엄마한테까지 그랬다. 베르티는 서서히 회복되었다. 렐라는 이제 가끔씩 오빠한테 가도 되었다. 하지만 베르티는 굉장히 신경이 날카로웠다. 햇빛을 못 견뎌 했고, 시끄러운 소리도 참지 못했다. 그래서 엄마가 곁에 있어야만 했다. 엄마는 흰 앞치마를 두르고 있었다. 침대 위에는 하얀 구세주가 있는 검은 십자가가 매달려 있었다.

엄마가 베르티를 데리고 요양을 가게 되어 외할머니가 오기로 했다. 케테 부인은 어른에게 하듯 렐라에게 그런 얘기를 했다.

"베르티는 시골에 가서 요양을 해야 해."

"먼 데로 가요?"

"아냐, 멀지 않아. 나중에 아빠나 할머니하고 함께 와도 돼. 할머니가 와 주셔서 정말 다행이야. 먼데도 말이지."

마누엘라는 잠자코 고개만 끄덕였다.

무시무시한 불안이 가슴을 짓눌렀다. 엄마가 떠나고 나 혼자 남아야 한다. 혼자가 되는 거야.

할머니는 좋은 분으로 이름나 있었다. 렐라도 그 점을 부인하고 싶지 않다. 할머니는 훌륭하신 분이다. 손주 모두에게 생일이나 크리스마스에 진짜 금화를 보내 주셨다. 10마르크짜리를! 할머니는 언제나 그 금화를 헌 칫솔, 더운 물, 비누로 깨끗이 닦아서 하얀 비단 종이에 포장했다. 그러면서 금화는 반짝거려야 한다고 하셨다. 생일이면 하얀 테이블보가 덮인 식탁 위에서 금화가 불빛에 아름답게 빛났다.

할머니는 흰 망사 모자를 쓰고 있어서 얼굴이 모자 주름 장식으로 덮여 있었다. 턱 아래에는 눈처럼 하얀, 풀을 먹인 두 개의 넓은 삼베 리본이 커다랗게 묶여 있었다. 할머니는 항상 젊어 보였다. 피부가 뽀얗고, 작은 입과 동그스름한 얼굴에 눈은 청회색이었다. 할머니가 엄마의 방과 침대를 사용했다. 이제 엄마의 라벤더 향내와 시몬 크림 향기는 사라졌다. 엄마의 옷은 장롱에서 자취를 감췄고 옆방에서 들리던 엄마의 가벼운 슬리퍼 소리도 사라졌다. 마루를 걷는 할머니의 무거운 발소리만 들릴 뿐이었다. 그 소리는 문에서 창문으로, 그리고 침대로 왔다 갔다 했다. 끊임없는 한숨과 함께.

할머니는 언제나 돈이 있어서, 맛있는 케이크를 사 오도록 렐라를 제과점으로 보냈다. 그리고 커다란 송아지 고기도 주문했는데 아빠가 좋아하기 때문이었다. 할머니는 명랑했다. 아빠도 할머니를 놀릴 때는 기분이 조금 괜찮은 것 같았다. 아빠가 지저분한 군화를 신은 채 응접실에 들어오거나 담배를 끄지 않고 돌아다니거나 맛도 안 보고 수프에다 소금을 치면 할머니는 진저리를 쳤다.

푀힐린에서 할머니는 물건을 쌓아 놓고 쓸 만큼 여유로운 살림에 익숙했다. 그래서 도시 생활의 빠듯한 살림을 답답해했다. 그래도 할머니는 아빠와 렐라가 만족하도록 애를 썼다. 하지만 렐라는 할머니가 바라는 것만큼 기쁘지 않았다. 렐라는 말이 없었다. 할머니가 커다란 초콜릿을 주서도 손도 대지 않았다. 할머니가 이상히 여겨서 물어보면 엄마가 이 린트 초콜릿을 좋아하기 때문에 보관해 두는 것이라고 대답했다.

이제 렐라는 학교에서 늦게 돌아왔다. 예전에는 2시 10분이면 집에 돌아왔다. 오빠들한테서 배운 대로 요란스럽게 책가방을 한쪽에 내던지고, 문을 열어 준 하녀에게 "엄마 계셔?"라고 물었다. 그리고 키스를 하러 엄마의 방으로 달려갔었다. 엄마가 보이지 않으면 엄청나게 풀이 죽었다. 어쩔 줄 몰라 이방 저 방을 오가면서 엄마를 기다렸다. 하지만 이제 렐라는 서둘러 집에 오지 않았다. 길을 느릿느릿 걸으면서 진열창을 기웃거렸다. 아멜리의 집에 따라가기도 했는데, 아멜리는 이제 렐라가 자기 엄마를 만나는 걸 허락해 주었다.

아멜리의 엄마를 처음 보았을 때 렐라는 '엄마'라고 믿을 수가 없었다. 아멜리가 방에 들어갔는데도 안아 주지 않았다.

아멜리를 쳐다보지 않은 채 렐라에게 흥미로운 시선을 던지면서 프랑스 말을 할 줄 아느냐고 물었다. 담배를 피우고 있었는데 단순하지만 굉장히 우아한 차림새였다. 방 안 곳곳에는 사진이 걸려 있었다. 집은 어두웠고 가구들이 많았는데 별로 편안한 느낌은 아니었다. 아멜리의 엄마는 두 아이에게 돈을 주면서 나가 놀라고 했다. 그런데 렐라는 함께 숙제를 하러 온 것이었다. 둘이서 숙제를 하면 빨리 마칠 수 있었다. 아멜리가 잘하는 것은 산수하고 역사로, 렐라에게는 어려운 과목이었다. 반면 자연과 국어는 렐라가 아멜리를 도와주었다. 아멜리의 엄마는 렐라의 엄마처럼 "자, 어서 손 씻고 머리를 곱게 빗은 다음에 식탁에 앉아라."라고 말하지 않고 "어서 먹자."라고만 했다. 아멜리의 엄마는 사진이 있는 신문을 많이 가지고 있었다. 렐라가 자꾸 불쾌하게 어두운 계단을 올라가 보게 된 까닭도 그 때문이었다. 마담 베르넹은 신문 한 보따리를 팔에 올려 주고 아이들을 어린이 방으로 들여보냈다. 거기서 아홉 살의 두 소녀는《파리지엔의 생활》이나《웃음》같은 패션 잡지와 화보 잡지를 들여다보았다. 아멜리가 렐라한테 프랑스어 농담을 독일어로 번역해 주었지만, 렐라는 잘 이해할 수 없었다. 렐라는 우아한 드레스를 구경하는 것이 좋았다. 다음에 어른이 되면 마담 베르넹 같은 드레스를 입어 볼 생각이었다.

렐라는 집에서 이 방문에 대해 말하지 않았다. 언젠가 한 번 아빠가 어느 카탈로그에서 수많은 그림을 가위로 잘라 휴지통에 버리는 모습을 보고 놀란 적이 있었다. 그때 아빠는 "아이들이 보면 안 되는 거야."라고 말했다. 그런데 렐라가 슬쩍 본 것은 마담 베르넹의 집에서 수없이 본 그림이었다. 나체 사진이나 그림이었는데, 실제 여자들과는 상관없는 것이었다. 다른 그림들은 봐도 괜찮았다.

그것을 버려서 아깝지는 않았지만, 못 보게 하는 이유를 알 수 없었다. 게다가 어른들이 하는 일은 도무지 알 수 없는 경우가 많았다. 예를 들면 할머니는 렐라가 짧은 체육복 반바지를 입고 마구간에 가는 것을 금했다. 왜 안 되지? 내가 가면 언제나 카를 아저씨가 반가워하면서 번쩍 들어 올려 말에다 태워 주는데. 그러면 할머니는 "이제 다 컸으니 그러면 안 된다."라고 말했다. 어느 때는 너무 어리다면서 어느 때는 이제 다 컸다는 것이다. 렐라는 어서 빨리 어른이 되고 싶었다.

렐라는 할머니가 식탁에서 엄마 자리에 앉는 것이 못마땅했다. 그 자리를 그냥 비워 둘 수는 없나? 렐라는 먹으려 하지 않았다. 공부도 열심히 하지 않았다. 지저분한 모습이었다. 조피가 매일 밤 발을 씻기려 하면 렐라는 불같이 짜증을 내면서 밀었다. 조피는 필요 없었다. 혼자 있고 싶었다. 렐라는 유리잔을 일부러 대리석 벽난로에 던졌다. 소동을 일으키고 싸우고 싶었다. 그렇게 하고 싶었다. 하지만 그냥 방으로 들어가 버렸다. "저런, 무슨 아이가 저렇게……." 할머니는 투덜거리고, 아빠는 "버릇없이……."라고 소리쳤다. 그러고는 따귀 한 대가 날아왔다. 아빠는 문을 쾅 닫고 집을 나갔다.

"네가 그렇게 못되게 구는 걸 엄마가 보면 뭐라 할까!"

할머니가 웅얼거리며 나갈 때까지 렐라는 말없이, 꼼짝도 하지 않았다. 좋아, 좋다고. 그럼 왜 나만 혼자 두고 오빠한테 간 거야! 왜 엄마를 그리 가게 한 거야! 오빠가 엄마를 독차지하고 있잖아. 오빠 혼자서, 혼자서 독차지했어. 말도 안 돼. 난 엄마가 옆에 있어야 해. 어떻게 혼자 자러 갈 수가 있어! 렐라는 아침에도 늦게 일어났다. 엄마한테 아침 인사도 못 하는데 일찍 일어나서 뭐해? 렐라는 일어나면 엄마가 자고 있는 어두운 방으로 살금살금 들어가 살그머니 엄마에게로 다가갔다. 엄마는 포근한 잠자리에 누워서 눈을 감은 채 한쪽 팔을 벌리고 렐라의 이마에 키스를 하면서 "잘 잤어? 우리 토끼. 빨리 돌아와야 해."라고 말했다. 그러면 기분 좋게 학교에 가고, 빨리 돌아올 수 있었다. 아, 그리운 엄마의 키스, 단 일 분이라도 엄마 곁에 있고 싶었다. 그래, 누구도 나만큼 엄마를 몰라. 할머니도 모른다. 가끔 엄마를 울리는 아빠도 모른다. 나만이 안다. 만일 엄마가 집에 돌아오지 않는다면 더 이상 살 수 없다. 빨리 와요. 빨리 돌아와야 해요. 렐라는 옷을 입은 채 침대에 누워 버렸다. 옷도 갈아입지 않을 것이다. 엄마를 돌려주지 않으면 씻지도 않고 먹지도 않을 생각이다.

고집쟁이 렐라한테 무슨 일이 있는지 아빠가 눈치챈 것 같았다. 엄마와 베르티를 만나러 갈지 모르니 준비를 하라고 말했다. 렐라는 겉으로는 별로 내색하지 않았지만, 천장이 낮고 두 개의 높은 침대가 있는 방으로 들어가, 난로 앞 등나무 의자에서 엄마가 일어나는 모습을 본 순간 가슴속에 쌓여 있던 응어리들이 사라지는 기분이었다. 엄마와 헤어진 지 이 주만의 일이었다.

케테 부인은 흐느끼는 렐라를 쓰다듬었다. 아빠는 렐라가 버릇없이 굴었다는 말을 한마디도 하지 않았다. 할머니가 쓴 편지에도 그런 말은 없었다. 그런 것이 쓸데없는 걱정이었음을 알자 렐라는 무척 행복했다. 아빠가 베르티 곁을 지키고 렐라는 엄마 팔에 매달려 산책했다.

나무는 온통 노랗고 빨갛게 물들어 있었다. 꿩이 길 위로 날아갔다. 빨간색, 검은색 딸기가 사방에 가득했다. 엷은 베일 사이로 태양이 젖은 나뭇잎을 비추었다.

렐라는 주인을 따라다니는 강아지처럼 달려갔다가 엄마에게 되돌아오곤 했다. 꽃을 꺾어서 꽃다발을 만든 다음 엄마에게 주기도 했다. 어두워서야 두 사람은 말없이 돌아왔다. 나지막한 집과 작고 환한 창문이 있는, 마치 평화 그 자체처럼 보이는 작은 마을로 돌아왔다.

이 세상에는 죽음에 대한 불안 때문에 끊임없이 그 이야기를 하는 사람들이 있다. 그들은 "내가 죽으면,"이라고 말하면서 스스로 죽음을 받아들이고 있음을 증명하려 한다. 항상 "내가 퇴직하면,"이라고 말하는 장교들이 있다. 가난하다면 그럴 때 목소리가 떨릴 것이다. 전역한 뒤 받게 될 얼마 안 되는 연금과 많은 식구들이 걱정스럽기 때문이다. 반대로 돈이 많은 사람은 여행이나 사냥을 하며, 지금까지 바빠서 누리지 못 했던 즐거운 시간을 보낼 수 있다. 그런 일이 남에게 닥쳤을 때는 흔히, 그 사람 퇴직하게 됐어, 라고 말한다. 별로 안 좋은 뒷맛이 남는다. '면직'도 있는데 그건 불명예스러운 일이다. 면직에 앞서 법원 판결, '군법 회의의 판결'이 선행한다. 그런데 이런 군법 회의는 자주 열린다. 그건 몇 명의 상급 장교들로 구성되는데, 명망 높은 장교들이 판결을 하고 선고를 내린다. 마인하르디스는 이 회의에 참석하는 것을 싫어했다. 그의 말에 따르면 입을 열 때마다 '어리석은 사건'뿐이었다. 그가 보기에는 모두가 '어리석은 일'이었다. 거기에 일원으로 참석해서 대수롭지 않은 일 때문에 젊은 장교의 경력을 수포로 만드는 행위를 그는 싫어했다. 종종 면직되는 사람과 정규 퇴역에 포함되는 사람의 구별도 선명하지 않았다. 때로는 면직을 권고받기도 했다. 그렇게 되면 해직되는 줄 알면서도 스스로 사표를 내야 했다.

렐라는 아빠의 상황이 어떻게 되었는지 알지 못했다. 아빠가 퇴직했다는 사실만을 어느 날 간단히 통보받았다. 아빠와 엄마는 이제 어디에서 살 것인가를 의논해야 했다. 일생 동안 이 도시 저 도시로 옮겨 다녔지만 이제는 갑작스럽게 자유 선택을 해야 했다. 엄마는 알리의 묘가 있는 낯익은 뒨하임으로 돌아가고 싶어 했다. 아빠는 베를린에서 살고 싶어 했지만, 생활비가 너무 많이 든다는 이유로 이런 소원의 싹은 잘리고 말았다.

"무슨 일이라도 안 해 볼 거예요?"

엄마가 물었다.

그래. 일을 해야지. 돈을 벌어야지. 그런데 뭘 하지? 퇴역 장교가 할 수 있는 일이 뭐지? 지위에 걸맞은 것이라야 해. 삼십 년 동안 남한테 명령만 하고 살아온 사람이 이제 남의 밑에서 일하기란 쉬운 일이 아니다. 누가 날 써 주기나 할까? 민간인이? 사업가가? 혹시 장사꾼이? 에이, 차라리 돌을 두드려 보는 게 낫다.

이제 겨우 쉰 살이 된 건강하고 명랑한 남자가 무슨 일을 시작할 수 있을까. 오전에는 뭘 하지? 직장이 없는 사람들은 오전에 대체 뭘 하는 걸까? 잠을 자나? 그래, 말을 탈 일이 없을 테니 말부터 서둘러 팔아야겠다. 네 마리 모두 다. 말을 타야 할 일은 없을 거야. 그런데 말이 없이 어떻게 살지? 그래, 좀 두고 보자. 그건 나중에 닥칠 일이야. 연대 사령관하고 충돌만 없었으면…… 하지만 이제 그 생각은 할 필요도 없어. 내가 어떻게 하든 사령부는 관심도 없을 테니까. 거기서는 군복 입은 사람들만 신경 쓰니까 민간인하고는 관련이 없지. 이제 마인하르디스는 민간인이다. 옷장에는 군복뿐이지만, 그렇다. 마구(馬具)로 가득한 마구간이 있지만, 그렇다. 신발장에 승마용 장화가 잔득 쌓여 있지만, 그렇다. 안에 털이 들어 있고 플란넬 칼라가 달린 옅은 빛깔의 직물 코트가 있고, 제복 상의도 새것이지만 그는 곧 회녹색 낡은 양복에 넥타이를 매야 한다. 정말로 넥타이가 싫다. 군모나 철모 대신 부드러운 모자를 써야 한다. 하얀 장갑 대신에 회색 장갑을 껴야 한다. 거리에서 '경례'를 시켜서 병사들을 힘들게 하지 않을 것이다. 내가 모르는 장교들은 나를 쳐다보지도 않고 지나가리라. 내가 아는 장교들한테는 모자를 잠시 벗어야 한다.

일을 해야 하는데…… 그런데 무슨 일을 하지? 할 수 있는 것은 한 가지, 명령뿐이다. 그 외에 무엇을 할 수 있지? 군사학이다. 전술, 사격, 승마. 그 외에 3개국의 언어를 조금 알지만, 겨우 살롱에서 대화를 나눌 정도다. 여성이라면 어떤 미인과도 공주든, 여급이든, 점원이든 그 나라 말로 대화할 수 있다. 일을 해야 하는데……. 케테 부인의 눈은 슬픔에 잠긴 남편을 바라보았다. 손을 식탁 위로 내밀어 어린아이처럼 남편의 손을 쓰다듬었다.

"요양 호텔의 지배인 자리로 가는 사람들도 있던데, 당신은 그런 거 싫죠?"

싫다. 오락부장은 되고 싶지 않다. 사무실에 앉아서 계산하는 자리 같으면 몰라도. 그는 미래에 관한 생각 따위는 해 보지 않았다. 그는 있는 힘을 다 써 보기도 전에 직업에서 밀려났다는 생각을 지울 수가 없었다. 남들 같으면 양배추 심을 땅 정도는 마련해 놓았을 것이다. 그런데 그는? 그에게는 아무것도 없었다. 군대에서의 지위와 얼마 안 되는 연금뿐이었다.

케테 부인은 한숨을 쉬었다. 결국 문제 해결이 자신의 손에 달렸음을 파악했다. 그녀가 결정을 해야 했다. 그래서 된하임으로 돌아가기로 했다. 남편에겐 친구가 있고, 케테 부인에게는 알리의 묘가 있는 곳이다.

결정을 내렸지만 실천에 옮기기까지는 시간이 걸렸다. 마인하르디스는 후임자가 올 때까지 몇 주간 더 직무에 임해야 했다. 그동안 그는 출발 준비를 했다. 장교들이 찾아오고, 말 중개인과 주변 대지주들이 와서 마구간을 들여다보았다. 말을 마당으로 끌어내 보행, 속보, 달리기를 시켜 보았다. 기마(騎馬)가 이제는 마차의 짐을 끌게 되었고, 다른 한 마리는 경마용으로 훈련을 받게 되었다. 마인하르디스는 말없이 말의 목을 쓸어 주면서 '옛 친구'라고 속삭이며 봉지에서 마지막 설탕 한 덩어리를 내주었다. 한 마리씩 떠나게 되었을 때 지로씨가 문을 열어 주었다. 그는 마지막 귀리를 마당의 참새들에게 뿌려 주었다. 연대 소속의 말 한 마리만 텅 빈 마구간에 혼자 남았다. 그 말의 불안한 히힝 소리가 높은 벽을 타고 울려 퍼졌다.

연대의 명령을 전달하러 매일 찾아오는 전령병이 노랗고 커다란 봉투를 마인하르디스에게 전했다. 봉투엔 공문서에서 흔히 볼 수 있는 정교한 필체로 '후 개봉'이라고 쓰여 있었다. 그 아래에는 '저녁 8시 15분'이라고 적혀 있고, 이어 '연대 전원은 오후 8시부터 말을 탄 채 행군 준비를 하고 마인하르디스 중령 저택 앞에 집합할 것'이라고 명시돼 있었다.

그것이 마지막 임무였다. 마인하르디스는 생각에 잠겨 두

꺼운 봉투를 내려다보았다. 그리고 삼십 년 동안 해 온 것처럼 마지막으로 명령에 서명을 했다. 전령병은 언제나처럼 부동자세로 명령서를 받아 들고 그의 손짓에 따라 물러났다. 지로씨가 작은 문을 열어 주었다.

밤이 되자 뜰은 말들로 가득 찼다. 장교들이 고삐를 잡고 말과 나란히 서 있었다. 장교들은 낮은 소리로 이야기를 나누었다. 작은 흥분이 감돌았다. 말들은 이런 시각에 어둠 속에서 끌려 나오는 게 낯설었다. 평소 같으면 따뜻한 마구간에 서 있거나 건초 더미에서 쉬고 있을 시간이었다. 그건 주인들도 마찬가지로, 지금쯤이면 집이나 장교 클럽에서 와인 한잔 마시면서 저녁을 보낼 시간이었다.

마인하르디스가 창문으로 가서 힘찬 소리로 외쳤다.

"기병 대위 폰 알러스레벤!"

"실시."

어둠 속에서 대답이 들렸다. 말굽의 총총걸음 소리, 이어 말에 오르는 기척, 그리고 가벼운 채찍 소리가 들렸다. 기병 대위에게 행군 명령이 떨어졌다.

"몽쥐리 국도 경유. 동남방으로 회전. 숲으로 좌회전, 농가 통과. 동쪽 방향 표석 4개 지점에서 라이헬 상사에게 인계한다. 이후 행동은 그곳에 따른다."

다시 "실시." 소리가 나고 알러스레벤 대위가 조용히 출발했다. 그는 회중전등, 지도, 나침반을 갖고 있었다. 기병 대위 라이헬을 만나 이런 물건들을 건네줄 터였다. 그리고 다시 새로운 행군 진로를 말해 주고 아무런 장비 없이 보낼 것이다. 그러면 그는 말을 탄 채 밤새 돌아다니다가 새벽에 막사로 돌아가리라.

이십 분 후에 마인하르디스는 두 번째 기병을 출발시켰다. 이어 한 사람씩 사라졌다. 렐라는 말들이 창문 옆을 지나면서 젖은 돌에 말굽이 부딪치는 소리를 들었다. 말이 전부 몇 마리인지 알고 있어서 하나하나 헤아렸다. 그리고 상상 속에서 말의 뒤를 따라갔다. 늪이다. 그 속에 빠져서 나오지 못할 수도 있다. 이번에는 물구덩이다. 나무뿌리에 말의 발이 걸린다. 늘어진 가지에 기병의 모자가 떨어진다. 암흑 속에서 숲을 헤맨다. 말에서 사람이 떨어지지만 아무도 그를 발견하지 못한다. 말들은 무섭지 않을까? 무서울 거야. 뜰의 여기저기서 말들이 힝힝댄다. 렐라의 귀에 다 들린다. 아빠가 강하고 아름다운 목소리로 이름을 부르고 명령을 내릴 때 말들도 들을 거야. 이제 마지막 순번이다. 이제 아빠는 주무시러 가도 된다. 출발 명령만 내리고 아빠는 행군에 참가하지 않아도 된다. 아빠가 무거운 장화를 신은 채 방으로 들어가는 소리도 들린다. 렐라의 옆방이다. 아빠는 조용히 서 있더니 이것저것에 손을 대 보다가 다시 밖으로 나간다. 아빠의 발소리가 계단을 타고 마당으로 내려간다. 문이 소리를 내면서 다시 한 번 열린다.

지로 씨가 모자에 손을 대고 제대로 경례를 올렸다. 마인하르디스는 고개를 숙인 채 말을 타고 나갔다. 피곤한 말발굽 소리가 밤거리에 울려 퍼졌다. 아무런 방향 지시 없이 그냥 직진이었다. 처음에는 등이 흔들렸지만 이제는 평탄한 길이었다. 공장의 높은 굴뚝이 밤하늘에 연기를 내뿜고, 용광로가 빨갛게 타고 있었다. 찬바람이 길가의 버드나무 가지를 흔들었다. 그때 갑자기 말이 껑충 뛰면서 마인하르디스의 잠을 깨웠다. "조용, 조용히 해, 화내지 마, 옛 친구. 내일이면 너도 병영으로 돌아갈 거야. 이제 매일 밤 마음껏 자게 될 거야."

3

소규모 빌라가 나란히 늘어서 있었다. 반대편에 아무것도 없어서 집들이 다 들여다보였다. 길은 한쪽으로만 나 있는데 경사가 급하고 지저분했다. 지나가는 마차마다 바퀏자국을 깊게 남겼다. 건물이 없는 공터에는 감자밭과 과수원이 있고, 밭은 숲까지 계속 이어졌다. 이곳은 도시의 끝자락이다. 고가 주택은 없고, 좁은 마당에 울타리를 친, 다닥다닥 붙은 집들뿐이다. 창문 위의 아름다운 장식 무늬는 칠이 떨어져 보기 흉하고, 누런 쓰레기만 좁은 마당 한구석에 쌓아 놓았다. 그걸 치우는 사람은 거의 없었다. 집 전면의 노란색과 회색 칠도 엉망이다. 갈라진 틈새도 보였다. 도시의 이 집들은 비와 바람이 몰아치는 시골 날씨를 견디지 못했다.

여기에서 살기란 어려운 일이다. 공간이 협소했다. 마루는 값싼 목재로 만들어지고, 문은 잘 닫히지 않았다. 계단이 삐걱거려서 밤늦게 집에 돌아오면 아내를 깨우게 되어 마인하르디스는 화가 났다. 케테 부인은 깊게 잠들지 못했다. 항상 피곤한데도 그랬다. 그녀에게는 이사가 너무 힘들었다. 짐을

싸고 풀기는 보통 일이 아니었다. 사기 그릇은 겹겹이 종이에 싸서 대팻밥을 사이에 넣은 뒤 상자에 넣어야 했다. 가구는 성한 곳이 한 군데도 없었다. 액자 유리는 깨졌고, 커튼은 크기에 맞춰 다시 재단해야 했으며 커다란 양탄자는 작게 잘라 내야 했다. 가구는 어느 것이든 이 집에 너무 컸다.

닫힌 창문의 틈 사이로 차가운 바람이 불어왔다. 그것을 막기 위해서 케테 부인은 창문에 두꺼운 천을 쳤다. 너무 추워서 얼어붙는 것 같았다. 어두운 시간이 점점 더 길어졌다. 부인은 피곤했다. 묘지에서 돌아오자마자 쓰러지듯 소파에 몸을 던지고 눈을 감았다. 그러면 모두들 방해가 되지 않도록 발끝으로 조용히 걸어 다녔다. 그럴 때면 부인은 "얘들아, 나 지금 자는 거 아니다. 눈만 감고 있는 거야."라고 작은 소리로 말했다.

마인하르디스는 옛 친구들을 만날 수 있는 오래된 술집을 찾아냈다. 술집의 어두운 구석에는 원형 테이블이 있고 그 가운데에는 '단골손님용'이라고 적힌 니켈 깃대가 꽂혀 있었다. '오랜 단골들'만 앉는 자리다. 일을 마친 젊은이들이 먼지를 뒤집어쓰고 목이 말라서 와 보면 단골들이 아침부터 자리를 차지하고 앉아 있었다. 어두운 저녁이 되어 기다리는 가족들과 식사를 하러 돌아가지 않으면 안 될 때까지 그들은 꼼짝도 하지 않고 거기에 앉아 있었다. 그리고 아내와 아이들이 잠자리에 들면 다시 집을 빠져나와 이 술집으로 모였다. 마인하르디스 역시 그런 사람 중 하나였다. 도대체 할 일이 없었다. 집에 있으면 지루했다. 모임을 가질 수도 없었다. 케테 부인이 사람 만나기를 싫어하기 때문이었다. 그녀는 종종 지팡이를 짚고 가까운 산으로 산책을 가는 게 고작이었다.

마누엘라는 학교에 지각하지 않기 위해서 아침 일찍 일어나야 했다. 아침 일찍 잠을 깨우면 마누엘라는 뒤통수가 침대에 박혀 있는 느낌이었다. 눈은 납덩이 같고 사지는 나무처럼 무거웠다. 잠을 깨우는 하녀와 렐라는 언제나 말다툼을 했다. 어스름한 아침 추위 속에서 렐라는 빵을 씹으며 너무 뜨거운 우유에 혀를 데지 않도록 조심하며 잠에 취한 채로 집을 나서야만 했다. 새 학교는 싫었다. 전학을 왔기 때문에 학기 중간에 들어가야 했고, 수업 내용도 예전 학교와 달랐다. 전반부 수업을 듣지 못했기에 다른 학생들을 따라갈 수가 없었다. 동급생들은 렐라에게 냉담했다. 렐라는 '신참'이었다. 케테 부인은 힘껏 렐라의 공부를 도왔다. 매일 렐라의 숙제를 돕느라고 정신이 없을 정도였다. 하지만 렐라는 피곤하고 재미가 없었다. 처음으로 엄마와 렐라 사이에 냉랭한 분위기가 감돌았다. 렐라는 불쾌한 감정의 책임을 엄마에게 넘기려 했다. 방은 춥고 학교에 가는 길은 멀고 친구는 한 명도 없었다. 게다가 엄마가 요즘 눈물을 자주 흘려서, 그것을 보는 렐라는 화가 났다.

엄마가 왜 우는지 렐라는 알고 있었다. 아빠가 매일 밤 늦게 들어오기 때문이었다. 그리고 그 일에 대해 엄마가 작은 소리로 조금만 말해도 아빠는 화를 내면서 엄마에게 잔소리를 했다. 요즘 아빠는 모든 일에 잔소리를 했다. 이제 아빠에게 당번병 같은 것은 없었다. 집 안에 바보 같은 여자들뿐이야! 여자들은 아무것도 모르고, 할 줄 아는 게 하나도 없어! 옷깃의 단추 하나 제대로 달 줄 모른다고! 장화 닦는 일 같은 건 엄두도 못 내지! 케테 부인은 너무도 창백했지만 아무도 그 점을 알아차리지도, 그에 관해 말하지도 않았다. 언젠가 엄마가 바로 앞에서 펜으로 편지 쓰는 모습을 보면서 렐라는 뼈마디가 앙상한 엄마의 손을 보았다. 너무도 두려웠다. 엄마는 종종 한숨을 쉬는데 다른 사람들하고 달랐다. 쉬엄쉬엄 깊은 숨을 내쉬었다. 마치 폐 속의 공기를 한 번에 내뱉을 힘마저 없는 것처럼.

엄마가 렐라에게 이런 말을 했다.

"내가 죽으면 아빠에게 잘해야 한다."

렐라는 그 말에 신경 쓰지 않았다. 엄마는 죽지 않아. 피곤해서 저런 말을 하는 거야. 그리고 된하임으로 돌아온 후에 알리 오빠 생각을 더 하게 돼서 그런 거야. 돌아가신다면 할머니가 먼저지. 엄마도 나이를 먹었지만, 엄마가 세상을 떠나려면 아직 한참 멀었어. 그런데 엄마는 요즘 통 웃지를 않는다. 하긴 웃을 일이 하나도 없다.

집에서 별로 멀지 않은 곳에 밤나무 길이 있었다. 렐라는 엄마의 팔을 끼고 종종 산책을 나갔다. 그런데 벤치만 보이면 엄마는 가서 앉았다. 엄마의 창백하고 침울한 얼굴을 쳐다보면 렐라는 말할 수 없이 깊은 연민에 빠졌다. 밤나무는 주변에 누런 잎을 흩날렸다. 엄마는 아무 말도 하지 않았다. 그러다 가끔 이렇게 묘한 말을 했다.

"새 잎이 나올 때는 함께 오지 못할 거야."

이 말을 진지하게 받아들이지 않았지만 렐라는 두려웠다. 얼마 전부터 엄마는 그런 말을 자주 했다. 그런 말을 들으면 아빠는 몹시 화를 냈다. 어느 날 아빠가 의사를 모셔 왔다. 그 후부터 엄마는 식후에 물과 함께 작은 알약을 먹었다. 빈혈입니다, 과로입니다, 라고 의사가 말했다. 쉬어야 합니다. 하지만 엄마는 쉬고 있었다. 요즘엔 별로 하는 일이 없었다. 점심 무렵 일어나는데, 렐라가 학교에서 돌아올 때까지 잠옷 차림인 적도 있었다. 불편한 옷으로 갈아입기가 싫은 것 같았다. 묘지에 가는 일도 점점 뜸해졌다. "너무나 피곤하구나."라고 엄마는 입버릇처럼 말했다.

오늘 렐라는 엄마와 천천히 침묵 속에서 걸었다. 손에는 마지막으로 붉게 물든 양귀비꽃 몇 송이하고 노란색과 흰색의 야생 금어초 몇 송이를 들고 있었다.

"나는 가을이 좋더라." 엄마가 말했다. "자연이 쉬기 시작하는 게 좋아."

엄마의 두 손은 차가웠다. 거의 푸르스름해져 있었다.

"이제 집으로 돌아가요."

걱정이 돼서 렐라가 말했다.

엄마는 자리에 누웠다. 어디가 아픈 것은 아니었다. 그냥 자고 싶어 했다. 방을 어둡게 하고 엄마를 혼자 있도록 했다. 엄마는 일어나지 않았다. 렐라는 가슴이 두근거렸다. 서서히 엄청난 공포가 밀려왔다. 만약 엄마가…… 하지만 그런 말은 하면 안 돼. 그런 말을 하는 것은 나쁜 짓이야. 그런 생각은 절대로 하면 안 돼. 요즘 가뜩이나 엄마한테 못된 짓을 많이 했잖아…….

아침에 눈을 뜨면 렐라는 얼른 문에 귀를 대고 엄마의 방 안을 살폈다. 엄마의 숨소리가 들리지 않으면 가만히 문을 열고 들어섰다. 엄마의 숨소리를 확인하고야 렐라는 안심하고 다시 나왔다. 방과 후에도 집이 가까워질수록 집에서 무슨 무서운 일이 기다리고 있는 것 같은 불안에 정신없이 뛰었다. 숨도 쉬지 않고 렐라는 층계를 두 계단씩 올라가 엄마의 침대로 달려갔다. 엄마가 미소를 보내왔다. 다행이다. 그제야 렐라는 숨을 내쉬었다.

렐라가 엄마의 침대 곁에 앉았다.

"엄마, 아파?"

"아냐, 괜찮아. 그런데 곧 알리한테 갈 것 같아."

"싫어, 엄마. 가면 안 돼."

렐라는 무섭게 흐느끼면서 엄마의 가슴으로 파고들었다.

"아냐, 괜찮아, 정말이지 훌륭한 일이야. 주님께서 하시는 일은 전부 다 옳단다. 우리는 순종해야 해. 주님의 뜻을 따라야 해."

마인하르디스가 조용히 들어왔다.

"렐라, 아래층에 내려가서 밥 먹어라."

렐라는 방을 나왔다.

마인하르디스가 아내의 침대 곁으로 다가갔다.

"난 떠나야 해요."

케테 부인이 말했다.

"여보, 무슨 소리야. 왜 그런 소리를 해. 충분히 쉬고 영양 섭취를 하면 곧 완쾌할 거야."

"어젯밤에 몇 시에 들어오셨어요?"

"늦었어, 여보."

그가 후회하듯 말했다.

"난 들어오는 소리를 못 들었어요. 잠들었나 봐요."

"소리 내지 않으려고 장화를 벗어서 들고 들어왔어."

"저녁마다 그렇게 마셔야 해요?"

"그것 말고는 할 일이 없잖아."

"어디 일자리를 찾아볼 생각 없어요?"

"당신이 원한다면 광고라도 내 볼게."

심각하게 대답했지만 그럴 생각은 없었다. 소용도, 효과도 없는 일이었다. 모두들 광고를 내 봤다. 술집의 단골들도 다 해 봤지만 전부 허사였다. 아내 말에 반대해서 피곤하게 하면 안 된다고 생각했기에 그렇게 말했을 뿐이다. 일단 아내의 병이 나을 때까지 참아야 했다.

렐라는 잠을 푹 자지 못했다. 일어났는데도 머리가 텅 빈 것 같았다. 하지만 늦었다. 서둘러야 했다. 방이 추웠다. 어두워서 불을 켜야 했다. 작은 거울 앞에서 머리를 빗고 피곤한 큰 눈을 가만히 들여다보았다. 기분이 별로였다. 아침이면 언제나 안 좋았다. 아래층으로 내려가기 전에 언제나 그렇듯이 엄마 방문 앞으로 가서 멈춰 섰다. 방 안은 조용했다. 렐라는 소리 내지 않고 문을 조금 열어 보았다. 굉장히 조용했다. 렐라는 조용히 귀를 기울였다. 작은 움직임이라도 있는지 기다려 보았다. 심장이 멎을 것 같았다. 움직일 엄두가 나지 않았다. 어둠 속에서 엄마의 머리가 검게 보였다. 엄마는 두 손을 가슴 위에 얹고 있다. 문이 탁 소리를 냈다. 엄마가 눈을 뜰 텐데. 왜 문에다 기름칠을 안 해 놨지. 칠을 해야 한다고 전부터 생각했는데…….

하지만 침대에선 기척이 없었다. 렐라는 옴짝달싹하지 못했다. 손잡이를 잡은 손이 얼음장 같았다. 한 발짝도 앞으로 나아갈 수 없고, 미칠 듯 엄청난 두려움 때문에 아무 소리도 나오지 않았다. '엄마'라고 부르면 엄마는 깨어날 거야. 그런데 말이 나오지 않았다. 깨우면 안 돼. 아무도 깨우면 안 되는 잠을 주무시고 계신 거야. 아무 소리도 내지 마. 여긴 신성한 곳이야. 마치 대성당에 들어온 것처럼 렐라는 한 손을 입에 댔다. 한마디도 하면 안 돼. 이제는 대답을 들을 수 없어. 앞으로 대답은 없어. '앞으로'를 생각하자 절규가 터져 나왔다. 참을 수 없는 슬픔에 큰 소리로 정신없이 비명을 질렀다. '앞으로'를 생각하면 참을 수가 없었다.

베르티가 층계를 올라오고 하녀와 아빠도 올라왔다. 렐라는 방문을 꼭 잡았다. 아무도 들어와선 안 돼. 내 엄마야, 아무도 날 끌어내서도, 방에 불을 켜서도 안 돼. 렐라는 제정신이 아니었다. 강제로 끌어내는 수밖에 없었다. 작은 렐라의 몸은 더 이상 버텨 내지 못했다. 부엌일을 하는 하녀, 얼마 전에 시골에서 온 낯선 하녀가 렐라를 무릎에, 넓고 무거운 가슴에 안아서 갓난아기처럼 이리저리 흔들었다. 렐라는 슬픔에 젖어 몸부림치며 울었다. 아무리 기를 써도 시골 처녀의 두 팔을 당해 낼 수는 없어서 결국 굴복하는 수밖에 없었다. 비명은 기나긴 탄식으로 변했고, 마치 동물이 포효하듯 긴 울음소리가 작은 렐라의 가슴에서 울려 나왔다.

"엄마아, 엄마아, 엄마아."

눈물에 젖은 일그러진 입술로 렐라는 엄마를 불렀다. 두 손은 하녀의 단단한 몸 안에서 떨고 있었다.

"안 돼, 안 돼."

하지만 단단하고 거친 손이 렐라를 무겁게 누르고 있었다.

갑자기 렐라는 울음을 그치고 귀를 기울였다. 2층에서 베르티가 울부짖었다. 렐라는 단숨에 하녀의 품에서 빠져나와 오빠에게 달려갔다. 베르티는 두 손을 관자놀이에 대고 책상 주변을 돌면서 울고 있었다.

"아, 아, 아아."

베르티가 울부짖었다.

"아이들을 내보내. 집에서 내보내."

마인하르디스가 말했다. 그는 흔들림이 없었다. 할 일이 너무 많았기 때문이었다. 의사를 불러야 하고 처형들에게 전보를 쳐야 했다. 할머니에게도 연락해야 했다. 처리해야 할 일이 너무 많았다. 누군가 렐라를 맡아서 데려갔다. 누구더라, 먼 친척이다. 렐라는 지치고 정신이 나간 것 같았다. 렐라는 낯선 집에 와 있었다. 그리고 검은 상복을 입고 있었다. 어서 집에 돌아가고 싶었다.

"저녁에 보내 줄게."

누군가가 말했다.

저녁이 되자 엄마의 침대 주변은 불이 밝혀졌고 꽃으로 둘러싸였다. 엄마는 아름다웠다. 마치 밀랍 같았다. 렐라는 엄마의 침대 곁에 서 있었다.

"엄마에게 인사해야지."

마인하르디스가 말했다. 목소리가 다른 사람 같았다. 아빠가 렐라 어깨에 두 손을 얹었다. 엄마에게 어떻게 '안녕'이라는 말을 한단 말인가. 엄마는 지금 아무것도 듣지 못하는데. 촛불이 타면서 돌아가신 엄마의 얼굴을 따스하게 비추었다. 렐라는 조용히 침대로 가서 팔을 가만히 내밀어 엄마의 하얀 이마 위에 십자를 그었다.

"안녕, 편안히 주무세요, 엄마. 주님이 축복하실 거예요."

렐라는 창문 곁에 서 있었다. 이마를 유리창에 대 보았다. 젖은 손수건으로 입김이 유리창에 만들어 내는 자국을 계속 닦고 있었다. 장례식이 끝났다. 참석자는 별로 없었다. 케테 부인의 두 언니와 마을의 친지 두세 명뿐이었다. 오랫동안 마을을 떠나 있으면 모두가 타인이 된다. 그리고 하인 몇 사람

뿐. 낯선 목사가 설교를 했다. 이제 관이 좁은 계단을 내려갔다. 밖에는 젖은 길로 관을 싣고 갈 검은 마차가 대기 중이었다. 네 명의 진지한 남자들이 사무적으로 일을 했다. 화환과 꽃다발이 관 위에 놓였다. 꽃도 많지 않았다. 아빠와 베르티가 마차를 따라갔다. 그 뒤에 몇 명의 사람들, 일행이 천천히 움직였다. 마치 엄마의 잠을 방해하지 않으려는 듯 천천히 움직였다. 맨 끝에 목사를 태운 낡은 전세 마차가 뒤따랐다. 비탈길이었다. 음악도 없이 천천히 올라갔다. 천천히, 아주 조용히.

렐라는 가슴이 찢어질 것 같았다. 지금까지는 엄마가 집에 있었다. 이젠 이별이다. 영영 이별하는 것이다. 이제 엄마는 떠나갔다. 집 안이 텅 비어 버렸다. 아, 아무도 없는 바보 같은 집.

계단에는 꽃잎과 짓밟힌 꽃이 흩어져 있고, 대문은 양쪽으로 활짝 열려 있었다. 비에 젖은 일행이 돌아왔다. 환기를 위해서 창문은 전부 열어젖혔다. 집 같지가 않았다.

렐라의 소원은 집을 나가 혼자가 되는 것뿐이었다. 여긴 바쁜 사람들밖에 없었다. 청소를 하고 바닥을 닦고 침대 시트를 바꾸고 있었다. 음식을 하고 불을 피웠다. 이모들도 해야할 일이 있었다. 옷장과 그릇장을 정리하는 일이었다. 곧 집으로 돌아가기 때문에 정리를 서둘러야 했다.

"속옷 종류는 필요 없을 거야, 렐라한테 너무 커." 루이제 에렌하이트가 말했다. "이레네, 이 페르시아 토시는 네가 가져가. 네 숄에 잘 어울릴 거야."

"고마워, 렐라가 크면 돌려줄게."

렐라는 전부 듣고 있다. 엄마가 여윈 손을 따뜻하게 하려고 끼던 정다운 토시였다. 렐라도 그 토시에 두 손을 집어넣고 부드러운 모피에 머리를 기대곤 했다.

"여긴 전부 속옷이네."

이모의 목소리였다.

렐라는 달려가서 창백한 얼굴로 이모들 앞에 우뚝 섰다. 하지만 한마디도 할 수 없었다. 말없이 속옷을 어떻게 하는지 쳐다보다가 기회를 봐서 하나를 꺼내 엄마의 침대에다 숨겼다.

가끔씩 렐라는 부드러운 천에 얼굴을 묻고 얼마 동안 그리운 엄마의 향기에 안겼다. 그러면 엄마가 나타나 금방이라도 안아 줄 것 같았다. 체온이 느껴지는 손으로 자신을 잡아 주며 "렐라." 하고 부르는 엄마의 목소리가 들리는 듯했다.

렐라는 이레네 이모한테 응석을 부리고 싶었다. 이레네 이모는 정말 좋았다. 그 이모는 엄마와 닮았다. 멀리서 들으면 목소리까지 엄마와 구별할 수 없을 정도였다. 이레네 이모는 손도 엄마와 똑같았다. 하지만 아이들 때문에 빨리 집으로 돌아가야 했다. 이레네 이모는 바빴다. 루이제 이모도 엄마의 유품을 트렁크에 잔뜩 넣고 떠났다. 이레네 이모가 대부분의 유품을 루이제 이모에게 넘겨주었다.

모두가 친절했지만 렐라는 느끼지 못했다. 귀찮기만 했다. 렐라는 혼자 있고 싶었다. 혼자 있으면 언제나 엄마와 함께 있는 기분이 들었다. 밤나무 길로 가서 벤치에 앉고 싶었다. 엄마가 거기에서 기다리는 것 같았다. 하지만 혼자서는 나갈 수 없었다. 마치 감시당하는 듯했다. 하는 수 없이 렐라는 교과서에 빠져 지냈다. 독본에는 여기저기 엄마가 그은 밑줄이 있었다. 이런저런 것을 물어보았을 때 엄마가 어떤 대답을 했는지 분명히 기억이 났다.

렐라는 귀를 기울였다. 그러면 엄마가 나타났다. 바로 곁에 나타나 말을 건넸다. 그런데 누군가 불을 켜고 다가와 렐라의 머리에 손을 얹으며 "저런, 딱해라."라고 말했다.

밤이 돼서야 렐라는 혼자가 되었다. 렐라는 푹 잤다. 엄마는 항상 푹 자야 한다고 말했다. 잠이 들면 엄마가 곁에 와 주리라고 렐라는 단단히 믿었다.

한밤중에 검은 그림자가 침대 곁에 와서 렐라의 손을 잡는 듯했다. 렐라는 비명을 질렀다. 가족들이 달려와서 불을 켰다. 모두가 물러간 뒤 렐라는 엄마가 왔었음을 깨달았다. 아, 바보같이 소리를 지르고 불을 켜게 해서 엄마를 쫓아 버리고 말았어. 자신에 대해 너무 화가 나고 슬퍼서 렐라는 눈을 뜨고 열심히 기다렸다. 하지만 아무도 오지 않았다. 그날 밤도, 그리고 다음 날도 오지 않았다.

4

빙판이 반짝였다. 빙판 위로 겨울의 차가운 태양이 금빛 햇살을 뿌렸다. 왈츠가 들리고, 반짝이는 두꺼운 빙판 위를 수 많은 스케이트화(靴)가 미끄러지듯 달렸다. 모두 밝은 얼굴이 었다. 서로 손을 잡고 있었다. 아이들은 기다란 꽃묶음처럼 열 을 지어 돌았다. 한 사람이 가운데 서서 열을 돌리는데, 맨 가 장자리의 아이만 마음껏 멀리까지 원을 그렸다.

몇몇 쌍은 손을 마주 잡고 돌았다. 음악이 잘 들리지 않는 조용한 구석에는 기술 좋은 아이들이 커브, 8자, 3자, 후진, 점 프를 연습하고 있었다. 프리츠 레나르츠가 양팔을 벌린 채 고 개를 오른쪽 어깨 위로 비스듬히 젖히고 손바닥을 위아래로 바꾸다가 이번에는 오른쪽 다리로 서서 왼쪽 다리를 뻗으며 멋지게 커브를 돌았다. 한순간 몸이 접히는 듯하더니 알 수 없 는 새로운 힘을 받아 다른 쪽 방향으로 왼발 커브를 돌았다. 머리에 모피 모자를 썼지만 금발이 이마까지 흘러내렸다. 짙 은 남색 옷이 몸에 꼭 맞아 경쾌하게 움직일 때마다 탄력 있는 날씬한 몸이 드러났다. 프리츠는 무릎까지 오는 반바지에 검은 스타킹을 신었다. 피부는 소녀처럼 부드러웠다. 추위 때문에 빰이 빨갰다.

프리츠는 멈춰 서서 음악에 맞춰 도는 한 무리를 바라보았다. 약간 거만하게 반쯤 눈을 감고 그는 한 쌍의 남녀를 눈으로 좇았다. 시선은 다리가 길고 수병 모자를 아무렇게나 비스듬히 쓴 채 가볍게 웨이브 진 머리를 바람에 흩날리는 소녀를 향하고 있었다. 소녀는 지금 스케이트에 열중해 있었다. 단단히 두 손을 맞잡은 파트너에게 웃음을 보내느라 프리츠는 안중에도 없어 보였다. 둘은 음악에 맞춰 프리츠 옆을 유유히 지나갔다. 프리츠는 그 자리에 서서 다른 사람을 찾는 척했다.

렐라와 손을 잡고 있는 요아힘이 참지 못하고 "프리츠 봤지?" 하고 물었다.

"응, 한창 뽐내고 있더라⋯⋯."

마누엘라가 대답했다.

요아힘은 렐라의 대답이 마음에 들었다. 선량한 그의 얼굴에는 보호자의 미소가 떠올랐다.

"응, 프리츠는 못 하는 게 없는데, 남하고 안 어울리고 혼자서만 돌아."

요아힘이 그렇게 말하면서 곁눈질로 렐라의 얼굴을 훑어보았다.

"그러는 게 좋으면 그러는 거지, 뭐."

요아힘은 왠지 슬퍼졌다. 프리츠가 항상 혼자서만 도는 것이 렐라도 싫을 터다. 갑자기 요아힘은 매번 돌 때마다 프리츠 곁을 스쳐 가는 게 좀 미안하게 생각되었다. 그래서 렐라에게 식당에 가서 따뜻한 차를 마시자고 제안했다.

식당은 가건물로, 안에는 붉은 무늬의 식탁보를 깐 테이블이 두어 개 있었다. 스케이트 끈은 풀 필요가 없었다. 서툴지만 양손으로 몸의 중심을 잡으면서 스케이트화를 신은 채 의자에 걸터앉기만 하면 됐다. 렐라는 차를, 요하임은 럼주(酒)가 들어간 차를 주문했다. 식당 안은 김이 서려 자욱하고 굉장히 시끄러웠다. 상대가 요아힘이지만 남자아이와 마주 앉아 있어서 렐라는 즐거웠다. 만족스러운 기분으로 홍차를 마셨다. 렐라는 입구 쪽을 보면서 앉고, 요아힘은 입구를 등지고 앉았다. 요헨은 이웃 친구다. 점심때 요헨이 길에 나와 휘파람을 불면 렐라도 집을 나섰고, 둘은 함께 스케이트장으로 왔다. 그건 아주 자연스러운 일이었다.

마인하르디스는 교외의 낡은 집을 참을 수가 없었다. 아내의 죽음에 대한 기억이 그를 집 밖으로 나가게 했다. 새로 들어온 가정부의 도움으로 집을 시내로 옮길 수 있었다. 이번 집은 주택가에 있었다. 집 앞에는 나무가 있고 주변에 뜰도 있었다. 렐라와 베르티는 학교 가는 길이 가까워졌고, 마인하르디스도 단골 술집까지 몇 걸음 되지 않았다.

살림은 헬링 부인[16]이 맡았다. 좀 엄격해 보이는 부인이다. 높게 올린 옷깃이 목을 감싸고 있어서 언제나 고개를 들고 당당한 자세를 취했다. 헬링 부인은 검정이 아니더라도 항상 짙은 색 옷을 입었다. 얼굴에 기운이 넘치고 입은 꼭 다물고 있어서 딱딱한 인상을 풍겼다. 부인은 굉장한 절약가인데, 마인하르디스는 그런 점이 마음에 들었다. 마인하르디스는 돈 관리를 할 줄 몰랐고, 대개 잘 세어 보지도 않고 그냥 주머니에 넣고 다녔는데 부인은 그런 행동을 몸서리나게 싫어했

---

16 미혼의 귀족 여성이지만, 여기서는 나이를 감안하여 '부인'으로 번역했다.

다. 마인하르디스는 좋지 않은 습관으로 헬링 부인을 놀래 주기를 좋아했다. 그럴 때 헬링 부인이 못마땅해서 고개를 저으면 마인하르디스는 그녀가 예의상 얌전한 미소를 보낼 때까지 계속 큰 소리로 웃어 댔다.

하지만 솔직하게 말하면 헬링 부인도 소리 내어 웃고 싶었다. 유순한 중령님한테 놀림을 받는 것이 기분 나쁘지 않았다. 연애라면 그녀에게는 일생 동안 즐거운 추억이 별로 없었다. 아이들 많은 가난한 시골 귀족 가정의 딸이었던 그녀는 피치 못해 가정부 일을 하게 된 것이다.

마누엘라는 헬링 부인을 좋아할 수가 없었다. 그녀가 엄마의 침대와 옷장을 사용하는 것이 불쾌했다. 부인도 렐라의 반감을 눈치챘지만 지금껏 남의 집에서 별별 일을 다 겪어 왔기 때문에 렐라를 마음대로 억누르지 않았다. 부인은 오히려 집안 남자들한테 더 세심하게 신경을 썼다. 베르티는 좋아하는 음식을 실컷 먹게 되어 점점 살이 쪘다. 식후에 와인을 마실 때면 마인하르디스는 좋은 말상대가 되어서 이야기를 열심히 들어 주는 헬링 부인한테 지나간 이야기를 늘어놓았다. 그가 권하면 헬링 부인도 와인을 한 잔 마셨다. 술을 마셔 본 적이 한 번도 없다고 말한들, 마인하르디스는 다른 사람이 술을 한 방울도 안 마시면서 마주 앉아 있는 것을 참지 못했다. 뺨이 붉어진 부인이 그녀의 의지나 훌륭한 교육에 걸맞지 않게 큰 소리로 웃어 대면 마인하르디스는 재미있어했다. 그는 부인을 '헬링'이라고 이름으로 불렀고, 기분이 좋을 때는 종종 반말 비슷하게 했다. 반면 부인은 변함없이 그를 '중령님'으로 불렀다.

누구 하나 마누엘라가 하는 일을 간섭하지 않는다. 그래서 요아힘이 권하기만 하면 이런 데 앉아서 럼주가 섞인 차도 마실 수 있었다. 양쪽 팔꿈치를 테이블에 얹은 채 렐라는 몸이 달아오름을 느꼈다. 잠시 이렇게 앉아 있는 것이 좋았다. 스케이트를 타는 동안 약한 관절이 아팠다. 요헨의 베를린 여행 이야기를 멍하니 들어 주면서 렐라는 가끔씩 입구를 바라보았다.

예상대로 프리츠가 입장했다. 다른 사람들과는 달리 흐트러짐 없는 자세로 들어와 판매대로 가서 담배를 주문했다. 그러고는 담배에 불을 붙인 후 담뱃갑을 주머니에 찔러 넣고 렐라에게는 시선도 주지 않은 채 밖으로 나갔다. 렐라를 보지 못한 척했다. 렐라는 불안했다.

"우리 한 바퀴 더 돌까?"

그 말에 요아힘이 곧 응했다. 스케이트장으로 돌아와 보니 해는 이미 전나무 숲을 지나고 있었다. 렐라는 커브를 배우고 싶었다. 오른쪽 발을 밖으로 하고 돌기는 이제 힘들지 않았다. 그리고 점프의 특별한 즐거움도 알게 되었다. 더 잘하고 싶어서 한창 열중해 있는데 프리츠가 헬라 안드레아스와 바로 앞을 스치고 지나갔다. 헬라는 들떠 보였다. 부자연스럽게 웃음을 터뜨리는데, 막상 프리츠는 무심하게 그녀의 손을 잡고 있었다. 예의상 함께 스케이트를 타고 있는 것으로 보였다.

갑자기 추워지면서 렐라는 피곤했다. 요헨이 그녀 앞에 무릎을 꿇고 스케이트를 벗겨 주었다. 집으로 돌아오는 길에는 스케이트도 들어 주었다. 그때 렐라는 프리츠가 헬라와 함께 식당으로 들어가는 모습을 보았다.

집에 와서 렐라는 서둘러 숙제를 했다. 그리고 책을 한 권들고 소파 구석으로 물러났다. 헬링 부인이 세탁한 옷을 꿰매고 있었기 때문이다. 렐라는 그 냄새가 싫었다.

"얌전한 아가씨라면 날 도와줄 텐데."

하지만 렐라는 피곤했다. 내일 어떻게 하면 커브를 더 잘 돌 수 있을지 그것만 생각했다. 마음이 안정되지 않자 책을 덮었다. 그때 아빠가 방으로 들어왔다.

"자, 잘들 지내고 있나?"

아빠가 헬링 부인한테 등잔을 가까이 당겨 주었다.

"저런, 그런 데서 일을 하면 눈이 나빠집니다. 정말이지 너무 부지런하네요. 렐라, 안 그러냐?"

헬링 부인은 계속 머리를 숙이고 일을 했다. 램프의 불빛이, 땋아서 둥지처럼 틀어 올린 그녀의 금발을 비추었다. 마인하르디스가 헬링 부인의 의자 등받이에 손을 올려놓았다. 틀어 올린 헬링 부인의 머리에 꽂힌 두 개의 커다란 핀을 뽑아 버리고 싶은 충동을 그는 참지 못했다. 땋아 올린 부인의 머리가 어깨로 흘러내렸다.

"어머나, 중령님."

부인은 얼굴이 새빨개져서 뒷덜미의 머리를 틀어 올리며 일어났다.

마인하르디스는 유쾌한 듯 웃었다. 렐라도 함께 웃었다. 렐라는 아빠의 그런 장난에 익숙했다. 특별한 일도 아니다. 하지만 헬링 부인을 붙잡아 키스를 한 것은 처음 있는 일이었다. 부인이 바보같이 머리만 두 손으로 잡고 있지 않았어도 키스를 막을 수 있었으리라고 렐라는 생각했다.

다음 날 렐라는 불쌍한 요아힘을 혼자 내버려 두고, 재빨리 비탈길을 내려가 스케이트장으로 갔다. 그리고 급하게 스케이트화를 신고 사람이 없는 곳으로 가서 연습을 시작했다.

너무 열심히 연습하느라 몸이 뜨거워졌다. 몇 번 넘어지기도 했다. 외투에 얼음 가루가 하얗게 묻었다. 외투를 벗고, 장갑과 목도리까지 벗으니 한결 나았다. 막 커브를 돌기 시작하는데 뒤에서 힘센 손이 렐라의 허리를 잡더니 뒤에서 '밀어 주기' 시작했다. 갑자기 엄청나게 속도가 붙었다. 발아래에서 얼음이 부스러지면서 소리가 났다. 스케이트장 주변의 전나무들은 휙휙 지나가고 차가운 바람이 뺨을 때렸다.

"넘어지면 안 돼, 렐라. 똑바로 서. 할 수 있어. 안 무섭지?"

"응, 안 무서워. 괜찮아. 정말 좋아."

"그래, 넌 깃털처럼 가볍네. 무게가 하나도 안 나가는 것 같아. 나는 더 탈 수 있는데, 넌 어때?"

등 뒤에서 프리츠가 숨찬 소리로 말했다.

그는 거친 사냥꾼 같았고, 렐라는 쫓기는 기분이었다. 힘든 것을 억지로 참고 있었지만 기분은 정말 좋았다.

"렐라, 괜찮아?" 좀 쉬고 나서 프리츠가 물었다. "더 할 수 있어?"

"응, 프리츠, 할 수 있어. 네가 같이 탄다면 얼마든지 할 수 있어."

렐라는 자기가 무슨 말을 하는지도 몰랐다. 다만 다른 사람들이 자기네 두 사람을 피해서 지나가는 것과 서로 맞잡은 손이 빙판의 차가운 난간을 피해 노를 젓듯 방향을 잡고 있다는 사실만 알았다. 그리고 커브를 돌 때 본능적으로 자신이 몸을 기울이고 있다는 점도. 발목이 아프고, 약간 몸이 흔들리기 시작했다. 하지만 이대로 지옥으로 간다 해도 그녀는 끝까지 참았으리라.

갑자기 프리츠가 강한 힘으로 그녀를 밀었다. 렐라는 혼자 떨어져서 반짝이는 빙판 위로 미끄러져 갔는데, 커브를 돌다가 얼음 턱 때문에 앞으로 수그러졌다. 있는 힘을 다해 넘어지지 않으려고 애썼지만 힘에 부쳤다. 그런데 그때 프리츠가 재빨리 그녀를 붙잡아 세웠다. 발이 미끄러졌지만 렐라는 넘어지지 않고 멈춰 섰다. 얼어붙은 얼굴이 프리츠 상의에 파묻혔고 렐라는 단추의 차가운 감촉을 느꼈다.

"굉장한데, 렐라. 보통 실력이 아냐."

"아냐. 네가 안 잡아 주었으면 넘어졌을 거야."

둘은 웃었다.

이제 코를 닦고 모자를 바로 써야 했다. 렐라는 회전하느라 올라간 옷을 내렸고, 프리츠는 손으로 앞머리를 쓸어 올렸다.

프리츠가 스케이트화를 벗어 끈에다 매달아 목에 걸었다. 스케이트화가 가슴에 매달려 있었다. 그는 신발로 바꿔 신었다. 그러고는 바닥에서 렐라 앞에 무릎을 꿇고 렐라의 스케이트화를 벗겨 주었다. 흐트러진 프리츠의 금발이 렐라의 얼굴 앞으로 바싹 다가왔다. 마치 무언가를 찾는 듯 그녀는 두 손을 얼른 외투 주머니에 넣었다.

마인하르디스는 새로운 생활에 적응해 갔다. 힘없이 혼자 돌아다니거나 산으로 등산을 가는 날도 있었다. 요즘 들어 죽은 아내한테 잘하지 못했다는 후회가 머리를 떠나지 않았다. 지난 몇 년 동안 매일 군대 근무에서 기분이 상한 채 집으로 돌아와 불쾌한 기분을 아내에게 풀었던 일을 생각하면 괴롭고 후회스러웠다. 그러다가 다시 이런 회한을 모두 극복한 사람처럼 보이기도 했다. 그는 재미있는 모임에 열심히 참석했는데, 아무도 마인하르디스만큼 재미있게 이야기하는 사람이 없었다. 그만큼 여자들 비위를 잘 맞추는 사람, 그만큼 유쾌한 농담을 잘하는 사람은 없었다.

종종 아이들의 일을 걱정했지만, 그건 헬링 부인이 잘해 주리라 생각했다. 마인하르디스는 렐라의 용모에 관심이 많았다. 친구들은 그에게 렐라가 엄청난 미인이 되리라고 듣기 좋은 말을 했다. 딸이 자신의 검은 눈과 몸매를 닮은 것이 그는 자랑스러웠다. '딸내미'라면 자고로 예뻐야 하는데. 부유한 남자와 결혼하려면 무엇보다 예뻐야 한다는 것이 그의 생각이었다. 그는 언젠가 렐라가 돈 많은 남자와 결혼하리라 믿어 의심치 않았다. '사슴 사냥 정도 다니는 청년'이라고 말하기도 했다. 멋진 장인이 되어 북독일 어디에 있는 훌륭한 소유지의 넓은 뜰을 거닐거나, 사냥 친구들에게 붉은 포도주와 고급 시가를 대접하는 자신의 모습을 즐겨 상상했다. 아내가 세상을 떠났을 때 가졌던 돈은 이제 얼마 남지 않았다. 연금은 말이 안 될 정도로 적은 액수였다. 퇴역 후에 여행을 할 생각이었지만, 그러기에는 돈이 턱없이 부족했다. 마음속으로 그는 '딸내미'가 집안을 '일으키길' 기대했다. 친구들 앞에서 그는 종종 렐라를 '딸내미'라 불렀다.

베르티의 장래를 생각하면 근심이 많았다. 베르티는 외교관을 만들 생각이었다. 외무성 직에는 그런 사람이 필요했다. 베르티는 올해 대학 입학 자격을 획득했으니 이제 일류 학생 조합에 발을 들여놓아야 했다. 하이델베르크 대학 같은 곳으로 가야 했다. 그래야 연줄을 만들 수 있다.

아들의 인생에는 연줄이 필요했다. 좋은 집안, 부자 집안과 알고 지내는 일이 무엇보다 중요했다. 거기서부터가 시작이다. 그런데 베르티는 이미 틀렸다. 벌써부터 여자애들 꽁무니나 따라다니니 정신이 나갔다. 앞길이 캄캄했다. 한심하게도 베르티는 요즘 엄청난 미녀와 사귀고 있었다. 마인하르디스는 모른 척했다. 그러는 편이 아버지로서 분별 있는 조치라고 생각했기 때문이었다. 그는 아이들한테 잔소리를 하지 않았다. 계속 막기는 불가능했다. 마인하르디스를 신경 쓰는 사람은 아무도 없었는데, 설령 그런 사람이 있었대도 그는 진심으로 사양했을 터다. 사람들은 그를 이상적인 아버지라고 치켜세우면서 건배했다.

"자, 자식들의 미래를 축복하면서 건배! 내버려 둬도 만사는 다 잘 풀리게 되어 있어!"

마인하르디스는 기꺼이 잔을 받았다.

이튿날 렐라한테 은방울꽃 다발과 작은 카드가 도착했다.

"크리스마스 바자회 때문에 토요일에 바이올린 연습을 해야 해. 그래서 스케이트 타러 못 가. 잘 지내, 안녕. 프리츠 레나르츠."

작은 두 손으로 렐라는 조심스럽게 포장지를 풀었다. 꽃향기가 참 좋았다. 얼른 부엌으로 들고 가서 꽃병에다 물을 채웠다. 하녀 마리가 옆에 서서 놀렸다.

"애인한테서 온 것 같은데……."

렐라는 대답하지 않았다.

"맞네."

마리가 말했다. 마리는 성격이 시원시원한 편이다. 그래서 남의 연애에 대해서 잔소리를 자주 했다. 본인 자신은 그 방면에 좋은 추억이 별로 없었으면서 말이다. 마리는 남자 애기를 자주 했고, 렐라는 그런 이야기에 귀를 기울이곤 했다. 현재 마리의 애인은 병장인데, 착실한 남자는 아니었다. 방에는 별난 장식품이 가득했다. 짙은 갈색의 액자, 잉크병, 후추 과자처럼 생긴 나체 소녀상, 이상한 덩어리로 만든 종려나무 같은 것들이 사방에 널려 있었다. 재료로 쓰인 덩어리는 군용 빵이다. 마리의 남자 친구는 예술가다. 방에 차분히 들어앉아 열정을 다스린 후에야 군용 빵으로 명작을 만들 수 있다고 했다. 그가 가진 것은 빵하고 물, 그리고 시간뿐으로 카를은 이 세 가지를 섞어서 예술품을 만들어 냈다.

마리는 이런 애인의 능력을 은근히 자랑스러워했다. 착한 마리는 렐라를 사랑했고, 렐라는 마리와 함께 따뜻한 부엌에서 많은 시간을 보내면서 필요한 것을 배울 수 있었다.

"렐라, 헬링 부인한테는 꽃을 보여 주지 마." 마리의 친절한 경고다. "그걸 보면 또 시끄럽게 잔소리할 거야. 부인한테 전부 알릴 필요는 없어."

물을 쏟지 않게 조심하며 렐라는 꽃을 2층으로 들고 갔다. 조금 전만 해도 기뻤는데 갑자기 께름한 기분이 들었다. 헬링 부인이 설마 내 방에 들어오지는 않겠지. 그러니까 이 은방울 꽃은 못 볼 거야. 그때 식사하러 내려오라는 소리가 들렸다. 더 이상 생각할 필요가 없어서 다행이었다. 렐라는 계단을 내려갔다.

이제 곧 빙판이 녹게 생겼네, 라면서 베르티가 렐라의 표정을 살폈다.

렐라는 가슴이 쓰렸다. 그래서 의자 등받이에 두 손을 얹고 몸을 숙였다. 모두들 식탁 앞에 그렇게 서자 베르티가 기도를 시작했다.

"주님, 오셔서 우리의 손님이 되어 주시고, 우리에게 주신 음식을 축복해 주소서."

모두의 아멘 소리와 함께 식사가 시작되었다.

렐라는 프로그램을 무릎 위에 접어 놓았다. 뜨거운 두 손은 꽉 쥐고 있었다. 곁에는 헬링 부인이 그녀가 가장 아끼는 호박단 검정 드레스를 입고 어느 부인과 나란히 앉아서 오늘 공연에 관해 한창 이야기 중이었다. 렐라는 프로그램을 다시 한 번 펼쳐 보았다. 틀림없었다. 다음 순서는 프리츠 레나르츠의 바이올린 독주였다. 이제 저 높고 넓은 무대에서 프리츠가 독주를 시작하면 관중의 시선이 모두 프리츠에게 쏟아지리라 생각하니, 렐라는 마치 자기가 초라한 원피스 차림으로 한 손에 바이올린을 들고 서 있는데 사람들이 어서 연주하라고 독촉하는 양 바싹 긴장이 됐다.

그때 어두운 장막에 조명이 비치고 장내가 숙연해졌다. 막이 활짝 열렸다. 검은 대형 피아노와 그 앞에 의자가 놓여 있었다. 작은 옆문으로 프리츠가 등장했다. 바이올린을 왼쪽 옆구리에 끼고 중앙에 서서 인사를 했다. 두려운 기색은 전혀 없었다. 아주 쉬운 일이고 남들의 시선을 받으며 인사하는 것쯤은 아무것도 아닌 듯 보였다.

렐라의 불안은 사라졌고, 지금 프리츠는 당당히 서 있었다. 렐라는 안도의 한숨을 내쉬었다. 헬링 부인은 렐라의 그런 태도를 놓치지 않았다. 부인과 친구는 아까부터 아무런 눈치도 채지 못한 렐라를 주시하고 있었다. 오늘은 본인 말대로 '엄마 역할'을 하겠다고 다짐한 헬링 부인이다. 렐라의 표정과 태도를 관찰하면서 부인은 이 불쌍한 아이를 구하기로 다짐

했다.

렐라는 그런 상황을 전혀 알아채지 못했다. 오직 프리츠
만 보고 있었다. 프리츠가 옆으로 시선을 돌리자 거기에는 금
발의 젊은 여자가 피아노 앞에 앉아 그를 바라보고 있었다. 그
얼굴을 보고 렐라는 깜짝 놀랐다. 좀 더 가까이에서 보려고 무
의식적으로 몸을 앞으로 기울이기까지 했다. 대체 무슨 일이
지? 부인은 프리츠와 몹시 닮았다. 프리츠보다 더 아름답고
상냥해 보였다. 부인이 프리츠에게 용기를 주고자 미소를 보
냈다. 프리츠가 약간 고개를 끄덕이며 미소를 지었다. 두 사람
은 서로 통하고 있었다. 프리츠가 어떻게 저렇게 침착할 수 있
는지 렐라는 깨달았다. 어머니였다. 어머니가 있으니 모든 게
자신 있는 것이다.

부인은 악보를 바라보았고, 프리츠는 자신에 찬 시선을
청중에게 보냈다. 그러더니 하얀 두 손으로 치는 피아노 전주
에 맞춰서 힘차게 바이올린을 그었다. 그 여세에 아름다운 금
발이 흩어져 내렸다. 이제 연주를 이끄는 것은 프리츠였고, 피
아노는 바이올린을 따라 올라갔다 내려갔다 기다렸다를 반
복하면서 주 멜로디로 넘어갔다. 부인과 프리츠 두 사람은 몸
을 함께 움직였다. 부인은 머리카락이 이마로 흘러내리자 악
보를 보려고 얼른 쓸어 올렸지만 잘되지 않았다. 프리츠 역시
고개를 뒤로 넘겼지만 잘되지 않았다. 시간이 없었다. 계속 앞
으로, 위로, 앞으로 연주가 이어졌다. 샹들리에가 떨며 신음하
고, 사람들은 죽은 듯이 조용했다.

렐라는 입을 다물지 못했다. 눈은 홀린 듯이 무대에 꽂혀
있었다. 자신이 앞줄 의자를 붙잡고 있다는 사실도 몰랐다. 귀
는 빨개지고 얼굴은 긴장으로 창백했다. 입이 마르고 손에는

땀이 뱄다. 무슨 일이지? 아프다. 너무도 마음이 아프다. 그러다가 마음이 좀 진정되었다. 무대 위의 두 사람은 하나였다. 한데 녹아서 하나가 되어, 동일한 것을 사랑하고 동일한 것을 느끼며 분리될 수가 없었다.

프리츠는 용해되어 이제 존재하지 않았다. 그는 어떤 것의 한 부분일 뿐, 예전의 그가 아니었다. 홀을 가득 채우며 그가 공간에 혼자 있었다. 그는 부인에게 이끌려 가고 있었다. 그녀가 없으면 그도, 음악도 존재할 수 없을 터였다. 음악이 사람들을 휘어잡아 마음을 휘저으며 파고들었다. 모두들 숨을 죽이고 긴장했다. 그러자 음악이 다시 웃으며 상냥하게 사람들을 달래고 안심시켰다. 이제 모두 함께 합창하는 기분이었다. 모두, 그리고 렐라도 음악 가운데로 들어가 그 일부가 되었다. 음악과 더불어 모두 함께……. 그런데 무슨 일이지? 갑자기 사라져 버렸다.

한순간 청중이 놀라서 깨어났다. 조용했다. 프리츠가 연주를 끝내고 바이올린을 피아노 위에 얹자 부인이 천천히 일어섰다. 곧 박수갈채가 쏟아졌다. 너무 숨을 죽이고 있었으니 이제는 소리치고 법석을 떨어야 한다는 듯 사람들이 요란한 박수를 보냈다. 젊은 부인은 기품 있는 걸음으로 프리츠의 곁으로 다가와 아들 어깨에 손을 얹었다. 프리츠는 환한 표정으로 엄마의 얼굴을 쳐다보았고, 청중을 향해 감사 인사를 했다. 엄마의 손을 잡고 몇 번이나 무대 전면까지 나왔다. 박수갈채가 끊이지 않았다. 프리츠의 엄마, 프리츠한테는 엄마가 있어, 라고 렐라는 생각했다.

렐라는 앞으로 나가려 했다. 그런데 헬링 부인이 뒤에서 잡았다.

"그냥 앉아 있어."

렐라는 뒤를 돌아보았다. 낯설고 심술궂고 질투 가득한 얼굴이다.

"남자를 따라다니는 거 아니야. 그건 안 좋은 일이야."

갑자기 싸늘한 손이 심장에 닿은 느낌이었다. 기계적으로 몸을 돌려 렐라는 다시 자리에 앉았다.

갑자기 장내가 다시 어두워졌고 모두들 자리에 앉아야 했다. 잠시 어수선했다. 렐라 옆은 통로까지 두세 자리가 비어 있었다. 이제 진짜 크리스마스 연극이 시작되는 것이었다. 누군가 무대에 나와서 대사를 하고 퇴장했다. 아이들, 어른들이었다. 렐라의 눈은 무대를 보고 있었지만 극의 내용에는 관심이 없었다. 장내에서 기침 소리가 들렸다. 초콜릿을 먹는 사람도 있었다. 의자가 삐걱대고 귓속말을 하고 다음 순서를 알아보려고 프로그램을 펴는 사람도 있었다.

그때 렐라가 프리츠를 알아보았다. 프리츠가 벽을 따라 렐라의 자리로 오고 있었다. 소리 나지 않게 의자의 열을 따라 렐라의 옆자리로 와서 앉았다.

렐라는 훌륭한 연주를 해낸 사람에게 무슨 말을 해야 할지 몰라서 불안스럽게 프리츠의 얼굴을 쳐다봤다. 그런 렐라의 마음을 눈치채고 격려하려는 듯 그가 웃었다. 그러고는 렐라의 손을 쥐었다. 나 아무렇지도 않아, 라고 말하는 것 같았다.

둘은 조용히 앉아 있었다. 프리츠가 쥔 렐라의 손이 그의 무릎에 놓여 있었다. 그가 다른 쪽 손을 그 위에 얹었다.

"우리 엄마 어때?"

렐라의 귀에 대고 프리츠가 작은 소리로 물었다. 렐라는 시선을 피하며 말했다.

"정말 아름다우셔."

그 이상은 아무 말도 나오지 않았다. 울음이 쏟아질 것 같았다. 울음을 삼키려고 애쓰면서 눈을 깜박여 보았다. 그런데도 이상하게 자꾸만 바보같이 눈물이 솟아났다. 눈물을 최대한 삼키고 있는데, 프리츠가 머리카락이 닿을 정도로 렐라의 귀까지 바싹 다가왔다.

"저기, 끝나고 엄마한테 가자. 엄마가 만나고 싶어 해."

긴장해서 렐라는 입술을 깨물었다. 입술은 검붉은색이 되었다. 눈물을 삼켰지만 눈은 젖어 있었다. 양 갈래로 땋은 머리는 어깨까지 내려와 있었다. 팔은 맨살이었는데, 가냘프고 힘이 없어 보였다. 렐라는 자기 팔이 부끄러웠다. 프리츠의 엄마는 팔이 희고 아름다운 데다 손도 예뻤다. 프리츠의 손보다 더 아름다웠다. 프리츠의 손을 보면 렐라는 마음이 아팠다. 뼈가 불거져 나온 손이었다. 프리츠 엄마의 손은 분명 부드럽고 따뜻할 것 같았다. 피아노 치는 모습을 보면 알 수 있다. 발은 작았다. 프리츠는 발이 저렇게나 큰데…….

무대가 다시 낮처럼 밝아졌다. 그러더니 점점 환해졌다. 높은 계단을 따라 천사들이 하늘로 올라갔다. 그리고 오르간에 맞춰 성탄 노래를 합창했다.

"아, 나오신다."

프리츠가 말했다.

누구인지 말할 필요는 없었다. 렐라가 프리츠의 엄마 생각을 하고 있음을 프리츠는 알았다. 계단 위가 빛났다. 너무 눈이 부셔서 쳐다볼 수가 없을 정도였다. 조용한 음악이 들려왔다. 그리고 이상하게 승리에 찬 목소리가 「아베 마리아」를 불렀다. 팔까지 온몸을 감싼 은빛 드레스 위로 주름 잡힌 긴

가운이 흘러내렸다. 드러난 목에는 금발이 내려와 있고, 은빛 투구가 아름다운 얼굴을 품고 있었다. 푸른 두 눈은 화려한 조명 빛을 반사하고 있었다.

자신 있고 명료하며 순수한 목소리가 장내를 휘감았다. 목소리는 청중을 경건하게, 행복하게 하며 사람들을 마음대로 이끌었다. 렐라는 의자에 앉아 꼼짝도 할 수 없었다. 프리츠도 렐라를 잊은 듯 넋을 놓고 정신없이 무대를 바라보았다. 이 세상에 내 엄마처럼 아름다운 사람은 없다고 생각하면서.

"땅에는 평화, 인류에게 행복을……."

저 높은 곳에서 노래가 울려 나왔다. 천사들이 합창을 하고 관현악기가 웅장하게 연주하면서 목소리와 어우러졌다.

"인류에게 행복을……."

그러면서 무거운 막이 내려왔다.

프리츠는 헬링 부인과 부인의 친구인 메츠너 교수 부인에게 정중하게 인사를 하고 두 사람을 휴게실 테이블로 안내해서 차와 케이크를 주문하는 일을 도왔다. 그 일이 끝나자 렐라의 손을 잡고 "자, 엄마가 기다리고 계셔."라고 말했다. 인파가 대단했다. 문 안에는 사람들이 가득했다. 여기저기 작은 가게가 열려서 불우한 어린이를 위해 기금을 모금하고 있었다. 프리츠는 렐라의 손을 놓고 그녀의 뒤를 따라갔다. 노신사가 프리츠의 어깨를 툭 치며 "잘했어. 훌륭했어."라고 말하는가 하면, 어느 노부인이 "재능이 있어, 정말로 재능이……."라고 칭찬하는 바람에 프리츠는 몇 번이나 걸음을 멈추어야 했다. 렐라는 프리츠가 자랑스러웠다. 하지만 프리츠는 잠깐 걸음을 멈출 뿐, 어서 앞으로 나갈 생각밖에 없었다.

"엄마는 꽃을 팔고 계셔."

프리츠가 말했다. 둘은 사람들 사이를 비집고 꽃 가판대로 향했다. 프리츠의 엄마는 정말 그곳에 있었다. 하지만 아이들을 기다리고 있지는 않았다. 사람들에 둘러싸인 채 할 일이 너무 많았기 때문이다. 둘은 판매대의 엄마 뒤로 가서 웅크리고 앉았다. 간신히 상자 하나를 발견해서 렐라는 거기에 걸터앉았다. 그래도 인파에서 빠져나올 수 있어서 편안하고 기뻤다. 레나르츠 부인한테 당장 인사하지 않아도 되는 점도 다행이었다. 렐라는 엄청나게 많은 꽃 사이에 앉아 있었다. 테이블 위에는 묶어 놓은 꽃다발이 놓여 있었다. 장미 세 개에 카네이션 세 개씩 묶여 있었다. 그때 레나르츠 부인이 물에 담긴 꽃과 철사에 손을 내밀었다.

무의식적으로 렐라가 손을 뻗었다.

"주세요, 제가 할게요."

그녀가 열심히 말했다.

부지런한 소녀가 도와주러 나선 모습을 보고 프리츠의 어머니는 웃으면서 렐라의 턱을 잡아, 수그리고 있는 렐라의 얼굴을 자기 쪽으로 돌렸다.

"엄마, 마누엘라 폰 마인하르디스예요."

프리츠가 당황해서 말했다.

그 순간 렐라는 머리 위에서 자기를 내려다보는 푸른 눈을 느끼며 숨죽인 채 부인의 미소에 답했다.

"도와준다니 고맙다. 하지만 그러지 마라. 너희는 아직 돌아다니면서 놀아야 할 나이야."

렐라는 고개를 강하게 저었다.

"아니에요, 엄마, 렐라는 여기 있는 게 좋대요. 나도 같이 할게요."

더 이상 자기 이야기를 안 하게 된 점이 다행스러워서 렐라는 일에 열중했다.

"그래? 그럼 잘됐네. 가서 돈 좀 바꿔 오렴."

레나르츠 부인이 프리츠에게 화폐 한 뭉치를 내주었다. 프리츠가 심부름을 가려고 몸을 돌렸다. 그때 부인은 아들의 이마에서 흘러내린 머리를 쓸어 올려 주었다. 열심히 일하느라고 렐라도 머리가 흘러내렸다. 그래서 혹시 잉에 부인이 ─ 프리츠 엄마의 이름은 잉에였다. ─ 내 머리카락도 이마에서 올려 주지 않을까, 잠시 기대를 해 보았다. 렐라는 녹이 슨 철사를 자르느라 손가락이 아팠지만 꾹 참고 가시 많은 장미를 철사로 묶었다. 말을 듣지 않는 줄기는 이로 자르기도 했다. 차가운 물에 손을 담가야 해서 손가락이 뻣뻣해졌다. 쌉쌀한 나뭇잎 향기를 폐 속으로 받아들이면서 렐라는 잉에 부인을 감히 쳐다보지 못했다. 단지 그녀의 목소리와 웃음에 귀를 기울일 뿐이었다.

"어머, 좀 보세요, 사모님." 헬링 부인이 옆자리의 노교수 부인에게 말했다. "저 애는 저래요. 언제나 머릿속에 남자애들 생각뿐이라니까요. 정말이지 끔찍해요. 당최 감시를 할 수가 없어요. 저 애 뒤만 따라다닐 수 없는 노릇이죠. 그런데 프리츠가 사귀자고 했답니다. 렐라는 푹 빠졌어요. 홀딱 반했어요. 이제 열세 살 반밖에 안 됐는데 말이에요. 저 애 엄마가 알면 어떨까요! 딸이 얼마나 뻔뻔한지 엄마가 모르게 돼서 다행이에요." 헬링 부인은 깊은 한숨을 쉬었다. "전 정말 힘들어요. 단단히 감시하라고 저 애의 이모들한테서 편지가 와요. 그런데 감시라는 게 쉽지 않아요. 애가 집을 나가면 무얼 하는지 알 수가 없어요. 저 애 부친하고 진지하게 이야기를 나눠 봤죠. 하지만 남자들이란…… 저 애와 마찬가지로 아버지도 여자 꽁무니나 따라다니니, 이상한 일도 아니죠! 이번에는 내 눈으로 똑똑히 봤으니 '귀여운 딸내미'가 어떻게 하고 다니는지 낱낱이 보고할 수밖에 없어요. 나는 절대로 책임 못 집니다. 오늘 밤 에렌하르트 각하께도 편지를 쓸 거예요. 내 의견으로는 저 아이를 이대로 집에 둬서는 안 돼요. 보고 배울 게 없어요. 부엌 아이들하고나 어울리니 말이에요. 그리고 베르트람 아시죠, 저 애 오빠도 밤이면 통 집에 없어요. 사모님은 분명 놀라실 거예요. 하지만 요즘 애들이 다 그렇다니까요."

프리츠는 휴게실에서 빵과 음료를 가져오는 일을 맡았다. 그 일은 힘들었다. 드디어 잉에 부인도 잠깐 쉴 수 있었다. 부인은 꽃 더미 사이의 상자에 앉았다. 의자는 없었다. 부인이 자연스럽게 렐라의 손을 끌어당겨서 자신의 무릎 위에 놓았다.

"자, 이리 와서 좀 쉬어라."

렐라는 뜨거운 행복감에 도취되었다. 꼼짝도 할 수 없었다. 넘어지지 않으려면 팔로 낯선 부인을 잡아야 했다. 부인의 따스한 목과 머리가 손에 느껴졌다. 그 순간 온 세상이 가라앉는 느낌이었다. 꽃, 바자, 프리츠, 이 모든 것들이 바다가 되었다. 석양이었다. 엄마와 함께했던 석양 무렵이었다. 렐라는 눈을 감고 낯선 부인의 향기를 들이마셨다. 거리에서 소음이 들려왔다. 이어 대성당에서 저녁 종소리까지 들려오고, 잿빛의 화약 공원도 보였다. 에바의 머리카락! 갑자기 생각이 났다. 그때도 똑같이 두 팔로 잡은 것 같다. 양팔로 이렇게 잡았다.

렐라는 무의식적으로 머리를 잉에 부인의 어깨에 기댔다. 바로 눈앞에 부인의 목이 보여서 거기에 키스를 하고 싶었다. 하지만 그렇게 하지는 못했다.

걷잡을 수 없이 몸이 떨렸다. 부인은 렐라의 얼굴을 들여다보더니 왼손으로 렐라의 머리를 만졌다. 그러고는 뺨을 잠시 렐라에게 대면서 나지막하게 말했다.

"저런, 아직도 아기네. 스케이트를 아주 잘 탄다면서? 정말이야?"

침착하려 했지만 렐라는 말이 나오지 않았다. 렐라는 부인 품에서 벗어나 일어났다. 절대 아기가 아니라는 것을 보여 주기 위해서.

프리츠는 샴페인 판매대 앞에 서서 얼른 한 잔을 부었다. 그런 다음 공연자 대기실로 갔다. 시든 꽃이 테이블 위에 놓여 있었다. 바이올린은 그 옆에 있었다. 그가 조심스럽게 케이스를 열었다. 그러고는 소리가 나는지 시험하는 양 줄을 몇 번 당겨 보았다. 그리고 엄마에게서 받은 실크 수건을 턱에 대고 바이올린을 들었다. 아주 나지막하게 그는 다른 사람이 아닌 자신만을 위해서 바이올린을 연주해 보고 싶었다. 잠시 조용히 서 있는데 손이 어느 때보다 편안했다. 그런데 무언가가 짓누르는 것 같아서 머리를 움직이며 목을 편하게 해 보려고 했지만 나아지지 않았다. 계속 무언가가 누르고 잡아당기는 것 같았다. 그는 어금니를 깨물었다. 포기하면 안 돼, 연주하고, 연주하고, 또 연주하자.

마인하르디스 중령은 탁한 담배 연기를 내뿜으면서 방 안을 서성댔다. 가끔씩 투덜거리기도 했다. 창가에 앉아 수를 놓는 헬링 부인에게도 주의를 기울이는 것 같지 않았다. 수를 놓으면서 부인은 계속 몸을 수그렸다. 실내가 점점 어두워짐에도 오늘은 헬링 부인의 눈 따윈 걱정하지 않았다. 다른 생각에 몰두한 까닭이었다. 그런 그가 갑자기 걸음을 멈추고 목소리에 힘을 주려고 상반신을 앞으로 내밀면서 마치 대화 중인 듯 이렇게 말했다.

"도대체 다른 사람들은 딸을 어떻게들 키우는 거야!"

헬링 부인은 이제 아무것도 모르며, 아는 건 이미 다 말했다는 듯 어깨를 으쓱했다.

"미치겠군." 그가 말을 이었다. "그렇다고 애를 가둬 둘 수는 없잖아. 죄를 진 병사도 아닌데, 안 그런가?"

창가의 여자는 그게 그것 아니냐는 몸짓을 했다. 하지만 입을 열지는 않았다.

"렐라가 남자아이한테 빠졌다니 그게 무슨 소리야! 정말 한심한 일이군!"

그때 2층에서 기척이 들렸다.

"중령님, 이미 소문이 자자해요. 좋은 소문이 아니라……."

"알았어. 알았다고. 나도 알아. 그런데 당신네 여자들은 저 가엾은 애를 수녀원 학교에 보내는 것 말고 다른 생각은 못 하나? 그런 식으로밖에 해결하지 못 하는 거야? 그게 맘에 들어? 그렇게 몰아세우면 아이 인생은 망가질 거야. 그래! 하루종일 기도만 하게 될 거야. 안 돼. 렐라는……."

"중령님, 하지만 그게 우리가 렐라한테 할 수 있는 제일 좋은 방법이에요. 에렌하르트 각하께서도……."

헬링의 말은 여기서 중단되었다.

"그런 얘기는 필요 없어요. 처형은 애가 없으니 아무것도 몰라요."

"하지만 폰 퀸드라 부인, 이레네 사모님은⋯⋯."

"둘째 처형은 진짜 여자죠. 딸이 여섯이니까. 하지만 한 아이도 그런 곳에 안 보냈습니다."

여기서 헬링 부인이 날카롭게 반박했다.

"좋습니다. 그 이모님은 훌륭한 어머니이니까요. 하지만 렐라에게는 어머니가 없어요. 어머니 아닌 다른 사람은 도저히 렐라를 제대로 훈육할 수가 없어요. 마누엘라는 조숙해서 나이에 비해 멋대로 행동해요. 하고 싶은 대로 한다니까요. 아직 열네 살이 안 됐는데도 말이죠."

마인하르디스는 다시 방 안을 왔다 갔다 했다. 그는 창가에 앉아 있는 여자를 증오하기 시작했다. 헬링 부인은 커튼에 열심히 수를 놓고 있었다. 케테 부인이 세상을 떠나기 직전에 시작한 일이었다. 마인하르디스는 이 여자한테서 해방되고 싶었다. 물론 렐라가 떠난 뒤의 일일 것이다. 베르티는 봄에 하이델베르크 대학에 갈 예정이었다. 그러고 나면 이 집은 폐쇄하거나 팔아 버리고 혼자 여행이라도 떠날 생각이었다. 그는 이탈리아와 리비에라 해변에 있는 자신의 모습을 상상해 보았다. 이제 곧 노인이 될 텐데, 넓은 세상을 아직 하나도 구경하지 못했다. 그런 자유를 누릴 자격이 충분한데도 말이다.

"에렌하르트 각하께는 뭐라고 답장을 할까요?"

창가에서 목소리가 날아왔다.

마인하르디스는 정신을 차렸다.

"아, 렐라 일 말인가? 알아서 이모에게 전해요. 나도 이 일을 걱정하고 있다고. 하지만 여자아이 교육에 관해서라면 정말 아는 게 없어요. 한번 알아봐 달라고 해요. 될 수 있으면 이레네 이모 집에서 가까운 곳으로 말이야. 그래야 그 애를 감독할 수 있으니까."

헬링 부인이 일어나서 일거리를 치우고 방을 나갔다. 마인하르디스는 한숨을 쉬면서 작은 벽장으로 다가갔다. 그러고는 주머니에서 열쇠 꾸러미를 꺼내 장을 열었다. 담배를 옆으로 밀어내고 술을 한 병 꺼냈다. 이어서 조심스럽게 잔에다 부었다. 술잔을 슬프게 바라보더니 잠시 고개를 돌려 뒤를 돌아본 후 얼른 잔을 비우고 다시 술을 장에다 넣었다. 손수건으로 수염을 왼쪽 오른쪽으로 닦고, 깊은 한숨과 함께 벽장의 문을 닫았다.

렐라는 꽃집 앞에 서 있었다. 시클라멘으로 할까? 아냐, 가벼워 보여, 라고 생각했다. 프리츠 엄마에게 선물을 하고 싶었다. 꽃을 드리고 싶었다. 좋아하는 사람에게 꽃 선물을 하고 싶다. 렐라는 사랑받고 있음을 느꼈다. 마음속으로 프리츠의 어머니를 엄마라고 불러 보기도 했다. 엄마가 말했지, 넌 아직 아기야, 라고. 왜 그랬을까, 왜 나는 어른이 아니지? 마누엘라는 빨리 어른이 되고 싶었다. 프리츠는 나보다 나이가 많지만 그 애도 아직 아기야. 최근에 운 적이 있어. 숨기려고 했지만 렐라는 발갛게 된 프리츠의 눈을 보았다. 저녁이면 세 사람은 헬링 부인의 허락을 간신히 받아서 함께 외출을 하기도 했다. 어머니를 가운데 두고 두 아이는 왼쪽 오른쪽에서 팔을 꼈다. 렐라를 집까지 데려다주면서 프리츠의 엄마가 렐라를 오늘 오후에 초대했다. 그래서 선물을 준비하는 것이었다. 렐라는 진열장을 천천히 들여다보았다. 카네이션으로 할까? 싫다. 꽃잎이 떨어지지 않도록 요란한 꽃받침을 받쳐 놓은 데다, 빨간색이 너무 진하고 요란하다. 백합이 좋은데 오늘은 보이지 않는다. 화려하고 요란한 튤립이 있는데, 잎사귀가 너무 투박하고 두껍다. 아냐, 그건 싫다. 미모사는? 햇살을 머금은 노란 꽃을 산더미처럼 양팔 가득 살 수 있다면 괜찮지만, 미모사를 조금밖에 살 수 없다면? 그건 아니다. 돈이 부족해서 마음껏 살수가 없다.

주머니에 손을 넣은 채 결정도 못 하고 렐라는 꽃집으로 들어갔다. 철쭉은 비싸다. 그리고 일찍 시든다. 그런데 문득 구석에서 반쯤 꽃이 핀, 마치 초처럼 키가 큰 히아신스가 눈에 띄었다. 각이 진 단단한 줄기에 꽃들이 탐스럽게 매달렸는데, 화려한 진녹색 잎마저 아름다웠다. 깨끗하고 강한 향기가 진동했다. 렐라는 히아신스를 얇은 흰 종이에 포장해서 받았다. 그 꽃을 조심스럽게 집으로 가져와서 방으로 올라갔다.

창문 옆의 시원하고 밝은 곳에 꽃을 놓았다. 밝고 차분했다. 포장지를 풀자마자 방 안 가득 향기가 퍼졌다.

"예쁜 꽃아, 목마르니?" 렐라가 축축한 흙을 만져 보았다. "아니지? 잘 돌봐 줄게 걱정하지 마."

렐라가 웃으며 말하자, 꽃 봉우리가 고개를 흔드는 것 같았다. 휘파람을 불며 렐라는 아래층으로 내려갔다.

하지만 렐라의 유쾌한 기분은 금방 물거품이 되었다. 오늘은 식탁에서 아무도 입을 열지 않았다. 종종 있는 일이었다. 아빠한테 '걱정거리'나 '빚'이 있거나, 헬링 부인이 하녀 마리와 다투었을 때, 베르트람이 잘못을 저질러 꾸지람을 들을 때면 언제나 그랬다. 렐라는 기분을 망치고 싶지 않아서 조용히 수프만 떠먹었다. 오늘 수프는 굉장히 맛이 좋았다. 렐라는 배가 고팠다. 다른 식구들은 맛이 없는지 놀란 눈으로 렐라의 먹

는 모습을 바라보았다. 무례해 보일 정도로. 하지만 오늘 렐라
는 다른 일에 관심이 없었다. 이제 한 시간 사이에 잉에 엄마
한테 가 있을 테니 신이 났다. 히아신스를 보면 뭐라고 하실
까? 좋아하실까? 무슨 일이든 다 해 드리고 싶은 내 마음을 아
실까? 어른이 되면 좋은 선물을 해야지. 렐라가 식탁 의자를
밀고 일어나서 식당을 나가고자 문고리를 잡았을 때, 헬링 부
인의 의미심장한 눈짓에 아빠가 렐라를 불러 세웠다. 헛기침
소리가 난 것 같았다. 베르티는 없어졌고, 헬링 부인도 순식간
에 모습을 감추었다.

"왜요, 아빠?"

아빠가 냅킨으로 입언저리를 닦았다. 아직 빵을 씹는 중
이었고, 렐라의 얼굴을 쳐다보지 않은 채였다.

"요즘 어딜 그렇게 돌아다녀? 아빠 곁에 좀 있어 줘야 하
지 않아?"

렐라가 놀라서 아빠의 맞은편 의자에 주저앉았다.

"아빠, 헬링 부인이……."

"그래, 헬링이……." 좀 무시하는 것 같아서 그가 말투를
고쳐 다시 말했다. "그래, 헬링 부인이 오늘은 시간이 없어. 그
대신 내가 너한테 할 이야기가 있다."

렐라는 적잖이 놀랐다. 예감이 이상했다. 이제 뭔가 내 이
야기를 꺼낼 것 같아…….

긴 시간 기다릴 필요도 없었다. 마인하르디스는 이미 각
오를 하고 여러 번 반복해서 외운 듯이 한꺼번에 쏟아 냈다.

"자, 렐라, 이러면 안 된다. 넌 아주 잘못하고 있어. 내 귀
에 들어오는 소문이 좋지 않아. 나는 딸의 부적절한 행동에 주
의를 주는 것이 아버지의 의무라고 생각한다. 네 행동은 숙녀

답지 않아. 좋지 않은 소문 탓에 너는 곤란한 상황이야."

렐라는 흥분했다. 헬링이야, 바로 헬링이야. 아빠가 저렇게 생각할 리 없어. 루이제 이모일지도 몰라, 이건 정말이지…….

"너를 사랑하는 이모들과 네가 잘되기를 바라는 헬링 부인이 너를 기숙 학교에 보내기로 결정했다."

"아빠, 나를요?"

말도 안 되는 생각이다. 지금은 안 돼, 제발, 지금은 안 돼요, 부탁이에요. 얼마 전 같으면 모르겠지만, 지금은 안 돼요. 잉에 엄마하고 절대로 헤어질 수 없어요.

"그래, 렐라, 그렇다. 날 그렇게 보지 마라. 사실 그렇게 나쁜 일도 아니야. 네 엄마도 그런 기숙 학교에 다녔으니까. 여자애들은 대부분 언젠가 집을 떠나야 한다. 학교는 호흐도르프로 정해졌다. 아주 좋은 곳이야. 이레네 이모 집에서도 가까워서 이모가 널 돌봐 줄 거다."

렐라는 정신을 가다듬었다.

"아빠."

"그래, 왜 그러지?"

"제발 부탁이에요. 지금은 안 돼요."

그 이상은 말이 나오지 않았다.

마인하르디스는 옅은 미소를 지었다. 헬링 부인의 말이 옳은 것 같군. 이 아이는 사랑에 빠져서 정신이 없는 거야. 그는 어루만지듯 딸의 손에 자신의 손을 얹었다.

"왜 그러는데? 언제든 마찬가지지, 왜 지금은 안 된다는 거야? 하지만 결정은 이미 났다. 얘기는 끝났어."

"아빠, 제발 부탁이에요. 지금은 떠날 수 없어요. 아빠는 몰라요."

"알아, 아빠도 알아. 프리츠 레나르츠가 내 딸을 정신 나가게 만들었지. 그런 '하찮은 남자애' 때문에 귀한 딸을 망칠 수는 없다."

렐라는 말없이 아빠의 얼굴을 쳐다보았다. 그리고 열심히 고개를 저으면서 아주 단호하게 말했다.

"아뇨, 아빠. 프리츠가 아니에요. 그 애 엄마 때문이에요."

갑자기 마인하르디스가 큰 소리로 웃었다. 그리고 일어나서 렐라의 어깨를 잡고 계속 웃으면서 말했다.

"저런, 참 대단하구나. 렐라, 어쩌면 그렇게도 나를 닮았는지 모르겠구나! 그렇게 금방 변명이 입에서 튀어나오다니 말이야. 날 겁주면 못 쓴다. 렐라, 날 놀리지 마라. 하지만 똑똑히 알아 둬라. 변명을 하려거든 더 잘해야 해. 그런 말에 넘어갈 사람은 아무도 없어."

렐라는 아무 말 없이 의자에 다시 주저앉았다. 엄청난 흥분에 휩싸였다. 테이블 주위를 서성대던 아빠가 렐라에게 포도주를 한 잔 따라 주었다.

"자, 건배하자"

렐라는 기계적으로 잔을 들었다.

"좋아, 이제 헬링 부인한테 가 봐라. 의논할 일이 많을 거야. 여행에 필요한 것도 있을 테고……."

빨리 해결해야 했다. 그래서 렐라가 마음을 가다듬었다.

"아빠, 오늘은 외출을 좀 해야 해요. 초대를 받았어요."

마인하르디스가 창밖을 내다보았다.

"그래? 어디에?"

"레나르츠 부인 댁이에요."

"안 돼. 그 일은 결론이 났다. 그 집에 가선 안 된다."

"하지만 약속을 했어요."

"그럼 미나를 심부름 보내자. 내가 정중하게 사과의 말을 써서 보내면 된다."

마인하르디스가 벌떡 일어났다.

말없이 지쳐서, 마치 갑자기 나이 든 사람처럼 잿빛 얼굴로 앉아 있는 렐라를 보며 마인하르디스는 깜짝 놀랐다. 그가 요란하게 딸의 어깨를 두드렸다.

"자, 왜 그러니? 금방 괜찮아질 거야. 호호도로프에 가면 그런 건 다 잊어버릴 거야."

문 앞에서 그가 잠시 뒤를 돌아다보았다. 문득 어떤 생각이 떠올랐기 때문이었다.

"렐라," 그가 진지하게 말을 이었다. "바보 같은 짓 말고, 착하게 행동하겠다고 약속해라. 외출할 때는 반드시 헬링 부인하고 함께 나가도록 해, 알았지?"

힘없는 대답이 들려왔다.

"네, 아빠."

5

"저런, 여보, 베티헨, 어떻게 된 거야. 커피가 떨어졌어……."

"그래요, 빌렘, 뭐 어쩌게요? 우린 아껴야 해요. 폰 케스튼 선생이 그랬잖아요! 아껴야 산다고. 맞는 말이에요."

두 개의 양철 숟가락이 묽은 커피를 저었다. 커피의 연갈색 표면에는 검은 점과 미세한 하얀 찌꺼기가 떠다녔다. 앙상한 한 손은 '베티헨'이라는 여자의 좁은 옷소매에서 나온 손이고, 다른 손은 알레만 씨의 갈고리 손이었다. 알레만 씨는 셔츠 바람이다. 왜냐하면 그는 귀한 제복을 '근무 중에만' 챙겨 입기 때문이었다. 그가 커피를 마시는 동안 방문객은 좀 기다려야 한다. 그는 초인종 소리가 나면 그제야 제복을 입는다.

"시간이야 항상 넉넉하니까."

이곳 기숙 학교에 와서 초인종을 누르는 사람은 점잖은 사람들로, 절대 소란을 피우거나 하지 않았다. 여기 오는 손님들은 알레만 씨가 상의를 입고 단추를 채울 때까지 기다렸다. 그 일은 한참 걸렸다. 제복에는 단추가 많고, 깃도 목까지 높이 올라오기 때문이었다. 수위라고 모두 그런 제복을 입을 수 있지는 않았다. 옷을 챙겨 입은 다음에는 작은 빗으로 수염을 '정리'해야 했다. 알레만 씨의 턱은 말끔하게 면도가 되어 있어서 양쪽 콧수염 끝이 유난히 더 눈에 띄었다. 알레만 씨는 '친위대 신장'이었다. 친위대 신장이라 함은 호호도르프에서는 남자의 명예였다. 영주의 친위대는 오래전부터 키가 큰 사람들만 뽑았다. 친위대 신장은 1미터 85센티미터로, 이보다 작은 사람은 친위대에 들어가지 못했다. 하지만 알레만 부인은 작았다. 키가 예전보다 더 작아졌는데, 구부정한 자세 때문이다. 부인은 앙상하게 굽은 등에 얇은 검정 모직 원피스를 입고 허공을 향해 뾰족한 턱을 내밀고 있다. 숱이 별로 없는 머리에는 레이스가 달린 납작한 흰색 보닛을 썼고, 가는 허리에는 하얀 앞치마를 맸다.

두 사람은 좁은 수위실의 말끔하게 닦은 탁자 앞에 앉아 있었다. 벽에는 스위치 함이 여럿 달려 있고 옆에는 연결용 전화가 있었다. 안마당과 길 쪽으로 창문 하나가 나 있었다. 면회실 쪽으로 작은 창구가 하나 있는데, 분위기는 음울했다. 조명이 능(陵)의 내부 수준이었다. 그 외에는 채색 창유리와 학교 설립자의 대리석상이 보였다. 설립자의 이름을 딴 이곳은 '왕자비 헬레네 기숙 학교'였다.

커다란 건물은 잠든 듯 보였다. 시간은 한낮으로, 정오에 가까웠다. 밖의 소음은 굳게 닫힌 문 안으로 들어오지 못했다. 하얀 문과 하얀 복도, 침실, 식당, 교실, 독서실까지 모두 하얀 공간이다. 길고 환한 복도에는 카펫이나 커튼이 보이지 않았다. 건물 한쪽으로 끝없이 이어지는 계단이 보이고, 건물 후면에도 계단이 있었다. 일반 계단, 중앙 계단이 각각 있는데, 후자는 방문용으로 고위층 방문객을 위해 카펫이 깔려 있었다.

그리고 예배실과 체육실도 있었다.

깨끗이 닦은 2층 복도에서 발소리가 들렸다. 하지만 이 문 저 문으로 바쁘게 걸어 다니는 회색 옷의 발소리는 들리지 않았다. 소리가 나지 않는, 고무창을 댄 신발 때문이다. 회색 옷은 몸매를 드러내지 않는다. 그냥 내리닫이일 뿐으로, 양팔하고 가슴에다 모은 두 손 때문에 겨우 옷으로 보이는 정도였다. 폰 케스텐 수녀는 지금 약간 굽은 자세로 날카로운 시선을 구석구석에 던지며 작은 문을 향해 가고 있었다. 교사의 표식인 레이스 머리 수건은 숱 없는 머리에 커다란 머리핀으로 고정되어 있었다. 머리에도 윤기가 없고 얼굴에도 윤기가 없었다. 속을 알 수 없는 눈동자만이 비밀스럽게 드러나 있었다. 폰 케스텐 선생은 그런 부분마저 숨기고 싶었다. 하지만 엷은 속눈썹이 그녀의 정체를 드러냈다. 노크도 없이 그녀가 문을 열었다. 그러고는 몸을 숙이고 재봉틀 앞에 앉아 있는 사람을 쳐다보지도 않은 채 곧장 옷걸이 대(臺)로 걸어가서 거기 걸린 옷들을 꺼내 보았다. 전부 남색이었다. 곰팡이 냄새가 났다.

"마리 자매님, 오늘 신입생이 들어옵니다."

"네, 선생님, 알아요."

"교복 손질 좀 해 놓으세요."

"알겠습니다, 선생님. 이제 좋은 건 남아 있지 않아요." 가벼운 기침 소리와 함께 구석에서 대답이 들려왔다. "혹시 부잣집 따님은 아니지요?"

"급비생입니다."

"가난한 집 딸이군요."

"하지만 그걸 눈치채게 해서는 안 됩니다."

폰 케스텐 선생이 꾸짖듯 말했다.

"알아요, 선생님, 잘 압니다. 괜찮은 옷이 몇 벌 있어요. 여기 이것은……."

폰 케스텐 선생이 뒤뚱거리며 그쪽으로 다가갔다.

"제 생각에 이건 폰 브로켄부르크 학생이 입던 것 같아요. 이것 좀 보세요, 선생님."

"신입생한테 손질하는 방법을 가르쳐 주세요."

"네, 선생님, 잘 알고 있습니다."

작고 잿빛을 띤 교사 뒤에서 문이 닫혔다. 폰 케스텐 선생은 복도를 따라 걸었다. 잠시 창턱에 손을 대 보더니 이마에 불쾌한 주름이 잡혔다. 이번에는 유리창으로 시선을 던진다. 유리창은 먼지 한 점 없이 깨끗하게 닦여 있어서 푸른 하늘이 즐겁게 그녀를 내려다보고 있었다. 하지만 그래도 뭔가 부족하다는 듯 폰 케스텐 선생은 고개를 저었다. 그때 무슨 소리가 들렸다. 그녀는 걸음을 멈추고 귀를 기울였다. 저런, 이게 무슨 소리야! 그녀가 재빨리 문으로 다가갔다. 안에서 왈츠의 멜로디가 흘러나오고 있었다. 닫힌 방문 안에서 흥겨운 음악이 흘렀다. 창백한 손이 문을 열어젖혔다. 한 학생이 깜짝 놀라 피아노에서 일어나 폰 케스텐 선생의 얼굴을 바라보았다.

"마르가, 지금 연습을 하는 건가요?"

대답이 들리지 않았다.

"뭐 하는 거지?"

"연습은 끝났어요, 폰 케스텐 선생님. 다 끝났습니다."

피아노 쪽에서 조심스러운 대답이 들렸다.

"할 말이 있어요."

마르가는 안도의 숨을 내쉬었다. 그러고는 양심의 가책을 느끼면서 흐트러진 머리를 이마에서 두 손으로 쓸어 올렸다.

그런 다음 평소대로 검은 앞치마 안에 두 손을 넣고 병사처럼 차렷 자세로 섰다. 얼굴은 놀라서 여전히 붉었지만 약간 광대뼈가 도드라진 앳된 모습은 공손해 보였다. 기분이 좀 나아진 폰 케스텐 선생이 마르가를 바라보았다.

"그래, 마르가가 어떤 학생인지는 내가 잘 알아." 그녀가 눈을 약간 찌푸렸다. "나는 학생들을 잘못 본 적이 한 번도 없어."

마르가가 낮은 목소리로 공손하게 대답했다.

"폰 케스텐 선생님, 용서해 주세요. 죄송해요."

"그래, 좋아. 그렇지만 다음부터는 학교에서 허락한 곡만 연주하도록 해. 알았어?"

"네, 폰 케스텐 선생님."

그러면서 마르가가 무릎을 살짝 굽혀 인사를 했다. 서 있을 때, 또는 걸어가면서 건넬 수 있는 인사법이었는데, 공손한 예법의 애교라고 할 수 있었다. 그리고 다른 인사 방식은 왕녀들이 하는 궁정 인사로, 몸을 많이 낮추고 머리를 숙이는 것인데 무릎 인사와는 차원이 달랐다. 오로지 하느님만이 요구할 수 있었다. 그것들 사이에 교장 수녀, 이모, 부모에게 하는 다양한 무릎 인사법이 있었다. 어쨌든 이번 같은 경우에 무릎 인사를 하는 것은 일반적인 태도가 아니었다. 하지만 마르가는 아무도 없을 때 폰 케스텐 선생에게 그런 인사를 했다.

"마르가, 오늘 신입생이 들어와요. 마르가한테 물어보는데, 그 신입생의 보호자가 되어 줄 수 있지?"

마르가는 선택받은 기분이었다. 다시 한 번 무릎을 구부려 인사하고 싶었지만, 좀 지나친 것 같아서 그냥 "네, 선생님, 물론입니다."라고 재빨리 대답했다.

"그럼 마르가한테 부탁해. 그 학생을 잘 돌보고 보살펴서 하루빨리 이곳 생활에 적응하게 하세요. 학기 중에 신입생을 받기는 내키지 않지만, 이번엔 사정이 있어요."

"잘 알겠습니다. 폰 케스텐 선생님."

"내 말을 잘 알아들은 것 같군요."

"네, 알겠습니다. 선생님."

"얘들아, 신입생이 와. 신입생이 온다!"

한 학생이 소리치자 네 명이 창가로 달려갔다. 일제 폰 베스트하겐이 앞장서서 엄한 교칙을 무시하고 창문을 열어젖혔다. 그러자 모두 머리를 내밀고 밖을 내다보았다. 호호도르프 역에서 지루하게 대기 중이던 마차 한 대가 저 아래에 도착했다. 곧 중년 부인이 내렸다. 마차의 디딤판이 그녀의 무게로 삐걱거렸다. 부인이 낡고 커다란 지갑에서 돈을 꺼내 마부에게 지불했다.

"사모님, 대기할까요?"

마부가 물었다.

"아뇨, 됐어요. 걸어서 돌아갈 거예요."

위쪽 창문에서는 이런 광경을 하나도 빼놓지 않고 지켜보고 있었다.

"저기 좀 봐. 이제 그 애가 내려."

일제가 흥분해서 말하며 창문에다 나란히 머리를 내밀고 있는 릴리의 팔을 잡았다.

"아유, 왜 이래."

"얘들아. 제발 조용히 해."

마누엘라가 마차에서 내리는 순간, 그들은 싸움을 잊었다.

마누엘라의 시선은 앞에 위치한 커다란 건물로 향했다. 처음에는 마부가 착각해서 병영으로 데려온 것이 아닌가 생각했다. 창문이 많은 거대한 석조 건물 앞을, 꽉 닫힌 커다란 정문이 막고 있었다.

　　"자, 어서 가방 들어."

　　한참 동안 쳐다보고 있노라니 루이제 이모의 말이 들렸다.

　　알레만 씨가 제복을 챙겨 입으려면 시간이 걸리기 때문에, 알레만 부인이 급히 격자문으로 달려 나와서 트렁크를 받아 들었다. 그녀가 앞장서자, 이모와 조카가 뒤를 따라 안마당을 지나갔다. 마누엘라는 위에서 내려다보는 호기심 어린 시선을 느끼고 위쪽을 올려다보았다. 2층의 소녀들은 갑자기 놀라서 머리를 창문 안으로 감췄는데, 폰 케스텐 선생이 나타나 "이게 무슨 짓들이야!"라고 호통을 쳤기 때문이었다. 선생은 창가로 가서 요란하게 창문을 닫아 버렸다.

　　"창문을 열고 내다보는 건 엄한 금지 사항이라는 사실을 다들 알 거야! 하녀처럼 무슨 짓들이야. 창밖이나 내다보는 꼴을 길 가던 사람들이 보면 어떻게 생각하겠어! 일제, 옷장 정리는 다 끝났나요?"

　　"아뇨, 선생님."

　　"오후에 손님이 있어요. 어서……."

　　학생들이 하나씩 방에서 나갔다.

　　폰 케스텐 선생을 보면 결코 소녀 시절이나 유년 시절이 없었을 것처럼 보이지만, 그녀 역시 평생 아이들만 가르쳐 온 사람은 아니다. 부친인 폰 케스텐 장군은 혁혁한 업적을 세운 군인이었다. 넓은 빨간색 소매 장식을 두르고, 회색 콧수염을 한 부친의 모습은 위엄 있고 멋스러웠다. 그의 세 아들은 모두 사관 학교에 들어갔다. 돈이 덜 들고, 장교 자리가 약속되었기 때문이다. 어린 딸 아름가르트는 학교 다닐 때 동급생들 사이에서 '토끼'[17]라는 별명으로 불렸다. 각자 연대에 배치된 뒤 여동생을 무도회에 데리고 나갔을 때 오빠들은 한숨이 나왔다. 아름가르트 역시 한숨이 나왔다. 고모가 물려준 물망초 장식이 달린, 가슴이 많이 파인 값싼 비단 드레스는 어두운 석유 등불 아래의 거울 앞에서는 예뻐 보였다. 하지만 넓은 홀의 긴 드레스와 장신구, 장교들의 제복 속에서 그녀는 빛을 잃었고, 그래서 새파랗게 젊은 소위나 사관 후보생들이 상관의 명령에 따라 억지로 그녀의 춤 상대가 되어 줄 때까지 아름가르트는 벽에 붙어서 서 있기만 했다. 다른 아가씨들이 꽃다발을 한 아름 안고 장교들의 미소 넘치는 전송을 받으며 유유히 계단을 내려가 마차에 오를 때에도 아름가르트는 하녀들 뒤에서 오락가락하다가 초라한 꽃다발 한두 개를 들고 혼자서, 때로는 아빠나 엄마의 불필요한 보호를 받으며, 심지어 걸어서 집으로 돌아왔다. 그 이후 그녀는 무도회에 초대를 받아도 거절했다. 고통스러운 일이었다.

"우리 토끼를 어떻게 하면 좋지?"

노장군과 그의 지친 아내는 의논을 했다. 토끼는 공부하고 싶어 했다. 그런데 뭘 공부하지? 공부를 하려면 돈이 든다. 아름가르트는 교육을 받고 싶어 했지만 그건 돈이 많이 드는 일이었다. 그리고 교육을 받은들 무슨 소용인가? 남들 밑에서 직업을 갖거나 돈 때문에 일을 하기는 지위에 맞지 않고 불가능한 일이었다. 안 돼, 그건 안 돼. 차라리 병원 간호사가 되는

---

17   '겁쟁이' 또는 '멍텅구리'라는 뜻이 있다.

편이 나을 것 같았다. 하지만 토끼는 몸이 약했고 간호를 좋아하지도 않았다. 그래서 그녀를 수녀원에 넣을 기회가 생기자 모두 반색을 했다. 그것은 수치스러운 일이 아니고, 아름가르트로서도 평생의 과업이 생기는 것이었다. 사람들이 축하를 보냈고, 그녀 자신도 수백 명의 신청자 중 자신이 그 일을 맡게 되었음을 영광스럽고 자랑스럽게 생각했다. 그래서 아름가르트는 전력을 다해서 이 '과업'에 매진했다. 그녀는 수녀원의 원칙과 규율을 철저히 지켰고, 다른 사람들에게도 지키게 했다. 작고 연약한 몸을 훌륭한 일에 희생할 각오가 단단했다. 상부의 어떤 명령도 정확하게 따랐고, 그 명령이 정확하게 이행되도록 관철했다. 상부의 지시는 모두 옳고 정당했으며, 자신이 하는 일 역시 옳고 정당했다. 수녀원 담 밖의 생활에는 조금도 매력을 느끼지 못했다. 아름가르트의 마음은 수녀원 안에만 있었고, 밖을 향한 동경이나 소원 따위는 없었다. 이렇게 해서 토끼는 스무 살에 회색 옷을 입었고, 그 뻣뻣한 옷은 그녀의 육체가 성숙하는 것을 막고, 죽을 때까지 그 자리에서 가르마를 반듯하게 갈라 빗도록 했다.

"도대체 저 수위의 아내는 우리가 온 걸 안에다 알리기나 한 거야?"

대기실 의자에 뻣뻣하게 앉아 있던 에렌하르트 각하의 사모님은 의심이 들었다. 문은 열려 있고 저쪽에는 수위실이 보였다.

"마누엘라, 네가 가서 확인 좀 해 봐라. 나 오늘 바빠. 1시에 이레네 이모한테 가 봐야 해."

조심스럽게 마누엘라가 수위실을 노크했다.

"네."

알레만 씨의 쩌렁쩌렁한 대답에 렐라는 놀라고 말았다.

"저런, 폰 케스텐 선생님을 아직도 못 만나셨습니까? 다시 한 번 연락해 보죠."

수위가 친절하게 대답했다.

수위가 전화를 연결하더니 전화기 앞에서 부동자세로 말했다.

"에렌하르트 각하 사모님께서 대기실에서 기다리십니다." 그러고 나서 다시 웃는 얼굴로 마누엘라를 보고 말했다. "곧 내려오실 거야."

수위실 문을 나오다 말고 렐라는 폰 케스텐 선생과 마주쳤다. 인사를 할 사이도 없이 선생이 마누엘라에게 말했다.

"학생은 수위실에 들어가면 안 됩니다. 교칙입니다. 알레만 씨와 이야기하는 것도 안 돼요." 그러고는 조금 상냥하게 "신입생인가?"라고 물었다.

그러더니 대답은 듣지도 않고 밖은 위험하다는 듯 렐라를 대기실 안으로 밀어 넣었다.

에렌하르트 각하의 부인이 떠난 뒤 알레만 씨는 정문을 굳게 닫았다. 이모는 일을 흡족하게 처리하고 떠났다. 맡은 일을 제대로 해냈기 때문에 마음이 가벼웠다. 지금 이렇게 훌륭한 기관에다 아이를 맡기는 일보다 더 좋은 방법은 없어. 이제 이 아이는 훌륭하게, 제대로 된 사람이 될 테고 연줄이 닿아서 급비생까지 되었으니 마인하르디스나 집안에 부담이 되지도 않아. 앞으로의 몇 년은 마누엘라가 하기 나름이야. 마인하르디스가 마지막 순간에 정신을 차렸으니 정말 다행이야. 그런데 마누엘라는 정말 아빠를 많이 닮았어. 성격도 같고, 분별없는 점도 똑같고, 외모에 신경 쓰는 것도 그래. 불쌍한 내 동생 케테를 전혀 닮지 않았어. 이렇게 생각하면서 루이제 이모는 하늘을 바라보며 한숨을 쉬었다. 비가 내리기 시작했다. 이럴 줄 알았으면 마차를 기다리게 할걸 그랬네……

렐라는 한 무리의 친구들에게 둘러싸였다. 모두들 비슷해 보여서 구별하기가 힘들었다. 모두가 머리를 단정하게 뒤로 묶고 있었다. 복장은 남색인데, 가슴에 얌전하게 주름이 잡혔고 허리는 꼭 맞았다. 보기 흉한 짙은 색 앞치마를 둘렀고, 양 손을 사용하지 않을 때는 마치 손 시린 사람처럼 앞치마 아래에다 넣고 있었다.

마르가는 열심히 폰 케스텐 선생이 부과한 임무를 실행하기 시작했다. 두 손으로 마누엘라의 트렁크를 열고 뒤진 것이다. 텅 빈 트렁크 앞에 서서 마누엘라는 하라는 대로 했다. 주위 소녀들이 일부는 친구처럼, 일부는 험악하게, 그리고 몇 명은 조금 다정하게 "안녕?" 하면서 손을 내밀었고, 마누엘라는 어색하게 잡았다. 감정을 드러내고 싶지 않았지만, 불안해서 울음이 나올 것 같았다. 안 돼, 울어서는 안 돼.

"이건 치워."라고 마르가가 옷 한 벌을 꺼내서 내밀자, 렐라는 시키는 대로 했다. 간단한 세일러복으로, 특별한 장식이 없는데도 모두의 시선은 그 옷으로 향했다.

"어머, 예쁘다."

검은 머리의 꼬마가 부러워하며 말했다. 이름은 일제라고 했다.

"이건 뭐야?"

"책을 좀 가져왔어."

"책은 압수야."

마르가가 단호하게 말했다.

"압수? 왜?"

"허가받지 않은 책은 그래."

"그리고 책 읽을 시간도 없어. 그나마 일요일에나 읽을 수 있는데, 도서실에서 빌린 책만 읽어야 해."

갑자기 일제가 마르가의 손에서 책 한 권을 빼앗아 창가로 달아나면서 책장을 넘기기 시작했다.

"일제, 책 내놔."

마르가가 소리쳤다.

"싫어. 어머나, 이 책 재미있겠다!"

"일제, 이리 내놔. 안 내놓으면 선생님한테 이를 거야."

"좋아, 고자질해. 하지만 마누엘라가 무슨 책을 가져왔는지 보면 놀라 자빠질걸! 엄청난 거야."

마누엘라는 불안해져서 일제 곁으로 갔다.

"책 돌려줘. 아빠 책장에서 가져온 거야. 나도 아직 안 읽었어."

일제가 렐라의 어깨를 잡아서 끌어당겼다. 그러고는 귀에다 대고 소곤댔다.

"이거 끝내주는 책이야. 에밀 졸라의 『파리의 복부(腹部)』.[18] 제목만 봐도 대단하지 않니! 이거 내 옷장에 숨겨 둘게. 마르가한테만 들키지 마. 그 애는 모범생이고, 폰 케스텐 선생님을 존경하거든."

"그렇지만 일제, 금지됐다면서……."

18 1871년부터 1893년까지 에밀 졸라가 이십이 년에 걸쳐 완성한 '루공마카르 총서' 중 세 번째 책.

"아냐, 조심하면 돼. 내가 부탁하는데, 이 책 나 줄래?"

마누엘라가 웃으며 말했다.

"그래, 줄게."

일제가 그 책을 들고 까치발을 한 채 진지한 얼굴로 방을 나갔다. 그러고는 옷방을 나가 복도를 지난 뒤, 안에서 잠글 수 있는 방으로 들어갔다. 그곳이라면 방해받을 일도 없고, 안전하다. 휴식과 고독의 방, 그곳에선 금지된 책도 읽을 수 있었다.

마르가가 마누엘라의 옷장을 정리했다. 어떻게 해야 할지 몰라서 마누엘라는 머리가 혼란스러웠다. 우선 무엇이 금지 사항인지 배워야 했다. 먹는 것, 무엇보다도 초콜릿, 과일, 사탕은 안 된다. 장신구하고 돈은 맡겨야 한다. 용돈 정도는 가질 수 있지만 출납부에 적어야 한다. 두발 용품 사용도 안 된다. 개인 비누도 안 된다. 내의는 모두 흰 리본에다 빨간색으로 이름을 써야 한다. 상의는 상의대로, 하의는 하의대로, 손수건은 손수건대로 정리한다. 옷장은 열쇠로 잠가 둔다. 열쇠는 잘 간수해야 하고, 잃어버리면 안 된다. 열쇠에는 번호가 있다. "너는 55번이야."라고 마르가가 말했다. 마누엘라는 옷장 번호를 확인해 보았다. 검은 글씨로 '55'라고 적혀 있었다.

"네 옷에 55번이라고 적혀 있어. 네 신발도, 신발장 번호도 55이고, 현관 입구에 걸린 외투와 모자의 칸 번호도 55야. 세탁통도 55번, 침대도 마찬가지야."

렐라는 점점 자신이 55라는 숫자가 되어 가는 느낌이었다.

"자, 이제 마리 아주머니한테 데려다줄게. 옷을 줄 거야. 55번이라고 말해. 그러면 다 알아."

다 안다고? 실내로 들어간 마누엘라는 놀라서 걸음을 멈췄다. 맙소사, 무슨 공기가 이렇게 가슴을 짓누를 정도로 무겁지? 밖으로 난 창문은 너무도 작다. 벽이 안 보일 정도로 옷들이 겹겹이 쌓여 있는데, 방에서는 비에 젖은 사람들이 한 공간에 꽉 차 있을 때 나는 그런 냄새가 난다.

"자, 어서 와, 55번이지? 여기 들어온 거 알아. 왜 그런 얼굴을 하시나! 아가씨, 겁먹을 것 없어. 귀신 없어. 자, 자, 어서 이리로 와 봐."

갈퀴손이 렐라를 붙잡아 등불 아래에 세웠다. 이 방은 낮에도 불을 켜야 했다. 불빛에 반사된 안경이 렐라를 쳐다보았다. 상대방은 눈이 없는 듯 보였다. 끔찍할 정도로 촘촘하게 땋은 머리가 옷깃까지 내려와 있었다.

"자, 옷 벗어 봐."

두 손이 마누엘라의 옷을 끌어 내렸고, 옷은 곧장 바닥에 떨어졌다. 마누엘라는 벌거벗은 채 멍하니 서 있었다.

"자, 어서 이쪽으로 와 봐. 나, 시간 많지 않아."

빨리 옷을 집어 들라고 아주머니가 렐라를 살짝 밀었다. 그러고는 마누엘라가 손에 들고 있던 모자와 옷을 가져갔다. 아무 말도 없이. 놀라고 힘이 빠져서 마누엘라가 물었다.

"왜 그러세요? 제 옷을 어디로 가져가세요?"

옷장 문이 덜컥 소리를 내더니 열쇠 돌아가는 소리가 났다. 만족스러운 얼굴로 아주머니가 다시 나타났다.

"그래, 이게 교칙이야. 옷은 외출할 때 꺼내 주니까 염려하지 마. 외출할 때 외에는 항상 교복을 입고 있어야 해."

"항상요?"

마누엘라가 물었다. 여기서 교복을 입어야 하는 사실쯤은 안다. 하지만 이 지저분한 옷을 항상 입어야 하다니, 그건 끔찍스럽다.

"그래."

아주머니가 기분 나쁘게 웃었다. 치아가 빠진 입이 일그러져서 보기 흉했다.

"충분한 이유가 있지. 여기서 몰래 도망치더라도 옷 때문에 금방 눈에 띄거든. 그러면 누군가가 다시 이곳으로 데려오는 거야."

마누엘라가 심각하게 쳐다보았다.

"네에, 그런데 도주할 생각을 한 사람이 있었나요?"

상대방이 신나서 웃어 댔다. 절규처럼 보였다.

"그런 생각을 하느냐고? 하는 정도가 아니지. 실행에 옮긴 애도 여럿이야. 그래 봐야 소용없지만. 경찰이 잡아다 주거나, 혹시 집까지 가더라도 부모들이 다시 데려오거든. 그리고 싶어 하는 학생들이 많아. 그건 그렇고 자, 이리 와서 앉아 봐."

그녀가 마누엘라의 어깨를 눌러 의자에 앉히더니 머리를 잡았다. 아팠다.

"어머, 이러지 마세요."

"안 돼, 해야 돼. 누구든 여기 규칙을 따라야 해. 머리가 단정해야 돼. 얌전하게 빗어 넘기지 않으면 나중에 폰 케스텐 선생한테 머리카락이 다 뽑히도록 혼날 거야. 그 선생이 빗하고 브러시를 드는 날에는 더 고생하게 돼."

쇠로 된 머리핀이 아팠다. 마치 두피를 잡아 뜯는 것 같았다. 하지만 마누엘라는 이제 아무 말도 하지 않았다. 딱딱한 브러시와 쥐어뜯는 빗이 머리를 마구 빗어 내렸다. 앙상한 손가락이 머리를 한 움큼 집더니 양쪽으로 땋기 시작했다. 이어서 내놓은 남색 제복에서는 눅눅한 곰팡내가 났다. 렐라는 망설였다.

"자, 어서 입어. 뭐 해? 전에 이 옷을 입던 아이는 아주 깔끔한 학생이었어. 잘 봐. 겨드랑에 땀자국도 없어. 이 옷이 맞다니 정말 운 좋은 거야. 자, 그렇게 굳은 얼굴 하지 마. 이래서야 여기서 배겨 날 것 같지가 않네. 딱 그래 보여."

떨지 않으려 해도 두 손이 자꾸 떨렸다. 갑자기 이제 다른 사람이 된 것 같은 끔찍한 생각이 들었다. 내가 아닌 것 같았다. 팔은 짧아서 손목까지 내려오지조차 않았다. 치마는 폭이 넓고 주름이 많았다. 줄무늬가 있는 검은색 면직 앞치마가 달려 있는데, 마치 널판처럼 뻣뻣했다.

"봐, 잘 맞네."

아주머니가 건성으로 말했다.

"자, 이제 교표만 달면 끝이야."

"교표요?"

마누엘라가 알 수 없다는 듯이 바라보았다.

"응, 누구든 달아야 해."

아주머니가 여러 빛깔의 주름 장식이 들어 있는 상자를 내밀었다. 노란색, 빨간색, 검은색, 하늘색으로, 반마다 표시가 달랐다. 맞아, 아까 아래층에 있던 아이들도 모두 이런 표지를 달고 있었어.

"빨간색을 달도록 해. 이것도 모두 새것은 아냐. 어쩔 수 없어."

마누엘라가 하나를 집어 들었다. 빨간색을 집어 들고 보니 안전핀이 붙은 뒷면에 잉크로 글씨가 쓰여 있었다. 글씨를 읽어 보려고 마누엘라가 불빛으로 다가갔다.

"마리 아주머니."

"왜 그러시나, 아가씨?"

"이게 뭐예요? 하트에 화살이 그려져 있고 E. v. B.라고 적혀 있어요."

갑자기 커피 냄새가 나는 숨결이 렐라의 코앞까지 다가왔다. 마리 아주머니는 주름투성이 손을 렐라의 팔에 얹더니 반응을 살피며 렐라의 얼굴을 들여다보았다.

"무슨 뜻이냐고? 그건 엘리자베트 폰 베른부르크의 머리글자야. 이곳 교사 중 한 사람이지. 이제 알겠어?"

렐라가 계속 멍하니 서 있자, 소중한 비밀이라도 털어놓듯 렐라의 귀에 대고 속삭였다.

"전에 이 교표를 단 학생이 폰 베른부르크 선생하고 뭔가 있었던 모양이야."

렐라는 넋을 잃고 쳐다보았다. 상대방이 눈을 치켜뜨자 천 개쯤 되는 주름이 이마에 잡혔다. 그녀는 지저분한 눈길로 마누엘라를 뚫어지게 응시했다.

"사랑…… 아마 사랑을……."

"사랑요? 선생님을요?"

마누엘라는 이해가 되지 않았다.

상대방이 나지막하게 킥킥거렸다.

"꼬마 아가씨, 염려 말고 이걸 달아. 괜찮아. 곧 알게 될 거야. 그 선생님이 어떤 분인지 곧 알게 될 거야."

마리 아주머니는 웃느라 기침을 했다. 렐라는 하트를 들여다보다가 교표를 뒤집었다. 아주머니를 더 이상 보고 싶지 않았지만, 교표를 가슴에 달도록 가만히 있었다. 교표는 왼쪽 앞치마 끈에, 가슴 약간 위에 달렸다.

내키지 않는 걸음으로 마누엘라는 계단을 올라갔다. 작은 손으로 기둥에서 기둥으로 이어진 쇠 난간을 불안하게 잡고 있었다. 이곳에 도착해서 처음으로 혼자가 되었다. 마음이 아파서 난간을 잡지 않은 다른 손으로 머리를 만져 보았다. 걸음을 멈추고 잔뜩 졸라맨 앞치마를 풀어 보기도 하고 목이 아플 정도로 높은 옷깃을 당겨 보기도 했다. 아빠가 이런 모습을 보면 뭐라 하실까. 프리츠나 잉에 엄마는······.

전등이 희미하게 켜져 있었다. 렐라는 더 이상 걸음을 떼지 못하고 망설였다. 지금 어디에 있는지, 옷장이 있는 방은 어디고, 복도와 취침실은 어디쯤인지 알 수가 없었다. 눅눅한 흰 벽에서 추위가 밀려왔다. 그때 누군가가 올라오는 빠른 발소리가 들리더니, 밝고 상냥한 얼굴이 렐라에게 미소를 보냈다.

"난 에델가르트야. 너는?'

"나 55번."

에델가르트가 웃었다.

"아니, 이름 말이야."

"응, 나······." 렐라는 마치 베일을 벗듯 손으로 얼굴을 쓸어 올렸다. "마누엘라야."

상대방이 따스하고 친절하게 렐라의 팔을 잡았다.

"어머, 이름 예쁘다. 항상 그렇게 불러?"

"아니, 집에서는 항상 렐라, 아니면 렐이라고 불러."

갑자기 에델가르트가 머리를 숙이고 렐라의 얼굴을 빤히 들여다보았다.

"나도 렐라라고 불러도 돼?"

너무도 갑작스러운 친절에 렐라는 어리둥절했다. "응."이라는 대답밖에 떠오르지 않았다. 좀 더 이야기를 하고 싶었지만 목에 뭐가 걸린 듯, 목이 멘 것처럼 말이 나오지 않았다.

"짐 정리는 다 끝났지?"

"응."

"그럼 시간이 있네. 여기 좀 앉아. 계단에 앉는 건 금지지만 지금은 우리 둘뿐이니까."

마누엘라는 하라는 대로 했다. 하지만 그렇게 하는 것도 쉽지 않았다. 눈물이 쏟아져서 곧 손수건을 꺼내야 했다. 진정이 되지 않았다. 어깨가 사정없이 흔들렸다. 에델가르트가 렐라의 어깨를 끌어안았다.

"괜찮아, 마음껏 울어."

마누엘라는 부끄러웠다. 울음을 그치고 싶었지만 자꾸 눈물이 나왔다.

"처음 와서는 누구나 다 울어. 괜찮아. 아무도 이상하게 생각하지 않아. 부끄러울 것 없어. 울고 나면 좀 나아질 거야. 울고 나면 잠도 잘 와."

흐느낌이 잦아들었다. 마누엘라는 코를 닦았다. 자기를 안심시키는 에델가르트의 말에 마음이 가라앉았다.

"처음 며칠은 괴로워. 그렇지만 금방 지나가. 그러면 다른 애들도 너한테 지금처럼 그렇게 호기심을 갖지 않아."

렐라가 에델가르트의 손을 잡았다.

"고마워, 친절하게 대해 줘서."

"너를 보니까 마음이 아파서 그래."

"응, 금방 좋아질 거야. 나 정말 바보 같지? 미안해."

에델가르트는 화제를 다른 데로 돌렸다.

"취침실은 몇 호실이야?"

"응, 1호실이래. 마르가가 그랬어."

"어머나, 너 운이 좋다."

"어째서?"

"모두 그 방으로 가고 싶어 하거든. 폰 베른부르크 선생님 때문에."

두 번째로 듣는 이름이었다.

하지만 그 선생님에 관해 물어볼 필요는 없었다. 에델가르트가 먼저 입을 열었기 때문이다.

"엄격하긴 하시지만 모두들 폰 베른부르크 선생님을 좋아해. 왜냐하면 너무나 공평하시거든. 다른 선생님들은 유난히 편애하는 아이들이 있는데, 폰 베른부르크 선생님은 어느 학생이나 똑같이 좋아해 주시고 누구를 특히 더 귀여워하지는 않으셔. 너도 그 선생님을 좋아할지 궁금해."

그때 갑자기 종이 울리면서 날카로운 소리로 "정렬, 정렬." 하는 소리가 복도 아래에서 들려왔다.

에델가르트가 렐라의 손을 잡았다.

"폰 케스텐 선생님이야. 자, 가자. 기도 시간이야. 그 전에 너한테 선생님들을 가르쳐 줄게."

두 아이는 계단을 내려가, 종소리를 듣고 방에서 나와 한 곳으로 모여든 150명의 학생들 속에 끼어들었다. 모두들 떠들고 웃고 서로를 부르며 이리저리 뛰어다녔다. 벽 앞의 의자에는 폰 케스텐 선생과 마찬가지로 회색 옷을 입은 여자 교사들이 앉아 있었다. 모두 가슴에 푸른 리본의 교표를 달고 있었다. 그리고 머리에는 하얀 레이스로 된 보닛을 쓰고 있었다. 두 번째 종이 울리자 교사들이 일어났고, 학생들은 둘씩 줄을 맞춰 정렬했다. 반마다 서로 구별이 되었다. 각 줄마다 교표의 색깔이 달랐다.

에델가르트는 마누엘라의 곁을 떠나지 않았다. 둘은 같은 반이었다. 폰 케스텐 선생이 문 앞에 서서 세 번째 종을 치려고 손을 뻗었다. 하지만 그 전에 정렬해 있는 아이들을 검열하는 일부터 시작했다. 이윽고 "뒤로 돌아."라는 호령에 따라 학생들이 모두 돌아서서 문 앞에 선 교사들과 마주 섰다. 세 번째 신호에 문이 열렸다.

떨면서 줄에 서 있는 마누엘라는 연극 같다고 생각했다.

"이제 교장 선생님이 나오셔."

렐라의 손을 잡고 있던 에델가르트가 속삭였다. 아주 작은 소리였는데도 폰 케스텐 선생의 비난 어린 시선이 사정없이 이쪽을 향했다.

키가 큰 노부인이 나타났다. 지팡이에 육중한 몸을 의지한 채 느릿느릿 움직였다. 하지만 놀랄 만큼 강한 의지력 덕에 지팡이의 도움은 많이 필요하지 않았다. 손에는 성경을 들고 있었다. 옷은 다른 교사들보다 좀 더 짙은 회색이었다. 모자는 검정으로, 레이스 리본이 양쪽으로 늘어져 있었다. 큰 몸집이 거의 입구를 가릴 정도였다. 교장 수녀는 고개를 위로 들고 있었다. 회색을 띤 검은 눈은 앞에 정렬하여 얌전히 인사하는 학생들에게 쏠렸다. 얼굴에는 핏기가 없었고, 튀어나온 광대뼈 때문에 인상이 강해 보였다. 턱은 힘찬 느낌이고 작은 입은 꼭 다물려 있었다. 교장은 지팡이를 폰 케스텐 선생에게 맡기고 성경을 폈다. 커튼이 없는 복도라 목소리가 잘 울렸다. 목소리는 우렁차고 명확해서 거의 남자 목소리 같았다.

"성부, 성자, 성령의 이름으로 말씀합니다."

그러자 모두들 낮은 목소리로 "아멘."이라고 답했다.

그다음 신약 성경 중 한 장을 낭독했다. 렐라는 교장 수녀에게서 시선을 뗄 수 없었다. 만일 저분이 냉혹하고 악하다면 얼마나 무서울까 하고 생각하자 전율이 등줄기를 스쳤다. 렐라는 차라리 교사들 쪽으로 시선을 돌렸다. 중국인처럼 생긴 자그마한 노부인은 프랑스인 마드무아젤 웨이에이고, 그 옆에는 그림처럼 아름다운 영국인 미스 에반스 선생이 있었다. 그 옆자리는, 에델가르트의 말이 맞다면 게르슈너 선생이다. 정력 넘치는 큰 몸집으로 꼿꼿하게 앉아 있었는데, 외모는 엄한 교사였지만 불친절해 보이지는 않았다. 폰 아템스 선생도 아이들이 좋아하는데, 수업은 안 하고 학교 살림을 맡고 있다고 했다.

맨 끝에 폰 베른부르크 선생님이 서 있었다. 렐라는 정신 없이 선생님의 얼굴을 바라보았다. 선생은 살짝 옆으로 바닥을 내려다보고 있었다. 눈은 반쯤 감은 것 같았다. 아름답게 휘어진 짙은 눈썹은 약간 위로 올라가 있었다. 개성 있게 커 보이는 입은 지금 약간 오만한 인상을 풍겼다. 조금 구부러진 귀족적인 코도 자부심 가득해 보였다. 아래위 턱은 꼭 다물렸는데, 마른 얼굴의 예민한 피부 아래로 저작(咀嚼) 근육이 드러나 보였다. 이마는 좁고 높았다. 관자놀이는 파여 있고, 귀는 단단히 붙어 있었다. 턱은 부드럽지 않았다. 그 얼굴에는 확고부동한 뭔가가 있었다. 검은 머리에는 가르마가 또렷했다. 땋아 올린 머리는 목 아래까지 내려와 기품 있는 머리 모양과 잘 어울렸다. 목은 가늘었다. 목을 받치고 있는 단단한 근육은 자리를 잘 잡은 높은 옷깃 안으로 사라져서 보이지 않았다. 어깨는 넓고, 손은 잘생겼다. 길고 가늘고 약간 앙상한데, 장신구는 보이지 않았다.

"자 이제, 노래합시다. 「이제 내 손을 잡아」.[19]"

교장 수녀의 달라진 목소리에 놀라 마누엘라는 생각에서 깨어났다. 합창이 낮고 조심스럽게, 그러다가 점차 자신감 넘치게 울려 퍼졌다. 마누엘라도 찬송가책을 보며 함께 부르기 시작했다.

이제 내 손 잡으시어
갈 길을 인도하소서.
나의 마지막 길
영원히 인도하소서.

혼자 가고 싶지 않네.
단 한 발짝도.
주님이 가서 계시는 곳
그곳으로 나를 인도하소서.

마누엘라의 목소리가 떨리기 시작했다. 더 이상 노래를 부를 수 없었다. 목소리를 내려고 해도 입이 움직이지 않았다. 시선은 폰 베른부르크 선생님의 얼굴에서 떨어지지 않았다. 선생님은 지금 눈을 들어 아이들과 복도와 건물을 바라보고 있었다.

연약한 저의 마음을
주님의 은혜로 감싸

19 흔히 장례식에서 부르는 찬송가.

기쁠 때나 슬플 때나
온전히 달래 주소서.

가련한 당신의 이 어린아이를
당신의 무릎에 쉬게 하소서.
이제 눈을 감사오니
영원한 안식을 주소서.

맑고 밝은 소녀들의 목소리가 실내에서 아름답게 울려 퍼
졌다. 아이들은 노래하기를 좋아했는데, 가사 내용에는 관심
이 없었다. 마지막 절의 가사에 이르자 마누엘라의 눈이 흔들
렸다. 입은 열리지 않았다. 온 힘을 다해 내면의 흐느낌을 억
제했다.

내가 항상 어리석어
주님의 능력 알지 못해도
어두운 밤에도 끝까지
나를 인도하소서.

이제 내 손을 잡으시어
내 갈 길을 인도하소서.
나의 마지막 길
영원히 인도하소서.

합창이 끝났다. 교장이 성서를 닫고 양손을 모아 나지막
하게 "기도합시다."라고 말했다.

모두들 마음을 가다듬고 머리 숙여 주기도문을 외우기 시작했다.

"하늘에 계신 우리 아버지……."

모두 머리를 들자 교장이 축도를 했다.

"전능하신 천주 성부, 성자, 성령께서 여기 모인 모든 이에게 강복하소서. 아멘."

모두 "아멘."이라고 따라 했다. 교장이 성서를 폰 케스텐 선생에게 주고, 은 손잡이가 달린 지팡이를 다시 받아 들었다. 그러자 전혀 다른 사람이 된 듯 목소리가 달라지고 얼굴이 붉어지더니 눈을 크게 떴다. 목소리가 날카롭게 허공을 갈랐다.

"몇 마디 말 좀 하겠습니다."

교장의 차가운 시선이 학생들 하나하나를 쏘아보았다.

"요즘 다시 여러 가지 위반 사례가 내 귀에 들어옵니다. 교칙을 무시하고 있어요. 검열받지 않고 편지를 발송하는 경우도 있습니다. 그런 편지에는 이곳 시설에 대한 근거 없는 불평이 쓰여 있습니다. 이런 위반 사항을 하나도 빠짐없이 보고하도록 직원들에게 지시했어요. 이후 이런 사항이 적발될 시에는 가차 없이 처벌하겠습니다. 이런 경우 벌로 사복만 입혀서 혼자 시내를 걷도록 하겠습니다. 폰 케스텐 선생, 신입생은?"

교장 수녀는 지팡이 쥔 손을 허겁지겁 흔들며 학생들을 해산시켰다. 아이들이 얌전하게 무릎을 굽혀 인사를 하고 사라졌다. 마누엘라는 폰 케스텐 선생과 함께 교장 앞에 섰다.

"마누엘라 폰 마인하르디스……."

교장 수녀가 앙상한 손을 내밀었다. 손에다 키스를 하라는 폰 케스텐 선생의 눈짓을 알아차리지 못한 마누엘라는 겁을 먹고 무릎을 굽혀 인사했다.

"마누엘라, 어서 빨리 이곳 생활에 적응하기 바라요. 들어서 알겠지만 교칙을 위반하는 경우에는 처벌을 받습니다. 올바른 생활만 하면 이곳에서 어려운 점은 하나도 없습니다. 폰 케스텐 선생, 나한테 정기적으로 보고해 줘요."

"알겠습니다, 교장 선생님."

폰 케스텐 선생이 의미심장한 대답을 했다. 무슨 뜻인지 완벽하게 압니다. 이 어린 마인하르디스로 말하자면 만만한 아이가 아니에요. 교장 선생님께선 만족하실 겁니다. 폰 케스텐 선생의 목소리와, 생각에 잠겨 가슴 앞에 모아 쥔 양손은 무언가를 말하고 있었다.

기도가 끝난 후 저녁 식사가 시작되었다. 학년에 따라 둘씩 짝을 지어 정렬해서 식당으로 들어갔다. 놀랄 만큼 큰 식당은 높고 밝고 텅 비어 있었다. 네 개의 긴 식탁이 놓여 있으며, 그 끝에는 '교사'들이 앉았다. 그리고 끝없이 길게 이어지는 양쪽으로 학생들이 앉았다.

저녁은 간단한 식사[20]에 맥주가 음료로 나왔다. 마누엘라 곁에는 일제 폰 베스트하겐이라는 이름이 쓰여 있다. 일제는 마누엘라가 조금밖에 먹지 않는 모습을 보자 "뭐든 주머니에 넣어서 가져가. 이따가 배고파. 처음에는 먹고 싶은 생각이 안 나지만 나중엔 먹게 돼. 밤에는 먹을 게 아무것도 없어. 항상 그래."라고 친절하게 말했다.

종이에 싸지도 않고 어떻게 빵을 주머니에 넣어, 라고 렐

---

20 칼테스 에센(kaltes Essen). 불을 사용하지 않고 만드는 간단한 식사를 가리킨다. 빵에 햄, 치즈 등을 곁들인다.

라는 생각했다. 부스러지고 보풀이 묻을 텐데. 앞으로는 나도 주머니에다 음식을 넣어 가게 될까? 이 주머니에 설탕, 고기 부스러기, 버터를 바른 빵이나, 바르지 않은 빵을 넣어 가게 된다고? 누군가 안 가져가면 다른 아이가 고마워하며 챙긴다 는 말은 정말일까?

다시 종이 요란하게 울렸다. 식사 감사 기도였다. 저녁 식 사에 대해 주님께 감사 기도를 올리는데, 무거운 주머니 때문 에 부담스러웠다. 빵을 훔친 것 같은 기분이었다.

잠시 뒤 또 종이 울렸다. 취침 시간을 알리는 종이었다. 넓 은 복도에 교사들이 모두 일렬로 서서 150명의 아이들과 악 수를 했다. 프랑스인 교사에게는 "봉 뉘, 마드무아젤.", 영국인 교사에게는 "굿 나이트.", 그리고 나머지 교사들에게는 "구테 나흐트."라고 말했다. 그리고 옷방으로 갔다.

"마누엘라, 얘, 이리 좀 와 봐. 보여 줄 게 있어."

일제가 렐라의 팔을 잡아당겼다.

"자, 이리 와. 엄청 재미있는 거 보여 줄게."

렐라는 자기 옷장과 비스듬히 마주 보는 일제의 옷장 앞 으로 끌려갔다. 일제가 옷장 양쪽 문을 활짝 열어젖히면서 렐 라의 표정을 살폈다. 처음에 렐라는 기절하는 줄 알았다. 눈앞 에는 생각지도 못한 광경이 있었다. 겉으로 보기에는 단순한 하얀색 옷장이었지만, 양쪽 문 안은 빨간 종이로 도배되어 있 었다. 그 위에는 그림, 일본 부채, 엽서, 크리스마스 장식품, 조 화(造花)가 잔뜩 매달려 있었다.

"너무 예쁘다."

렐라는 자기도 모르게 탄성을 질렀다.

일제는 만족했다. 렐라가 홀딱 반한 것이다.

"자, 잘 봐. 이제 폭로할 차례야!"

일제가 조심스럽게 한 뭉치의 내의를 들춰 내니 그 아래에 렐라의 책이 놓여 있었다. 『파리의 복부』였다. 일제의 얼굴이 환하게 빛났다.

"자, 이제 금지 품목을 하나씩 고백해 봐."

이 말에 일제가 무안한 듯 미소를 보냈다.

"초콜릿."

그러더니 재빨리 양말 꾸러미를 풀고 은종이에 싼 물건을 보여 주었다.

"그리고 돈."

일제는 이번엔 두 단으로 된 상자를 열어 보였다. 위쪽에는 그냥 편지가 들어 있고, 그 아래에서는 동전이 딸랑거렸다.

"장신구는?"

렐라가 물었는데, 진심은 아니었다. 그런데 일제는 조금도 실망시키지 않았다. 압정을 뽑고 옷장 안에 붙여 둔 빨간 종이를 약간 뜯자 거기에는 금 목걸이, 팔찌, 가느다란 금반지가 매달려 있었다.

"어머나, 일제." 마누엘라는 슬그머니 겁이 났다. "옷장 검사에 발각되면 어쩌려고? 폰 케스텐 선생님이……."

"못 찾아내."

일제가 아무렇지도 않게 말하는 바람에 렐라는 일제를 멍하니 쳐다보았다.

"그럼, 이렇게 하면 돼. 내 옷장을 조사하면 금지 품목을 전부 일제 폰 트라이치케의 옷장에 넣는 거야. 그 애는 다른 취침실 소속이거든. 그리고 그 애 옷장을 조사할 때는 다시 이쪽으로 가져오면 돼. 어때, 멋지지 않아?"

"응, 멋져."

렐라는 탄복했다. 진심이었다. 일제는 선임자 역할에 기분이 좋았다.

"너 혹시 규칙에서 어긋나는 일을 하게 되면 나한테 말해. 나한테는 뭐든 말해도 돼. 전부 해결할 수 있어. 예를 들어 잘못을 너무 많이 저지르면 결과가 어떻게 되지? 출구가 없어. 하지만 잘못은 칭찬으로 만회할 수가 있어. 칭찬은 말이야, 예컨대 양말 구멍을 잘 기우면 칭찬받을 수 있어. 물론 잘못한 수만큼 구멍이 많은 양말은 많지 않지. 모두들 그렇게 하니까. 내 아이디어는 발꿈치에다 일부러 커다란 구멍을 내는 거야. 그리고 굉장한 칭찬을 받는 거야.

"정말 고마워."

렐라가 웃으면서 대꾸했다.

"천만에. 그런데 말이야, 난 다른 것도 많이 알아. 편지에 관한 것이든 뭐든. 오늘 저녁에 교장 선생님이 한 말은 마음에 둘 필요 없어. 그런 말을 직접 들으면 누구나 겁을 먹지. 하지만 그럴 땐 간단한 해결책이 있어. 그건 말이야, 벌거벗은 교장 선생님의 모습을 상상해 보는 거야."

렐라는 그만 픽 웃었다. 마침 끼어든 릴리 카트너하고 일제 트라이치케도 함께 웃었다. 너무 웃고 킥킥대는 통에 다른 아이들까지 모여들었다.

"얘들아, 일제가 재미있는 말을 했어."

일제의 말이 퍼져 나가자 취침실에서는 웃음보가 터졌다.

"마누엘라, 왜 그래?"

일제 트라이치케가 물었다. 모두들 이불 속으로 들어가 웃고 있는데, 렐라만 여러 번 기운 시트가 덮인 차가운 침대를 바라보고 있었다.

마누엘라는 괴로웠다. 발을 이불 속으로 넣을 용기가 나지 않아서 침대에 앉아 망설였다. 벗은 발이 닿은 침대 모서리가 차가웠다. 침대 스프링도 말을 듣지 않았다. 이 끔찍한 침대에서는 잘 수가 없어, 라고 마누엘라는 생각했다. 그리고 이렇게 많은 사람이 한 방에서 자다니! 어려서부터 렐라는 방을 따로 썼다. 그리고 집의 침대는 아름답고 따뜻하고, 갈색 목재로 만들어져 있었다. 베개는 폭신하고 기분 좋았다. 아플 때에도 거기에 눕기만 하면 좋았다. 오래전 일이지만, 어려서 추위에 떨며 그 속으로 들어가면 꺼질 듯이 폭신한, 몸을 감싸 주는 비단 이불이 마련되어 있었다. 그리고 조용한 숨소리가 들리는 보드라운 가슴, 나를 안아 주는 따뜻한 몸, 그리고 베개, 시트, 침대에서는 달콤하고 향기로운 냄새가 났다.

렐라는 차가운 무릎에 얼굴을 묻고 허공을 바라보았다. 향기는 사라졌다. 추억에 빠진 채 주고받은 말, 엄마가 생각나는 수천 가지 일, 마음속 깊이 남은 여러 가지 사건들이 있었지만 마냥 추억에 젖어 있을 수는 없었다. 아, 한 번만 그때로 돌아갈 수 있다면! 오늘은 긴 하루였다. 엄마 같은 사람이 렐라에게 잠시 나타났지만 그건 한순간일 뿐 후딱 지나가 버렸다.

"마누엘라." 에델가르트가 작은 소리로 불렀다. "빨리 누워. 곧 폰 베른부르크 선생님이 오셔."

마누엘라는 두 발을 이불 속에 넣고 얌전히 누웠다. 베개는 딱딱하고 이불은 얇았다. 위에서 실내를 비추는 불빛이 눈부셨다. 55번 침대는 방 한가운데 있어서 에델가르트의 침대와는 좁은 통로를 사이에 두고 있었다. 다른 쪽에는 아직 한 번도 말을 나눠 보지 않은 미아 폰 발린이 누워 있었다.

모두들 폰 베른부르크 선생님을 기다리면서 조용히, 거의 엄숙하게 이불 속에 누웠다. 이제야 처음으로 얌전한 아이들처럼 보인다고 마누엘라는 생각했다. 모두들 소매가 긴 잠옷을 입었는데, 추위 때문에 빨개진 손이 잠옷 밖으로 나와 있다. 밤에는 머리핀을 빼기 때문에 긴 머리가 물결치듯 나부꼈다. 일제만 머리가 짧아서 소년처럼 보였다.

지금까지 마누엘라가 보지 못했던 문이 스르르 열렸다. 그 순간 숨소리가 방 안을 스치고 지나갔다. 폰 베른부르크 선생이 들어왔다.

"여러분, 별일 없죠?"라고 묻고, 선생은 모두에게 잘 자라는 인사를 하려고 이 침대에서 저 침대로 옮겨 다녔다.

마누엘라의 발치에 놓인 침대에서 일제가 마누엘라 쪽으로 머리를 들어 작은 소리로 말했다.

"주의해서 잘 봐."

일제의 눈이 빛났다. 일제는 침대에 꿇어앉아 있었다. 마누엘라가 흘깃 보니 그 줄은 모두 일제처럼 꿇어앉아서 폰 베른부르크 선생님이 다가오기를 기다리고 있었다. 선생은 아이들에게 일일이 다가가 잠깐씩 두 손으로 머리를 들고 "잘 자요."라며 이마에 키스를 했다.

"구테 나흐트, 에델가르트! ……구테 나흐트, 일제!"

폰 베른부르크 선생이 점점 렐라의 침대 쪽으로 가까이 다가왔다. 마누엘라의 심장은 강하게 뛰었다. 이대로 누워 있는 것이 맞는지 알 수 없었다. 나도 일어나 앉아야 하나? 이럴 때 어떻게 해야 하는지는 규칙에 없나? 아냐, 아이들은 모두 자발적으로 하고 있는 것 같아. 모든 게 낯선데, 나는 어떻게 해야 하지?

결국 렐라는 두 손을 이불 위에 얹고 누워서 기다리기로 했다. 심장은 더 세게 뛰고 몸이 떨렸다. 이가 떨릴 정도였다.

하지만 해결책은 쉽게 나왔다. 실내를 지나가던 폰 베른부르크 선생이 마누엘라의 침대 곁으로 오더니 긴장해서 차가워진 마누엘라의 손을 따스한 두 손으로 잡았다.

"마누엘라, 우리 아직 서로 인사가 없었지?"라고 선생님이 말했다. "여기 온 첫날인데, 잘 자요."

마누엘라는 목소리가 나오지 않았다. 눈물이 고이고 입술이 떨려서 말을 할 수 없었다. 부드러운 손이, 상냥한 목소리가, 따뜻한 가슴이, 아름다운 한 사람이 몸을 숙이고 지금 양쪽 뺨에서 멋대로 흘러내리는 마누엘라의 눈물은 보지 못한 채 이마에 키스를 했다.

"고맙습니다. 폰 베른부르크 선생님."

마누엘라는 말을 더듬었는데, 선생님 귀에 들렸는지는 알 수 없었다. 선생님은 이미 문으로 걸어가서 불을 껐다.

"여러분, 잘 자요."라고 한 번 더 말한 뒤 선생님은 사라졌다.

열두 개의 하얀 침대가 어둠 속에 줄지어 있었다. 한쪽 구석에만 작은 불이 켜져 있었다. 창문은 모두 닫혔고 실내에는 깊은 정적만이 감돌았다. 마누엘라는 눈을 뜬 채 누워서 조금 전에 선생님이 나간 문을 바라보았다.

생각할 시간조차 없을 정도로 하루하루가 정신없이 흘러갔다. 매일이 똑같았다. 아무것도 안 해서가 아니었다. 일은 많았다. 기계적인 종소리로 하루가 시작되어, 종소리에 따라 기계적인 일들이 거의 기계적으로 진행되었다. 종소리가 마누엘라를 깊은 잠에서 깨웠다. 종소리가 아침 기도로 내몰았다. 종소리가 요란하게 9시를 알렸다. 수업 시작. 종이 다시 울렸다. 12시, 산책 시간. 점심 식사, 그리고 다시 수업. 다시 산책, 그리고 저녁 식사 후 취침.

종소리는 수업 시간에 생각에 빠지는 것을 방해하고, 휴식 시간의 즐거운 이야기를 중단시키고, 마당에서 친구들과 헤어지게 하고, 지루한 수업 시간을 알리며, 마음을 무겁게 하고, 조식에서 커피 잔을 빼앗았다. 종소리는 명령이었다. 비인간적이고, 사정없고, 고유한 자아를 끝없이 평준화시키는 단속원이었다.

다음 날도 그다음 날도 단조로운 생활이 이어지다 보니, 하루하루를 구별하기가 힘들었다. 그래서 이곳 소녀들은 옷장 문 안쪽에 있는 달력에 검은 연필로 선을 그어서 지웠다. 하루가 또 지나갔다. 여름 방학 때까지, 겨울 방학 때까지, '집에 갈 때까지' 얼마나 남았는지 세어 보았다.

하지만 마누엘라에게는 달력이 없었다. 이젠 돌아갈 '집'이 없었다. 뒨하임의 집은 처분되었다. 다시 그곳으로 돌아갈 수 있을지 알 수 없었다. 사랑하는 프리츠와 그의 어머니에 대한 생각은 될 수 있으면 안 하려고 애썼다. 괴로움은 사라졌다. 아직까지 집 생각은 한 번도 한 적이 없었다. 남은 것은 적개심뿐이었다. 여기 있어야 한다는 적개심과 분노, 그 외에는 알 수 없는 어떤 것, 말로 표현할 수 없는 것, 밤을 뜬눈으로 지새우게 하는 어떤 감정만이 남아 있었다. 아빠는 이탈리아 여행 중이었다. 푸른 바다, 태양, 오렌지, 당나귀, 오래된 교회가 있는 화려한 엽서가 렐라의 옷장 안쪽 벽을 서서히 가득 채웠다.

언젠가 렐라의 옷장을 검사하면서 폰 베른베르크 선생이 아빠의 그림엽서 중 몇 장을 보고 물었다.

"어머니는?"

마누엘라는 말없이 사진 한 장을 꺼내 선생님의 양손에 올려놓았다.

"돌아가셨어요. 어머니가 안 계세요. 살아 계시면 여기에 안 왔을⋯⋯."

그 말은 마음을 아프게 울렸다. 선생님은 사진을 한참 들여다보고 나서 렐라에게 돌려주었다. 그러고는 한 손을 렐라 어깨에 얹고 지그시 눈을 들여다보았다.

"마누엘라, 이젠 학교 생활에 익숙해졌지? 친구들은 좀 사귀었나요?"

"네, 선생님, 그런데⋯⋯."

"왜 그래? 나를 믿어도 되는 건 잘 알지?"

"네, 선생님. 만약⋯⋯." 갑자기 엉뚱한 말이 입에서 튀어나왔다. "만약에 선생님이 이곳에 안 계시면 전 견딜 수 없을 거예요."

선생님의 표정엔 전혀 변화가 없었다. 렐라의 얼굴을 들여다보면서 천천히, 또박또박 말했다.

"그렇게 생각하면 안 돼요. 학교에서 하는 일은 모두가 옳고 선합니다. 왜 많은 일들을 그렇게 해야만 하는지 그 이유만 이해할 수 있다면 그래요. 차차 알게 될 거예요. 지금은 비판하기보다 따르도록 해 보세요. 기독교의 최대 미덕은 겸손입니다. 그런 것은 물론 다 잘 알지요?"

렐라의 입에서 조심스럽게 대답이 나왔다.

"네, 선생님."

"반항적으로 마음의 문을 닫고 살면 여기 생활에 적응하기 힘들어요. 우리는 모두 마누엘라가 최선을 다하려 노력하고, 그렇게 하고 있다고 믿어요. 그리고 그렇게 해야 마누엘라도 모든 일이 쉬워질 거예요."

"네, 선생님."

엘리자베트 폰 베른부르크 선생의 손이 마누엘라의 어깨에서 팔로 내려왔다. 선생은 마치 흔들어 깨우려는 듯 마누엘라의 손을 꼭 잡았다.

"마누엘라, 노력할 거지?"

그 순간 렐라는 자신을 내려다보는 얼굴을, 내면을 꿰뚫어 보는 듯한 폰 베른부르크 선생의 검은 눈을 바라보았다. 순간 맹세라도 하듯 엄숙하게 선량한 그 눈을 향해 "네, 선생님." 이라고 대답했다.

이후 모든 것이 달라졌다. 모든 것이 의미를 갖게 되었다. 모든 행동은 폰 베른부르크 선생님, 그분을 향한 충실한 봉사였다. 모든 것, 그 어떤 것도 모두 선생님과 연결되었다. 그리고 하루가 종소리에 따라 움직이지 않고, 그분의 목소리에 따라 움직였다. 선생님의 목소리가 언제나 상냥하지는 않았다. 때로는 엄격하고 명령조였다. 하지만 마누엘라는 그 목소리가 언제나 옳다는 사실을 잘 알았다. 기상, 옷 입기, 기도, 수업, 외출, 대기, 식사, 취침. 선생님은 언제나 함께였고, 모든 것은 선생님을 위한 일이었다.

엘리자베트 폰 베른부르크 선생은 폰 케스텐 선생이나 다른 교사들이 대개 그렇듯 상급 장교의 딸이었다. 지금 스물여덟 살로, 이곳 기숙 학교에 오 년째 재직 중이다. 사람들 말에

의하면 이곳에 오기 전 용기병 소위와 약혼을 했었는데, 선생의 냉정함과 소위에 대한 강한 심적 거부감 때문에 결혼 직전 파혼을 했다고 한다. 그때 약혼자한테 이제 당신과 결혼하지 않을 것이고, 앞으로 어떤 남자와도 결혼하지 않으리라고 말했다는 얘기가 돌았다. 이 말은 엄청난 회오리를 일으켰고 여러 가지 불손한 해석을 낳았다. 헬레네 기숙 학교 학생들 사이에서도 그 이야기가 돌았는데, 누가 먼저 그런 이야기를 시작했는지는 분명하지 않다. 아마 휴가 때 베를린에 갔던 일제가 가져왔는지도 모른다. 이혼한 엄마가 재혼한 계부한테서 들었을 수도 있다.

"여러분," 일제가 말했다. "폰 베른부르크 열성팬 여러분. 결혼할 수도 있었는데 선생님이 이곳으로 와 버린 까닭을 생각해 봐. 아기도 원치 않는다고 했대. 남자가 키스를 강요하자 과감하게 상대의 가슴을 밀쳐 버렸대."

오다와 미아는 얼굴을 마주 보며 약간 지저분한 웃음을 지었다. 하지만 마누엘라는 이렇게 말했다.

"일제, '열성팬'이라는 말 멋대로 쓰지 마. 그리고 그건 사생활이야. 어디까지가 사실인지 알 수 없어."

"자, 나를 좀 봐." 기분이 상한 일제가 말했다. "소위님, 나라면 절대로 안 그래요."

모두가 웃었다. 마르가만 "쉿, 조용." 하고 말했다. 폰 케스텐 선생이 발소리를 죽이고 복도를 지나갔기 때문이었다.

마누엘라는 생각에 잠겼다. 폰 베른부르크 선생이 모두에게 밤 인사를 건네고 돌아간 뒤 취침실 여기저기서 이야기 소리가 들리고 베개 밑에서 손전등을 꺼낼 때도 렐라는 가만히 누워서 선생님은 지금 방에서 무엇을 하고 계실까, 이 학교에 있는 것이 정말 좋으실까, 혹시 남편하고 아이가 있었으면 하고 생각하지는 않으실까, 하는 생각을 거둘 수 없었다. 아이가 있으면 좋겠다는 생각은 마누엘라도 하지만, 남편은 상상하기 힘들다. 남편이 있는 선생님은 생각할 수가 없다. 에반스 선생님이 영국 어딘가에 약혼자가 있어서 나중에 결혼을 한다면 그건 이상하지 않다. 아템스 선생님은 사실 부엌이나 지하 창고를 건사하는 사모님 역할이 더 잘 어울릴 것 같다. 하지만 폰 베른부르크 선생님은……

아이답게, 아니, 아이답지 않은 이런 생각과 질문을 마누엘라가 하고 있으리라고, 폰 베른부르크 선생은 전혀 눈치채지 못한 것 같았다. 선생님은 언제나 말이 없고 정확하고 엄격하며 호의적이었다. 조용하고 차분한 걸음으로 학생들의 나날을 지도하고 명령했고, 아이들 이야기에 귀 기울이고 충고했다. 하지만 언제나 멀리, 혼자서 외로워 보였다.

가끔 선생님의 마음을 잠시 들여다볼 기회가 있었다. 어느 일요일 밤이었다. 언제나처럼 폰 베른부르크 선생님은 학생들에게 일일이 밤 인사 키스를 하고 여기저기 학생들의 질문에 응하고 있었다.

마누엘라의 부름에 선생님이 다가왔다.

"선생님," 마누엘라가 망설이며 불렀다. "몸이 안 좋아요. 이상해요. 아무래도 병이 난 것 같아요."

그리고 주저하면서 하루 종일 기분이 안 좋았다고 말했다. 몸이 아프고, 구역질과 두통이 나고, 이제는 출혈까지 있다고 말했다. 선생님이 이번에는 미소 짓지 않았다. 심각한 표정으로 마누엘라의 침대 곁에 앉았다.

"마누엘라, 그건 병이 아니야." 선생님이 목소리를 낮춰 말했다. "그건 어른이 되었고, 이젠 어린아이가 아니라는 표시야. 그런 출혈이 계속 없으면 어른이 되어서도 아기를 가질 수 없어. 여자는 누구나 매달 출혈이 있단다. 내가 어머니 대신 그럴 때 어떻게 해야 하는지 가르쳐 줄게."

"감사합니다, 선생님."

마누엘라가 말했다.

마누엘라는 예쁘고 창백한 얼굴을 베개에 묻고 선생님이 하신 말씀의 내용보다도 그 상냥한 목소리에 완전히 몰입했다. 선생님이 일어나려 하자 마누엘라가 붙잡았다.

"저어, 선생님."

"왜 그러니, 마누엘라?"

"선생님, 여자는 누구나, 라고 하셨죠? 하지만 아기를 낳을 수 없는 여자도 있어요."

선생님은 마누엘라를 쳐다보지 않았다.

"그래, 결혼하지 않은 여자들은······."

"그러면 선생님," 마누엘라는 그렇게 말하면서 선생님의 손을 더 꼭 쥐었다. "저어, 선생님께 꼭 묻고 싶어요. 선생님은 행복하실까, 라는 생각을 자주 해요."

폰 베른부르크 선생님이 머리를 들었다. 이 세상에서 제일 쉬운 질문을 받은 듯 얼굴에는 온화한 미소마저 감돌았다. 선생님의 검은 눈동자가 마누엘라의 눈을 빤히 들여다보았다.

"행복하지." 선생님이 말했다. "너희들이 있잖아."

네가 있잖아, 라고 말했으면 좋았을 것이다. 하지만 군인 집안의 딸로 평생토록 감정 표현에 소심하고 감정의 발산을 경멸하는 이 여성으로 말하자면 청교도적인 어머니 밑에서 하느님을 경외하며 자랐고, 자신의 의무는 자기를 믿고 따르는 아이들을 순수하고 올바르게 키우는 일뿐이라고 생각하는 까닭에 그런 말은 입에 올릴 줄 몰랐다. 폰 베른부르크 선생에게는 '아이들'이 있을 뿐, 특별히 애정을 주는 '한 아이'는 있을 수 없었다. 그런 까닭에 이 아이의 눈과 마주친 순간부터 그녀에게는 자제와 단념 외에 다른 길이 없었다.

은총처럼, 한 번도 받아 본 적 없는 알 수 없는 행복처럼 선생은 이 아이의 사랑을 느꼈다. 그것은 다른 아이들의 강한 애착이나 우상화와는 다른, 훨씬 더 순수한 감정이었다. 마누엘라의 모든 태도와 순박한 말에는 사랑이 넘쳤다. '내가 엘리자베트 폰 베른부르크가 아니라면, 그리고 이 아이를 통해 행복을 느끼면서 온 마음을 다해 끝없이 사랑해도 자책할 필요가 없다면 얼마나 좋을까.'

아버지 마인하르디스는 할 일이 많았다. 테이블 위에는 바구니가 놓여 있고, 그가 포장하는 것을 웨이터가 거들고 있었다. 두 사람은 뒤에서 반짝이는 바다에도, 아침 바람에 가볍게 흔들리는 종려나무에도 시선을 보내지 않았다.

마인하르디스는 조심스럽게 포장을 하나하나 만져 보았다. 얼음에 채운 닭, 약간의 캐비아. 얼음이 녹지 않아야 하는데, 라고 그는 걱정했다. 여기엔 토스트가, 저기엔 씁쓸한 시칠리아산 적포도주가 있었다. 햇귤의 상큼한 향기가 좋았다. 마인하르디스는 옅은 회색 양복을 입고 있었다. 얼굴은 햇볕에 구릿빛으로 그을었는데, 연한 회색 모자가 갈색 얼굴을 더욱 선명하게 했다. 여자들은 아직도 준비를 마치지 못하고 있었다. 예상했던 일이었다. 문 앞에는 마차가 기다리고 있어서 말방울 소리가 넓은 홀 안 까지 들려왔다.

웨이터가 바구니를 마차에 실었다. 마인하르디스가 돌아보니 부인들이 문 앞에 나와 있었다. 화려한 마구를 얹은 말, 유쾌한 마부, 마차를 장식한 꽃다발, 비단 쿠션과 발 덮개가 그를 맞았다. 중령은 다시 한 번 둘러보았다. 그때 경비원이 은 쟁반에 편지 두 장을 담아 왔다. 마인하르디스는 편지를 급히 상의 안주머니에 넣었다. 레이 캐머의 발에 덮개를 씌워 줘야 했기 때문이다.

"발에 먼지가 앉으면 안 되지."라고 말하고 그가 가벼운 구두를 신은 그녀의 작은 발을 마차 안으로 밀어 넣었다. 마인하르디스가 뒤를 향한 좌석에 앉고, 두 여자가 뒷좌석에 앉아 "출발, 출발."이라고 소리쳤다. 채찍 소리와 함께 마차가 움직이기 시작했다.

"어젯밤 우리가 자러 간 뒤에 대체 뭘 했어요?"

레이가 물었다. 마치 엄마 대신 교육을 맡은 아이한테 캐묻는 듯한 말투다. 금발의 그녀는 몸집이 크다. 산뜻한 화장, 챙 넓은 밀짚모자와 어깨를 덮은 하얀 베일 덕분에 실제보다 젊어 보였다. 마른 자두처럼 생긴 자그마한 미스 힐 덕분에 더 그렇게 보였다.

마인하르디스는 그런 말투가 마음에 들었다. 잘생긴 그의 얼굴에 기분 좋은 미소가 번졌다.

"아, 레이, 나한테 그렇게 엄하게 굴지 마. 나 얌전해. 포도주 약간 마시고 금방 잤어."

"누구랑 포도주를 마셨는데요? 뻔해요, 미스 부트 아닌가요? 당신을 다 알아요, 중령님."

"미스 부트하고?" 마인하르디스가 얼굴을 찡그렸다. "왜 그런 말을 하지? 나하고 미스 부트가 뭘……."

"글쎄요, 당신이 건배할 때 보면 항상 그녀 얼굴이 빨개지던데요. 난 뭐든지 다 보고 있어요."

"저런," 마인하르디스가 슬쩍 방어를 했다. "미스 부트는 그런 생각이 없는데……."

그러나 기분이 나쁘지는 않았다. 미스 부트는 굉장한 미인으로, 레이보다 훨씬 더 예뻤다. 그런데 나이 든 부모가 엄하게 감시를 하고 있어서, 그녀는 젊은 여자와 단둘이 있고 싶어 하는 남자와 어울릴 수가 없었다.

"레이, 그래도 당신은 알잖아. 내가 사랑하는 사람은 당신뿐이라는 걸……."

그는 장갑 낀 레이의 손을 짓궂게 입술에 갖다 댔다.

"오늘 나 준비 잘하지 않았어?"

그는 팔을 들어 바다와 그들 아래 놓인 팔레르모를 향해, 마치 이 모든 것이 자신의 작품이라는 듯 작은 몸짓을 했다.

"정말 아름다워요. 굉장해요. 멋있어요."

두 여자가 신음 소리를 냈다.

"페리그리노 언덕으로 소풍 간다는 생각, 정말 멋져요. 낭만적이에요. 당신 정말 멋진 남자예요."

여자들이 칭찬을 하자 그는 기분이 좋았다.

"그런데 러브레터를 두 통이나 받고도 안 읽어요? 궁금하지 않아요?"

"두 사람 다 궁금하겠군. 누구한테서 왔는지 알고 싶은 모양이지. 한 통은 나한테 푹 빠진 로마의 트리라니 왕녀한테서 온 거고, 다른 한 통은 마피아한테서 온 건데, 내가 레이 당신하고 사랑에 빠지면 죽여 버리겠다고 협박하는 편지야."

두 여자가 까르르 웃었다. "맞아요." 하고 레이가 말했다.

"우리 여자들은 호기심이 많아요. 그래도 남자들처럼 잘 속이지는 못해요."

마인하르디스는 심각한 얼굴로 두 통의 편지를 꺼냈다. 마누엘라의 필적임을 한눈에 알아볼 수 있었다. 다른 한 통도 호흐도르프에서 온 것인데 누구한테서 왔는지 알 수가 없어서 그 편지부터 뜯었다. 여자들이 지금껏 본 적 없는 조심스러운 태도로 그가 편지를 읽기 시작했다. 한 장, 이어서 두 번째 장. 갑자기 그가 웃음을 터뜨렸다.

"대단하다, 정말 대단해. 마음에 드네. 우리 막내를 맡은 교장 수녀가 편지에 뭐라고 썼는지 알아? 내 딸이 재능은 있는데, 유감스러운 점이 있다면 좀 무례한 거래."

마인하르디스가 무릎을 쳤다. 두 여자는 킥킥 웃었다.

"아버지 그대로네요."

레이가 말했다.

그러자 대단한 일이라도 한 듯 마인하르디스가 말했다.

"뭐? 딸이 날 닮았다고? 이건 또 무슨 말도 안 되는 소리야? 그 애가 어때서! 대체 그곳 아줌마들이 아이를 어떻게 해놓을지 알 수가 없네."

그러고는 서둘러 렐라가 보내온 편지를 뜯었다.

"사랑하는 아빠." 그가 읽기 시작했다. "오늘은 일요일이에요. 일요일에만 편지를 쓸 수 있어요. 편지라도 쓰지 않으면 일요일을 어떻게 보내야 할지 모르겠어요. 아빠가 이곳에 한 번 와 주면 좋겠어요. 편지에는 이유를 쓸 수가 없어요. 앞으로 아빠처럼 여기저기 여행하려고 프랑스어를 열심히 공부하고 있어요. 다른 외국어도 배워요. 영어는 아주 잘해요. 우리 선생님은 아주 친절하세요. 아름다운 그림엽서 많이 보내 주세요. 옷장 안에다 붙이게요. 아빠는 이제 이탈리아어를 잘하세요? 여기서 이탈리아어는 안 배워요. 그럼 안녕히 계세요. 감사하는 마음으로. 마누엘라."

마인하르디스가 한숨을 쉬었다. 편지는 묘했다. 여자들도 좀 실망한 것 같았다. 마인하르디스가 한숨을 쉬며 말했다. "가엾게도 렐라는 편지에 다른 말을 쓸 수가 없어. 교사들이 검열을 하거든. 그런데 이건 좀 심하군. 아무래도 아이가 문제를 일으킨 것 같아." 그가 소리 내어 웃었다. "교장이 아이더러 무례하다고 지적한 것 말이야."

두 여자는 다시 웃었는데, 진심에서 나온 웃음이 아니라 동반자의 기분을 좋게 해 주기 위한 웃음이었다. 근심에 싸인 아빠에게 어떻게 해 줘야 할지 레이로서는 알 수 없었기 때문이다. 어색한 상황에서 벗어나기 위해 미스 힐이 입을 열었다.

"딸은 기숙 학교에 보내는 것이 좋아요."

"맞아." 레이가 말했다. "나도 수녀원에 있었어."

마인하르디스가 귀를 세웠다.

"뭐? 당신이 수녀원에? 그거 상상이 안 되네."

"나 신앙심 정말 깊어요."

그의 의심을 가라앉히려고 레이가 서둘러 말했다.

세 사람은 잠시 침묵에 잠겼다. 마차 앞에 전망 좋은 벤치가 나타났고, 마인하르디스가 여기서 쉬자고 제안했다. 여자들이 마차에서 내렸고, 중령은 바구니에서 잔과 술병을 꺼냈다. 마누엘라의 행운을 빌며 세 사람은 술잔을 부딪쳤다. 마누엘라의 무례함이 더 지속되기를 빌면서.

"내일 아이한테 밀감을 좀 보내 줘야겠어."

마인하르디스가 말했다.

"마누엘라."

짤막한 명령조의 소리가 취침실 안에 울렸다. 렐라는 다른 학생들보다 늦게 침대를 정리하는 중이었다.

"선생님한테 좀 와요."

렐라는 무릎이 떨렸다. 폰 베른부르크 선생님의 목소리가 무서웠다. 곧 렐라는 두 손을 내려놓고 선생님 앞으로 갔다. 머리를 숙이고 선생님 앞에 섰는데 똑바로 서 있기가 힘들었다. 심장이 바로 옆에까지 들릴 정도로 세차게 뛰었다.

"마누엘라, 대체 왜 이러는 거죠? 언제부터 이렇게 버릇이 없었나요?"

대답이 없다. 렐라의 머리가 더욱 가슴 쪽으로 숙여졌다.

"교장 선생님에게 버릇없이 굴었죠?"

마누엘라가 고개를 끄덕였다.

"왜 그랬지? 어서 말해 봐요."

두려움에 말을 더듬으면서 마누엘라가 입을 열었다.

"저희들이 복도를 걷고 있었어요, 저하고 일제가요. 그런데 교장 선생님이 지나가시면서 저를 부르셨습니다. 마드무아젤 웨이에 선생님도 그 자리에 계셨어요. 교장 선생님이 저한테 몸을 똑바로 펴라고 주의를 주셔서 몸을 바로 폈어요."

"그때 불손한 행동을 하지 않았어?"

죄의식에 마누엘라가 고개를 끄덕였다.

"왜 그랬어, 마누엘라?"

마누엘라가 생각을 가다듬었다.

"그건, 교장 선생님께서 우리더러 독일 군인처럼 걸으라고 하셨기 때문이에요. 저는 그 말이 마드무아젤 웨이에더러 들으라고 하신 것 같았어요. 웨이에 선생님은 그 말에 상처를 받으셨을 거예요. 그래서 제가 좀 과장된 걸음으로 걸었더니, 교장 선생님께서 제가 사내아이처럼 행동한다고 하셨어요."

　"교장 선생님한테 혀를 내밀었어? 정말 그랬어?"

　"아녜요, 선생님. 얼굴을 좀 찡그렸어요."

　"왜?"

　"왜냐하면……." 갑자기 마누엘라가 침착성을 잃었다. "저는 남자아이가 되고 싶어요. 여자인 것이 정말 싫어요. 이런 머리 모양, 이런 치마가 싫어요. 집에서는 오빠하고 체조할 때 바지를 입었어요. 전 항상 바지를 입고 싶어요."

　마누엘라는 구원을 청하듯 선생님의 얼굴을 쳐다보았다.

　"저는 여자가 싫어. 남자가 되어서 폰 베른부르크 선생님을 위해서 살고 싶어요. 교장 선생님께는 말하시면 안 돼요."

　"마누엘라!" 창백하게 굳어진 얼굴로 폰 베른부르크 선생이 흥분한 소녀를 마주 보았다. "그런 말을 하면 안 돼. 내 말 알아듣지? 어서 교장 선생님께 가서 사과하도록 해. 알았지?"

　그것은 명령이었고, 따를 수밖에 없었다. 잠시 후 렐라는 험악하게 내려다보는 회색의 거대한 인물 앞에 가서 섰다.

　"용서를 빌러 왔습니다."

　"폰 베른부르크 선생이 보낸 거냐?"

　"네, 교장 선생님."

　"그래? 너도 그 선생한테 반한 아이냐?"

　렐라는 깜짝 놀라서 자기도 모르게 똑바로 쳐다보았다.

　"아니에요, 교장 선생님."

"그럼 가 봐, 좋아."

렐라는 무릎을 구부려 인사를 했다. 둔탁한 소리가 났는데 지팡이가 교장 수녀의 손에서 바닥으로 툭 떨어지는 소리였다. 렐라는 방을 빠져나왔다.

"폰 베른부르크 선생, 잠깐 봐요."

기도를 마치고 교장 수녀가 웅얼웅얼하는 아멘 소리를 내뱉은 뒤 날카롭게 불렀다.

"네, 교장 선생님. 곧 가겠습니다."

교장의 뒤를 따라 폰 베른부르크 선생이 집무실로 들어갔다. 학생들뿐만 아니라 교사들까지 별로 발을 들여놓고 싶어 하지 않는 방이다. 예외는 토끼, 이 세상에 무서울 것이 하나도 없는 폰 케스텐 선생뿐이다.

"폰 베른부르크 선생, 다시 한 번 부탁하고 싶은 일은 선생에 대한 학생들의 과도한 열광입니다. 요즘 일어나고 있는 이런 일은 전례가 없어요."

"교장 선생님, 최선을 다할 것을 약속드립니다."

"폰 베른부르크 선생, 부탁합니다. 학생들에게 유달리 애정을 쏟는 이유를 설명해 주세요."

낮은 신음 소리와 함께 교장은 의자에 주저앉았다. 폰 베른부르크 선생에게도 앉으라고 눈짓을 했지만 그녀는 모른 척 그냥 서 있었다.

"교장 선생님, 저는 아이들을 사랑합니다. 아이들을 공평하게 대하려고 노력하고 있습니다."

흠잡을 데 없는 태도로 앞에 서 있는 사람을 노부인은 훑어보았다.

"특히 마누엘라 학생이 지나칠 정도로 멋대로인 것 같습니다. 그 아이는 특별히 엄하게 교육하세요. 폰 베른부르크 선생, 당신은 젊어요. 만약 이런 일이 경계선을 넘는다면, 이 교육 기관에서의 경력이 선생에게 해가 될 수 있습니다."

폰 베른부르크 선생은 눈썹 하나 움찔하지 않았다.

"노력하겠습니다. 교장 선생님."

"좋아요, 선생. 선생을 믿겠습니다."

둘씩 짝을 지어 아이들이 공원을 지나갔다. 모두들 유행에 뒤떨어진 모자와 외투를 똑같이 입고 있었다. 대화는 별로 없었다. 마드무아젤 웨이에가 따라오기 때문이었다. 웨이에 선생은 귀가 밝아서 독일어를 하면 금방 알아냈다. 오늘은 프랑스어 날이기 때문에 독일어로 말하면 벌을 받는다.

릴리와 렐라는 말없이 나란히 걸었다. 그런데 갑자기 릴리가 마누엘라를 떼밀었다.

"저기 좀 봐."

그러면서 나무를 기어오르는 다람쥐를 가리켰다. 마누엘라는 우뚝 섰다. 동물을 무척 좋아하기 때문에 기뻐서 자기도 모르는 사이에 한쪽 발을 바깥쪽으로 내디뎠다.

"마누엘라!"

뒤에서 외치는 소리가 들렸다. 마누엘라가 돌연 이탈하는 바람에 뒤따르던 아이들의 대열이 엉망이 되어 버렸다.

"서면 안 돼. 어서 걸어, 정렬."

프랑스어 명령이 뒤에서 떨어졌다. 대열은 다시 걷기 시작했다. 일정한 간격을 유지하면서 땋은 머리를 똑바로 쳐들고, 계속 앞만 보면서 걸었다. 같은 모자, 같은 외투, 진한 색깔의 같은 점퍼스커트, 검정 구두 차림들이다. 앞줄에 선 두 사람에게만 길이 훤히 열려 있다. 그래서 맨 앞에 서기 위한 자리싸움이 치열하다.

학생들은 시내를 산보할 때 맨 앞줄에 서서 상점을 지나가기를 좋아한다. 안에 들어갈 수는 없지만 진열된 물건을 조금은 볼 수 있기 때문이다. 어느 것도 살 수 없지만, 제과점 쇼윈도도 열심히 훔쳐본다. 머리에 유행 지난 모자를 쓰고 있지만 양장점 구경도 재미있다. 게다가 기회를 봐서 감독자 몰래 편지를 우체통에 넣을 수도 있다.

보잘것없는 지방 소도시지만 변화에 굶주린 학생들에게는 큰 매력이 있었다. 잘하면 늘씬하고 고상한 모습으로 몸에 꼭 맞는 제복을 입고 빠른 말이 끄는 이륜마차를 탄 채 울퉁불퉁한 소도시 길을 지나가는 황태자를 만날 수도 있었다. 그러면 기숙 학교 학생들 전체가 허리를 깊게 숙여 궁정 인사를 할 테고, 그것은 젊은 왕자에게 엄청난 즐거움을 주리라. 아마도 그 즐거움 때문에 다시 한 번 이곳을 지나갈지도 모른다.

허기지고 지쳐서 학교로 돌아왔다. 점심 식사 때도 침묵은 계속되었다. 이때에도 목요일이냐 토요일이냐에 따라 프랑스어나 영어를 써야 하기 때문이다. 일요일만은 집에서처럼 마음껏 말해도 된다. 조리실이 멀리 떨어져 있어서 음식은 항상 식어 있었다. 그나마 아이들은 위를 절반밖에 채우지 못한 채 일어나야 했다. 그래도 짧은 휴식 시간이 있어서 옷방, 거실, 복도, 마당을 돌아다닐 수 있다.

아무것도 없는 담 옆의 작은 화단에 봄꽃들이 피어 있었다. 덤불이 초록 잎으로 변했다. 아이들 몇이 땅을 파고 나무를 심었다. 다른 학생들은 책을 끼고 걷거나 독서를 했다. 마누엘라는 구석 자리에 앉아서 찬송가 가사를 나지막하게 읽었다. 다른 아이들이 서로 부르고 떠드는 소리를 듣지 않으려고 귀를 닫고 있었다. 잠시 후 책을 벤치에 놓고 "에델가르트, 에델가르트." 하고 불렀다.

에델가르트는 대답하지 않고 덤불을 한 바퀴 돌아 마누엘라 쪽으로 왔다.

"저어……," 마누엘라가 심각한 얼굴로 입을 열었다. "난 이제 괜찮은 것 같아. 너는?"

"렐라, 난 아냐. 정말 힘들어."

에델가르트가 벤치로 와서 마누엘라 곁에 주저앉았다. 마누엘라가 곁으로 바싹 다가갔다.

"에델가르트……."

그러자 에델가르트가 울음을 터뜨렸다.

"왜 울어? 무슨 일이야?"

에델가르트가 울면서 고개를 저었다.

"집 생각이 난 거야?"

그 말에 에델가르트는 더욱 소리 내어 울었다. 마누엘라가 그녀를 안았다.

"에델, 울지 마. 울면 나도 같이 울고 싶어져. 에델, 제발 울지 마. 그만 그쳐."

"렐, 나도 울고 싶지 않아 그런데 안 돼. 미안해. 며칠 전부터 울고 싶은데 꾹 참았어. 지금은 도저히 참을 수가 없어. 여기에서 팬지하고 설강화 꽃을 봤어. 지금쯤 우리 집에도 예쁘게 피었을 거야. 공원 입구 화단에는 튤립도 피었을 거야. 내 방의 창밖으로는 자작나무가 보이고, 크로커스가 계란색, 노란색, 보라색으로 피고, 그리고 나무 아래에는 제비꽃이 예쁘게 피지. 나 바보 같지?" 다시 울음이 터져 나왔다. "자작나무만 보면 마음이 너무 아파."

마누엘라는 입을 다물었다. 그런 다음 생각에 잠겨 말했다.

"에델가르트, 내 말 들어 봐. 그런 말을 편지에 써서 어머니한테 보내 봐! 그렇게 써 보내면 이해하실 거야. 네가 여기서 불행한 걸 알면 금방 데려가시겠지."

"아냐, 엄마도 알고 있어. 참으라고만 해. 엄마도 이곳에 몇 년이나 계셨어. 할머니도 그렇고. 우리 집안은 대대로 그래. 아빠는 사관 학교 출신이야. 오빠들도 그곳 출신으로, 지금 장교단에 있어. 오빠들도 그곳 생활을 안 좋아하는데, 그래도 장차 장교가 될 거니까 그렇게 해야만 해."

"그래, 그래도 넌 여자잖아."

"그래. 나는 아마 장교와 결혼을 하고, 내 아이도 장교가 되겠지. 엄마가 그러는데 우린 느슨해서는 안 된대."

"우리 엄마는," 렐라는 혼자 중얼거렸다. "엄마는……." 더 이상 말이 나오지 않았다. 알 수 없는 슬픔에 휩싸였지만 에델가르트에게 "엄마가 살아 계시면 난 여기에 오지 않았을 거야."라는 말은 하지 않았다.

일제하고 오다가 옷방 귀퉁이에서 함께 쪽지를 읽으면서 킥킥대고 있었다.

"사랑하는 오다," 두 사람은 열심히 읽었다. "나는 에바 폰 브레트너하고 우정을 맺었어. 우리는 네 이야기만 해."

둘이서 요란한 웃음을 터뜨렸다.

"어때, 일제, 우정을 맺었단다. 그리고 내 얘기만 한대. 애들 미친 거 아니니?"

일제가 말했다.

"도대체 꼬마 에바가 언제부터 너한테 빠진 거야? 오래됐어?"

"아휴, 나도 몰라. 애가 정신이 나간 것 같아. 매일 나한테 선물을 해. 어디서 돈이 나는지 이상해. 어제도 향수 뿌린 실크 손수건이 내 침대에 있었어. 그리고 그제는 초콜릿. 그 애, 돈을 잘 써."

"아무튼 더 읽어 봐."

"응. 네가 날 사랑해 주지 않아서 너무나 슬퍼. 한 번만이라도 좋으니 자러 가기 전에 복도 신발장 앞으로 나와 줘. 며칠 전처럼⋯⋯."

"무슨 소리야?"

"응, 우연히 거기로 나갔는데, 그 애가 숨어서 기다리고 있더라고. 난 신발을 가지러 간 것뿐인데."

"그래서, 어떻게 됐어?"

그런데 갑자기 "얘들아, 뭘 하고 있어?"라는 선생님의 커다란 목소리가 들렸다. 둘은 깜짝 놀랐다. 폰 베른부르크 선생님이 그들 앞에 서 있었다. 두 사람은 당황해서 편지를 감추려고 했다.

"오다, 어서 내놔요."

얼음처럼 차가운 선생님의 목소리였다. 몇몇 아이들이 호기심에 차서 모여들었다. 렐라도 눈을 크게 뜨고 옷장 앞에서 무의식적으로 에델가르트의 손을 꼭 잡고 서 있었다.

"어서 내놔."

결국 오다는 결심한 듯 구겨진 편지를 내밀었다. 폰 베른부르크 선생은 편지를 받자마자 읽지 않고 잘게 찢었다. 그러고는 앞에 서 있는 두 아이의 얼굴을 바라보았다. 다른 학생들도 함께 안도의 숨을 내쉬었다.

"어서 이걸 쓰레기통에 갖다 버려요." 선생은 찢은 쪽지를 오다에게 내주었다. "학생들끼리 편지 주고받는 건 금지라는 점을 명심해요."

그러고는 몸을 돌려 방을 나갔다. 그제야 렐라도 안도의 숨을 내쉬었다.

"에델가르트, 정말 멋져. 선생님은 신사야. 다른 사람 편지는 읽지 않으니 말이야. 만일 토끼나 웨이에 선생님이었으면 어쩔 뻔했어! 신나서 읽었겠지. 하지만 우리 선생님은 알고 싶어 하시지 않아!"

에델가르트는 생각에 잠겨 고개를 끄덕였다.

"정말이지 폰 베른부르크 선생님은 멋있어."

일요일은 평소와 전혀 다르다. 수위 알레만 씨는 훈장을 닦는 것으로 하루를 시작했다. 훈장의 개수는 많았다. 보불 전쟁에 훌륭한 군인으로 참전해서 받은 것이었다. 전쟁 후 그는 모후(母后)의 시종으로서 세계 곳곳을 여행했다고 한다. 알레만 씨의 가르마는 완벽했다. 검은 프록코트에는 먼지 하나 없었다. 알레만 부인은 앞치마 끈을 너무나 단단히 매서 몸이 허공에 뜰 정도였다. 부인은 머리에 물을 묻혀서 얌전하게 빗어 넘겼고 옷은 금방 다림질한 것 같았다. 두 사람은 문 앞에 서서 위에서 내려오는 행렬을 기다렸다.

작은 예배실의 종이 울렸다. 빨간 양탄자를 밟고 천천히 교장 수녀가 내려왔다. 그 뒤를 폰 케스텐 선생이 따라왔다. 다른 교사들도 한 사람씩 내려왔다. 시간이 좀 걸렸다. 왜냐하면 학생들이 양쪽 계단으로 내려와야 했기 때문이다. 둘씩 줄을 맞춰서 첫 번째 반 학생들이 나타났다. 모두 회색 장갑을 끼고 있었다. 게르슈너 선생이 선두에 서서 첫 번째 종대를 복도 끝에 있는 예배실로 인도했다. 하늘색 교표를 단 두 번째 반 학생들은 아템스 선생님이 인솔했다. 언제나처럼 흰 장갑을 끼고 있었다. 복도 쪽에서 벌써 오르간 소리가 들려왔다. 폰 베른부르크 선생이 세 번째 반을, 마드무아젤과 미스가 마지막 반을 인솔했다. 그 뒤로는 커다란 브로치를 단 검은 옷차림의 마리 자매님이 따라왔다. 브로치는 문자와 왕관초로 장식되어 있었다. 청소부 요한나와 다른 두 명의 청소부도 말쑥한 얼굴로 뒤를 따르고, 그 뒤로 조리사가 왔다. 알레만 부인은 맨 끝에서 따라갔다.

알레만 씨는 수위 자리로 돌아갔다. 언제 왕자비께서 미사에 참석할지 알 수 없기 때문이었다. 그럴 경우 지체 없이 문을 열어야 했다. 그럴 때를 대비해서 예배실의 궁관석은 항상 비어 있었다. 안에서 천천히 찬송가가 들려왔다. 알레만 부인이 문을 닫았다.

미사가 끝나면 잠깐의 자유 시간이 있고, 방문객 접견과 휴식이 시작되었다. '외출'을 나가게 된 학생들은 다른 학생들의 부러운 시선을 받으며 사복을 입고 머리를 풀어서 커다란 리본으로 묶었다. 남색, 검정 일색인 친구들 사이로 빨간색, 분홍색, 흰색, 하늘색이 나타났다. 외출하는 학생들의 행동은 민첩하고 생기가 넘쳤다. 팔찌가 살랑대고, 작은 지갑의 돈을 세어 보기도 했다. 기숙사에 남은 학생들의 부탁이 귓속말로 오갔다. 별 이유 없이 머리를 뒤로 넘겨 보기도 했다. 풀어 내린 머리결의 비단 같은 감촉을 느껴 보는 일이 썩 기분 좋았다. 지나가던 친구가 머리를 한 다발 잡아 보면서 칭찬했다.

"어머, 머릿결이 정말 좋다. 그 옷 실크야? 그거 요즘 유행이라지?"

아이가 몸을 한 바퀴 휙 돌렸다. 그러자 치마의 주름이 접시처럼 퍼졌다. 똑바로 서면 금방 다림질을 한 듯 주름이 다시 얌전하게 내려왔다. 알레만 부인이 짤막한 키스를 보내며 큰 소리로 이름을 불렀다.

"잘 다녀와, 잘들 놀고 와."

아이들은 친척들한테 달려갔다. 알레만 씨가 천천히 문을 열어 주었다. 아이들은 밖으로 나갔다.

아이를 기다리고 있는, 별 재미없는 '외출'은 대개 다음과 같이 진행되었다. 아이를 데리러 온 이모와 시내를 지나다 보면 아는 사람들과 자주 마주치게 된다. 그 사람들 모두가 같은 일을 같은 말투로 이야기한다. 호흐도르프에서도 자주 주고 받는 일상적인 말들이 있다. 예를 들어 여기서는 '제1 근위 연대' 같은 긴 단어를 단숨에 말할 수 있어야 한다. 이곳 출신은 그렇게 말할 수 있다. 호흐도르프 사람은 순전히 이곳 출신이라는 사실 때문에 다른 사람들보다 훨씬 우월하게 처신한다. 그들은 재위 중인 가문의 왕자들을 부를 때, 성이 아니라 이름으로 부를 수 있는 특권을 가지고 있다. 가령 왕자가 '후버트'라는 이름이고 결혼을 했으면 왕자 가족을 이야기할 때 '후버트 댁네'라고 부른다. 또 재위 중인 가문을 '윗분'이라 부르며 자신의 낮은 신분을 고상하게 인정한다. 그리고 노쇠한 영주가 병이 들면 부인들은 "저런, 노인장께서 하실 일이 아직도 많은데." 또는 "마나님께서 헌신적으로 돌보고 계시데." 이런 식으로 말한다. 어린 왕자가 홍역이라도 걸리면 은근히 좋아하는데, 그것이 인간적인 면모이기 때문이다.

"내 조카예요."

이모가 소개를 한다.

"아, 헬레네 기숙 학교 다닌다며? 그래, 거기 좋지."

이모의 식탁에서 엄청나고 풍성한 점심 식사를 대접받은 다음 커피를 마시기 위해서 응접실로 물러나는데, 응접실 역시 호흐도르프에서는 전부 다 비슷하다. 예외 없이 온통 상패로 장식되어 있는 것이다. 상패는 대검이나 피스톨 또는 동물의 뿔로 장식되어 있다. 아니면 박제한 새나 사냥한 동물의 가죽 또는 두개골, 야생 동물의 이[齒牙]나 그 비슷한 것이다. 궁정 사냥에서 나온 물건이라면 특히 더 귀한 물품 취급을 받는다. 생활용품도 동물의 일부인 경우가 많다. 코끼리 발로 만든 재떨이, 사슴뿔 옷걸이, 유리 받침에 나비 날개가 들어 있는 접시 등이 그랬다. 사슴의 이로 만든 단추를 옷에 달기도 했다.

이 모든 것이, 창백하며 대개는 부끄러워서 별말이 없는 어린 손님을 기쁘게 했다. 모두가 신나는 일, 즐거운 일이었지만, 혹시 이모와 함께 오후 무렵 커피를 마시러 가거나 군악대 연주회라도 간다면 그건 엄청나게 행복한 일이었다.

반면 학교에 남아 있는 아이들은 심심한 나머지 거실의 불편한 의자에 앉아 있거나 편지를 쓰려고 교실로 향한다. 교내는 균등하게 나뉘어 '교사'가 앉아서 감시를 한다. 교사들도 지루하기는 학생들과 마찬가지이기에 여기저기서 잡담을 한다. 마르가처럼 폰 케스텐 선생 곁에서 아양을 떠는 모범생들은 아이들이 기피하고 무시했다. 대부분의 아이들은 일요일에 그 회색 옷을 안 보게 되어서 기뻤다.

들키지만 않으면 창가에 서서 밖을 내다볼 수도 있었다. 오늘은 사람들이 많이 오갔다. 성당에서 나오는 가족들이었다. 대개는 부인을 동반한 장교들인데, 아이들은 세일러복을 입고 있었다. 이 복장은 호호도르프에서 유행 중인 아동복이었다. 한물간 스타일의 옷을 입는 게 이곳에서는 점잖은 일로 여겨졌다. 과거의 것은 아무리 과해도 과거의 것인 까닭에 괜찮다. 이십 년 전의 굉장히 이상한 머리 모양을 그대로 따라 하고, 최근에 유행하는 헤어스타일은 '안 좋은' 것으로 치부했다. 이유는 현재 영주의 부인 대개는 나이 든 부인이라 습관상 젊은 시절의 유행을 바꾸지 못하기 때문이다. 자동적으로 그분의 옷 스타일이 궁정이나 이곳 사교계에서 좋은 스타일로 인정받았고 사람들도 따라 했다. 영주 가문의 누군가가 사망하면 호호도르프의 부인네들은 마치 자기 집안에서 초상난 것처럼 검은 상복을 입었다.

즐거운 일은 아니지만 이런 사건들은 그래도 즐거움을 주는데, 지루함을 잠시나마 잊게 해 주는 까닭이다.

마누엘라와 에델가르트는 둘만 있고 싶었다. 하지만 여기서는 그것이 가장 어려운 일이다. 어디에서나 무리를 이루고, 무리 속에서 살아간다. 항상 누군가가 앞에, 뒤에, 아니면 옆에 있다. 잘 때든 공부할 때든 식사할 때든 산책할 때든. 하지만 마누엘라와 에델가르트는 체육실 옆에서 작은 방 하나를 찾아냈다. 기재(器材)를 보관하는 방이었는데, 굉장한 발견이었다. 그런데 오늘은 벌써 누군가가 그 방을 차지하고 있었다. 오다와 미아가 붉어진 얼굴로 서로 꼭 붙어 앉아 있었다. 두 사람이 들어가자 그들은 떨어져 앉으면서 화를 냈다.

"우리가 먼저 왔어."

"방해하지 않을게."

에델가르트가 얼굴을 붉히며 말했다. 그리고 두 사람은 좁은 사다리를 이용해 지붕 밑에 있는 방으로 올라갔다. 그곳은 천장이 낮아서 몸을 구부려야만 걸을 수 있었는데, 중앙에 탑시계가 세워져 있지만 방에서는 시계를 볼 수 없었다. 시계는 별도로 지붕이 있는 종탑에 달려 있었다. 여기서는 거친 목재로 만든 네모난 장롱처럼 보일 뿐이었다. 창문처럼 커다란 두 개의 구멍이 있는데, 그 안으로 기어 들어가면 창문에 앉을 수도 있었다. 엄청나게 무거운 시계가 마누엘라의 머리 위에 매달려 돌아가며 굉장히 큰 소리를 냈다. 만약 떨어진다면 틀림없이 목숨을 잃을 터였다. 하지만 이 육중한 시계는 떨어지지 않을 것이다. 떨어진대도 단단한 쇠줄에 묶여 있어서 아주 천천히 떨어지리라. 그래도 거기에 머리라도 부딪친다면 나중에 후유증이 나타날 것이다.

그곳에 있는 마누엘라를 알레만 부인이 찾아내기란 불가능했다. 그런데 이레네 이모가 찾아와 아래층 복도에서 기다리고 있었다. 드디어 자신을 부르는 소리가 렐라의 귀에까지 들리자 숨어 있는 상태를 들키지 않으려고 렐라는 서둘러 아래로 내려갔다.

이레네 이모는 선물을 잔뜩 가져왔고 마누엘라는 아침 식사가 부족해서 배가 고팠던 탓에 이모가 돌아갈 때까지 참지 못하고 케이크를 정신없이 먹기 시작했다. 벤치마다 방문객들이, 어색해하거나 지루해하거나 즐거워하는 기숙생을 가운데에 앉히고 함께 앉아 있었다. 토끼가 정탐하듯 순회하면서 정중하게 인사를 하고 주의도 주면서 왔다 갔다 했다. 초콜릿이나 사탕 같은 선물은 몰래 전달해야 하기 때문에 이레네 이모가 수완을 발휘했다. 얘기하는 척하면서 이모는 이 목적을 위해 비워 놓은 렐라의 주머니에 초콜릿 한 봉지를 넣어 주었다. 또 이모는 렐라의 머리를 다정하게 쓸어 주었다.

"잘 지내고 있지, 렐라."

이모가 상냥하게 물었다.

렐라는 행복해서 이모를 바라보았다. 실로 오랜만에 누군가가 자신을 걱정해 주는 말을 들으니 정말 잘 지내고 있는 듯한 느낌이 들었다. 이레네 이모의 목소리는 엄마의 목소리와 똑같았다. 이모가 얼굴을 돌리는데 이레네 이모가 아니라 마치 엄마의 얼굴을 보는 것 같았다.

한순간 부끄러움에 고개를 돌리며 렐라가 말했다.

"네, 잘 지내요."

그 말에 이모는 마음이 가벼워진 듯했다. 이모는 조카 걱정을 많이 했다. 걱정하는 것은 기숙 학교의 교육이 아니라, 면회 올 때마다 렐라의 얼굴이 창백해지고 점점 말수가 적어지는 점이었다. 하지만 이모는 사춘기 때문이라고 생각했다.

그때 폰 케스텐 선생이 다가와서 이모와 인사를 나누었다.

"폰 케스텐 선생님, 다음 일요일에 마누엘라가 저의 집을 방문해도 될까요?"

폰 케스텐 선생이 정중하게 미소를 띠고 고개를 끄덕였다.

"마누엘라가 얌전히 지내면서 이번 주에 한 번도 벌을 받지 않으면요."

"그런 일은 없었으면 좋겠네요."

이레네 이모가 폰 케스텐 선생에게 작별 인사를 하고 마누엘라를 끌어안았다. 그리고 문밖으로 나와서는 깊은 한숨을 쉬었다. 오래된 저 건물 안의 공기가 가슴을 억누르듯 무거운데, 아이들은 그 사실을 별로 느끼지 않는 듯했다.

일요일은 항상 이런 식으로 지나갔다. 2층 복도에서 마누엘라는 폰 베른부르크 선생과 마주쳤다. 선생님이 머리를 쓸어 주었다.

"잘 보내고 있지?"

주머니에 금지 품목인 초콜릿이 가득해서 마누엘라는 심장이 두근거렸다.

밤이 되어 열두 명의 학생들은 모두 침대 속으로 들어갔다. 아직 전등이 환하게 켜져 있는데 갑자기 문이 열리더니 토끼가 들어왔다. 손에는 커다란 상자 같은 어느 서랍장의 한 칸이 들려 있었다. 그 안에는 사탕, 초콜릿, 과일 등 여러 가지 물건이 들어 있었다. 향수, 장신구, 돈도 있었다. 선생이 놀란 얼굴로 아이들을 훑어보았다.

"여기 금지품을 침대에다 숨긴 사람이 누굽니까?"

폰 케스텐 선생이 묘한 미소와 함께 물었다. 이런 일이 재미있는 모양이었다. 처음에 아이들은 당황해서 입을 다물고 있었다. 폰 케스텐 선생이 짐작이 가는 학생들의 이름을 불렀다. 오늘 면회 왔던 학생들과 외출했던 학생들의 이름이다.

"일제."

폰 케스텐 선생이 일제를 쏘아보았다. 하지만 일제는 겁내지 않고 카드놀이에서 돈을 잃은 사람처럼 나지막하게 "네, 선생님." 하면서 매트리스 아래에서 크림케이크 세 조각을 꺼냈다. 좀 눌려 있었지만 구경하는 아이들에게는 충분히 매력적인 물품이었다. 원래 이런 물품은 외출할 때나 야외에서 나눠 먹었다. 하지만 많이 상하거나 대개는 끝까지 남아나지 않았다. 이제 조용한 가운데 평화롭게 밤의 어둠 속에서 마음껏

즐기려던 그 귀한 물건이 완전히 사라질 터였다.

폰 베른부르크 선생님은 그 자리에 없었다. 그나마 그것이 모두가 지켜보는 와중에 맨발로 슬리퍼를 끌면서 내복 바람으로 초콜릿을 꺼내러 갈 때 위로가 되었다.

6

"저, 솔직히 말해서 아무래도 이해가 안 돼요."

마드무아젤 웨이에가 폰 베른부르크 선생 방의 편안한 의자에 앉아 있었다. 두 사람은 간단한 다과를 들고 있었다. 폰 베른부르크 선생은 뒤로 기대앉아 마드무아젤의 머리 위에 걸린 그림을 감상하는 것 같았다. 항상 같은 이야기를 들으면서도 마드무아젤의 말을 막지 않았다. 마드무아젤의 열띤 질문에 그저 환한 미소를 보낼 뿐이다.

"저어, 선생님은 아름답고 젊어요. 그리고 재산도 있다고 들었어요. 매력 있고 총명해서 사교계에서 큰 역할을 할 수도 있고요. 난 이해가 안 돼요. 게다가 귀족이잖아요. 궁정 생활을 할 수도 있고, 결혼도 할 수 있을 텐데요."

폰 베른부르크 선생은 상대 얼굴을 마주 보며 웃었다.

"왜 웃죠? 나는 진심을 말하고 있어요. 선생님은 대단한 사람인데, 여기서 대체 무얼 하고 있는 거죠? 여군 학교 같은 이곳에서 늙어 갈 작정인가요? 나는 끝났어요, 나는 늙었어요. 나는 평생 교사로 살았어요. 하지만 돈을 모아서 언젠가는 파리로 갈 겁니다. 아, 파리. 선생도 파리에 가면 좋을 거예요. 이런 곳에서 늙어 시들지 말고……."

"하지만 선생님, 전 이곳이 좋은걸요."

"저런, 그런 말 말아요."

폰 베른부르크 선생도 이제 진지해졌다.

"그래요, 선생님. 전 여기가 좋을 뿐만 아니라 지금의 이곳 생활을 사랑해요."

"맙소사. 항상 버릇없는 학생들에, 저 폰 케스텐 선생하고 교장……. 미안하지만 이건 사는 게 아닙니다."

"아뇨, 풍성하고 멋지고 화려한 삶입니다. 저는 아이들을 사랑해요. 아이들을 보면 즐거워요."

"그렇지만 선생님은 엄격하잖아요. 학생들하고 어울려서 웃거나 장난하는 걸 본 적이 없어요."

"그런 건 아이들끼리 충분히 할 수 있어요. 아이들에게는 진심이 필요해요. 교사들이 버팀목이 되어 주기를 바라죠. 우리는 아이들에게 어머니, 그리고 아버지 역할을 해 주어야 합니다."

"하지만 선생님은 아이들한테 친밀한 태도를 취하지 않잖아요. 언제나 일정하게 거리를 두고 있는 것 같아요."

폰 베른부르크 선생의 얼굴빛이 약간 흐려졌다.

"네, 그래요. 하지만 필요할 때는 친구가 되어 줄 작정이에요. 필요하면 언제든 제게 와도 된다는 점을 학생들은 알고 있어요."

"좋습니다. 하지만 선생님 자신은요? 모든 걸 포기한 삶을 살고 있지 않나요? 무엇 때문에 그러죠? 너무나 많은……."

마드무아젤이 흥분했다.

"저는 괜찮아요."

폰 베른부르크 선생이 낮은 소리로 말했다.

"저한테는 아이들에 대한 사랑, 이게 전부입니다. 마드무아젤, 학생들에게는 믿을 만한 누군가가 필요해요."

"그렇긴 하죠." 그러면서 마드무아젤은 어깨를 으쓱했다. "하긴 선생님이 그렇게 생각한다면야…… 저도 한때는 젊었어요. 어린 소녀들한테 모범이 되어야 한다는 생각밖에는 하지 않았어요."

폰 베른부르크 선생이 일어났다. 그리고 두 손을 테이블 위에 얹으며 "그만하세요."라고 말했다. "모범이라는 말은 생각해 보지 못한 과대평가예요. 어려서 집을 떠나, 부모 형제와 헤어져 이 낯선 곳에 온 가여운 아이들에게 조금이라도 모범이 되는 게 제가 이루고 싶은 최대의 과제입니다."

마드무아젤도 곧 의자에서 일어났다.

"선생님, 정말 헌신적이군요. 일반적으로 저는 헌신적인 사람이 좀 의심스러웠어요. 그런 사람은 보통 아주 이기적이거든요. 하지만 선생님한테는 정말 탄복했어요. 선생님한테는 이기심이 어디에 숨어 있는지 보이지 않네요."

폰 베른부르크 선생은 교사용 모자에 가려 아주 조금밖에 보이지 않는 아름다운 머리의 밑동까지 빨개졌다.

"이기심은 사랑이라는 행복 속에 들어 있답니다, 마드무아젤. 그런데 그런 이기심 때문에 우리는 실수에 실수를 거듭하죠."

그때 요란하게 종이 울렸다.

마드무아젤이 일거리를 낚아챘다.

"저 종소리를 들으면 미칠 것 같아요. 정말이지 듣기 싫어서 귀를 막고 싶을 때가 한두 번이 아니랍니다."

폰 베른부르크 선생이 아무런 대답도 하지 않자 마드무아젤이 머리를 흔들었다.

"이곳에 너무 빠지지 않는 게 좋아요. 선생님도 언젠가는 지칠 거예요. 학생들은 계속 들어오고 나가지만, 결국 곁을 스쳐 갈 뿐입니다."

"네."

마드무아젤이 방을 나가려고 손을 내밀었는데도 폰 베른부르크 선생의 얼굴에는 미소가 보이지 않았다.

"그래요, 내 곁을 스쳐 갈 뿐이죠. 그건 사실이에요. 하지만 저는 그들을 잊을 수가 없어요. 적어도 두세 명은. 마드무아젤, 정말이에요."

그러면서 처음으로 자신감 넘치던 그녀의 목소리가 이상하게 떨렸다.

"그래도 몇 명은 나를 잊지 않겠죠."

종교 시간이었다. 폰 베른부르크 선생이 매일 3반을 맡는 1교시였다. 교실은 죽은 듯이 조용했다. 이 시간엔 아무것도 수업을 방해하지 않았다. 폰 베른부르크 선생은 학생들 앞에 꼿꼿이 서서 오늘의 과제인 찬송가에 관해 질문을 했다. 대부분이 줄줄 외우는 찬송가였다. 아이들도 모두 당연히 외우고 있다. 마누엘라는 선생님의 얼굴을 응시하고 있었다. 선생님이 한번 바라봐 주기를 기다리는데, 그런 일은 일어나지 않았다. 모두를 호명하는데도 마누엘라만은 호명하지 않았다. 웬일이지? 렐라의 눈은 끝없는 그리움에 차서 슬픈 표정이 되었다. 렐라는 애가 타서 두 손으로 막대자만 만지작거렸다. 그렇게 멍하니 있는데 갑자기 "마누엘라." 하고 부르는 소리가 들렸다.

당황해서 마누엘라는 일어났다.

"3절을 암송해 보세요."

마누엘라는 머리가 어지러웠다. 교실이 빙글빙글 돌아가는 것 같았다.

"아, 내게 혀가 수천 개라면," 마누엘라가 암송을 시작했다. 아냐, 틀렸어. 이건 1절이야. 그럼 3절은, 3절은 뭐지? 맞아, 이거야.

"왜 침묵하느냐, 나의 권능은……." 계속, 계속해. 마누엘라는 선생님의 시선을 느꼈다. 일제가 옆에서 뭐라고 속삭이는데 알아들을 수가 없었다. 선생님의 얼굴을 뚫어지게 바라볼 뿐 아무런 생각도 나지 않았다.

선생님은 슬픈 눈으로 마누엘라를 바라보더니 책을 내밀었다.

"공부를 안 했군요."

마누엘라는 자리에 앉았다.

렐라는 찬송가책을 항상 주머니에 넣고 다니면서 하루 종일 공부했다. 밤에는 베개 밑에 놓았고 아침에 옷을 갈아입으면서도 외웠다. 그런데 폰 베른부르크 선생님이 "마누엘라."라고 부르는 순간 모두 다 날아가 버리고 말았다. 그 순간 머릿속은 텅 비고 두 손은 차갑고 축축해졌다. 한번 제대로 외울 수 있다면 얼마나 좋을까! 마누엘라는 저녁을 기다렸다. 말하려 하고, 말하고 싶은 대사를 수백 번 되뇌어 보았다. 아까 외울 수 없었던 것은 두려움 때문이었고 선생님을 위해서 정말 공부를 많이 했다는 것, 그런데 아무 소용이 없었다는 것을 말하고 싶었다. 마누엘라는 떨면서 침대에 꿇어앉아 있었다. 이 윽고 폰 베른부르크 선생님이 전등을 끄면서 한 사람 한 사람 의 앞을 지나갔다. 이제 두 명의 침대만 지나면 렐라의 차례였다.

렐라는 가슴이 뛰었다. '전부 고백하기로' 그녀는 굳게 맹세했다. 그리고 두 팔을 벌려 몸을 던지며 힘없이 선생님의 목을 끌어안았다. 선생님은 균형을 잃고 떨고 있는 렐라를 놀라서 안았다.

"마누엘라, 마누엘라." 선생님이 낮게 달래는 목소리로 말했다. 그리고 목을 감은 렐라의 팔을 가만히 풀려고 했다. 렐라는 두 손을 꽉 잡고 결심을 털어놓으려고 뜨거운 얼굴을 그 손에 묻었다. 선생님의 손은 거부하지 않았다. 그대로 있었다. 폰 베른부르크 선생은 두 손으로 눈물에 젖은 렐라의 얼굴을 들어 올려 몸을 숙여서는 떨리는 그 입에 키스를 했다.

"진정해, 마누엘라."

선생님의 손이 렐라의 수그린 머리를 어루만졌다. 이 순간 렐라는 자신에게 위로 이상의 것이 필요하다는 사실을 느끼지 못했다.

"진정해, 어서. 흥분하면 안 돼."

그러고는 마누엘라의 어깨를 잡아 침대에 눕혔다.

"잘 자요."

마누엘라는 나지막이 "네."라고 대답했다.

몇 주 전부터 교장 수녀의 생일을 축하하기 위한 준비가 단조로운 생활에 얼마간의 변화를 가져오고 있었다. 해마다 5월의 이 기념일에는 학생들이 축하 행사를 준비했는데, 이곳의 불문율에 따르면 올해는 마드무아젤 웨이에가 아이들과 함께 프랑스 연극을 공연할 차례였다. 오랜 고심 끝에 볼테르의 희곡 「자이르」[21]가 선택되었다. 이 고전극은 열정적인 시구(詩句)와 고매한 사상으로 유명한 작품이지만 어린 나이의 연기자들에게는 벅찬 희곡이었다.

준비 기간 동안 교사들은 공부를 조금 줄여 주었다. 여기저기서 걸어가거나 선 채로 열심히 연극을 배우고 암기 중인 학생들과 마주쳤다.

마드무아젤 웨이에가 귀여워하는 마누엘라에게는 십자군의 기사 네르스탕 역이 주어졌다. 여동생인 자이르 역은 에델가르트가 맡았는데, 자이르는 예루살렘의 술탄 오로스망의 포로 신세. 열정적인 사랑에 빠진, 그리고 고귀함에서는 어떤 기독교인에게도 뒤지지 않는 오로스망 역은 일제가 맡았다. 일제는 무섭게 번쩍이는 눈으로 프랑스어의 긴 알렉산드리아 시구를 읊고 다녔다.

학생들이 마당에서 땅을 파고 꽃을 심고 있을 때 열성적인 리허설 한 판이 벌어졌다. 얼마 전 튤립을 보고 봄의 향수(鄕愁) 탓에 눈물을 쏟던 에델가르트도 한창 연기에 열정을 쏟

---

21 볼테르가 1732년에 발표한 희곡으로 줄거리는 다음과 같다. 프랑스 왕족으로 기독교도인 아버지를 따라 어려서 예루살렘에 온 자이르는 아버지, 오빠와 헤어져 혼자가 된다. 모슬렘의 손에 자란 자이르를 술탄인 오로스망이 사랑한다. 결혼을 앞두고 술탄이 기독교인들을 석방할 때, 자이르의 아버지 뤼시냥은 십자가 목걸이를 보고 자이르가 자신의 딸임을, 몸의 상처를 보고 네르스탕이 아들임을 알게 된다. 아버지는 결혼 전에 딸이 기독교 세례를 받도록 설득한다. 이 과정에서 오빠 네르스탕이 자이르에게 몰래 보낸 편지가 발각된다. 네르스탕과 자이르의 관계를 의심한 술탄은 자이르를 칼로 찔러 죽인다. 그리고 진실을 알게 되자 그 또한 스스로 목숨을 끊는다.

왔다.

마누엘라는 벤치 위에 올라서서 한쪽 팔을 허공에 내밀었다. 그런 다음 한쪽 발을 품위 있게 앞으로 내딛고 땅을 파던 호미를 칼자루 대신 휘두르면서 억양을 높여 대사를 멋지게 읊었다.

"그대, 스무 명 왕의 핏줄이여, 오로스망의 노예여,
루이 왕의 혈족이여, 뤼시냥의 딸이여,
그대, 나의 기독교도 형제여, 술탄의 노예여."

마누엘라는 침묵하며 기다렸다. 에델가르트가 대사를 할 차례, 모슬렘인 오로스망과 사랑에 빠져 그와 결혼을 앞두고 있는 아름다운 자이르의 차례였다. 그런데 에델가르트가 대사를 놓쳤다. 마누엘라는 정신을 차리고 에델가르트와 일제를 쳐다보았다. 에델가르트와 일제가 웃음을 터뜨렸다.

"어머, 왜 그래? 내가 못해서?"

마누엘라가 걱정하며 물었다.

"아니야, 렐라, 넌 쏘아 대듯 잘 읊어."

일제가 허리를 잡고 웃어 댔다.

"진짜 배우 같아. 자, 다시 한 번 해 볼까, 어때?"

하지만 렐라는 머리 위에서 호미만 빙빙 돌렸다. 머리가 엉망이 돼서 거의 풀어질 정도였다. 햇살을 받아 붉어진 얼굴로 렐라가 소리쳤다.

"아, 난 지금 이 말밖에 안 나와. 너무 즐거워. 온 세상이 아름다워. 정원, 태양, 그리고 너희들 모두. 지금처럼 즐거운 기분은 난생처음이야."

그러고는 벤치에서 뛰어내려 에델가르트를 한 팔로 휘감았다.

"에델, 상상해 봐. 난 머리를 풀어 헤치고 은빛 셔츠에 은빛 타이츠를 입을 거야. 치마가 아냐. 그런 모습으로 서 있는 나를 바라보며 오다가 이런 대사를 하지.

"오 용감한 네르스탕, 용맹한 기사여,
수많은 불행의 잔혹함과 마주한 분이여."

렐라는 신이 나서 두 팔을 높이 쳐들었다.

"애들아, 난 반드시 선생님의 사랑을 받을 거야. 그리고 마음껏 웃고 울 거야, 실컷."

"내 말 들어 봐." 일제가 심각하게 끼어들었다. "지금도 마음껏 웃고 울 수 있어."

"마음껏은 아냐, 일제. 다른 사람이 된 척하지만, 아직도 변하지 못했어." 그러면서 일제에게 다가가 낮은 소리로 말했다. "일제, 폰 베른부르크 선생님이 연극에 대해 혹시 아실까?"

"전혀 모르실 거야."

"그래?"

마누엘라는 실망했다.

"말해 줄까?" 마누엘라의 실망하는 모습이 우스워서 일제가 말했다. "최근에 옷장 검사를 하실 때 선생님이 말하셨어. '저런, 일제, 넌 취미가 별나구나. 완전히 남자 배우의 옷장이네!'라고 말이야."

"그건 내 말하고 상관없잖아."

"좋아, 네 마음대로 생각해."

뺨이 통통한 하녀 요한나가 빨래가 가득 담긴 무거운 바구니를 끌듯 애쓰며 계단을 올라갔다. 층계참마다 쉬면서 잠깐 숨을 돌렸다. 그런 다음 1호 취침실에 들어가 침대 위에다 새로 빤 세탁물을 한 보따리씩 올려놓았다. 55번 침대에 오자 걸음을 멈추고 마누엘라의 세탁물을 정돈한 뒤 잠옷을 불빛에 비추고 양말을 조사해 보더니 세탁물 모두를 올려놓았다. 그러고는 천천히 방을 나갔다.

폰 베른부르크 선생은 노크 소리를 들었다.

"들어와요."

혼자 책상에 앉아서 무엇인가를 하던 선생이 몸을 반쯤 돌리자 요한나가 조심스럽게 입을 열었다.

"선생님, 세탁물 가져왔습니다."

"좋아요. 가 봐도 돼요."

하지만 요한나는 그대로 서서 나가지 않고 다시 말했다.

"저어, 선생님."

"요한나, 무슨 일 있나요?"

"55번 학생의 세탁물이 못 입을 정도예요."

"그래요?"

"네, 입지 못할 정도예요."

"그럼 알아서 수선하겠죠."

요한나는 약간 당황했지만 온 힘을 다해 용기를 냈다.

"제가 마누엘라의 옷을 수선해 주고 싶은데요."

"괜찮아요, 요한나. 일이 많은데 다른 사람 일까지 하지 않아도 돼요."

"하지만 마누엘라의 일을 해 주는 게 좋아요."

"그래요?"

"네, 그래요. 아주 상냥한 아이예요. 그리고 안됐어요. 밤에 많이 울어요. 아침이면 베개가 젖어 있어요."

선생님의 목소리가 단호하다.

"무슨 소리야, 요한나. 상상이 지나친 것 같아."

"아니에요, 맞아요. 집 생각 때문에 그러는 것 같아요."

"아, 그럴지도 모르겠군."

잠시 침묵이 흘렀다. 요한나는 서서 두 손으로 앞치마만 구기고 있었다. 폰 베른부르크 선생은 무언가 생각하는 듯하더니 요한나 쪽을 돌아보았다.

"그 학생의 세탁물을 가져와 보세요."

선량한 요한나의 눈이 빛났다. 이제 소원대로 되는구나. 요한나는 취침실로 달려가 마누엘라의 세탁물 전부를 양팔에 안고 와서 하나씩 선생님 앞에 내놓았다.

선생은 요한나에게서 넘겨받은 세탁물을 살펴보았다.

"요한나, 어서 마누엘라한테 가서 내 방으로 오라고 해 줘요. 지금 마당에 있어요."

"네, 선생님."

요한나는 신나서 살짝 무릎 인사를 하고 밖으로 나갔다.

그리고 숨을 헐떡이며 마누엘라에게 선생님의 명령을 전했다. 마누엘라는 머뭇거리면서 에델가르트와 함께 계단을 올라갔다.

"무슨 일이야? 에델가르트, 무슨 일로 부르시지? 난 걱정이 돼."

문 앞까지 와서도 마누엘라는 돌아가고 싶었다.

"잘못한 게 없어야 하는데. 선생님이 화나신 거 아닌가? 잠깐만, 아직 기다려."

어서 빨리 노크를 해서 이 상황을 끝내려는 에델가르트의 손을 마누엘라가 붙잡았다.

"아직 아냐. 좀 기다려."

그러면서 렐라는 머리를 손질하며 시간을 끌었다.

"빨리 해, 렐. 선생님이 기다리셔."

"알았어."

마누엘라는 몸을 바로 폈다. 에델가르트가 대신 노크를 해 주었다.

문 안으로 들어온 렐라는 잠시 기다렸다. 그러자 글을 쓰던 선생님이 몸을 이쪽으로 돌렸다.

"이리로 와 봐."

딱딱한 명령조의 말투였다. 렐라는 선생님의 책상 옆으로 가서 섰다. 그러자 선생님이 고개를 들었다.

"마누엘라, 여기에 들어올 때 따로 준비를 안 하고 왔니?"

"네, 선생님."

마누엘라는 부끄러웠다.

"그때 집에서 오지 않았어?"

"네, 집에서 왔어요. 가정부가 따로 준비하지 않고 가도 된다고 했어요."

폰 베른부르크 선생이 속셔츠를 허공에 들어 보였다. 겨드랑이가 떨어지고 삼각형으로 구멍도 나 있었다. 솔기까지 해져 있었다. 선생님이 미소를 지었다.

"이것 좀 봐라."

마누엘라의 얼굴에 부끄러운 미소가 떠올랐다.

"못 입겠네요, 선생님."

"그래, 이건 이제 못 입어. 칠판이나 닦아야겠다."

마누엘라는 웃었다.

"네, 그러면 좋겠네요."

"그런데 그러면 넌 옷이 모자라잖니."

폰 베른부르크 선생이 일어나 옷장으로 가더니 잠시 후에 알맞은 옷을 찾아냈다. 선생은 그 옷을 가져와서 렐라한테 대 보았다.

"어깨는 조금 줄여야겠다. 좀 크지만 마누엘라는 계속 자라니까 괜찮을 거야."

마누엘라는 옷을 받아 가슴에 꼭 안았다. 눈에는 기쁨의 눈물이 고였다.

"저한테 주시는 건가요? 선생님, 받아도 되나요?" 렐라는 말을 잇지 못했다. "감사합니다. 너무 고맙습니다."

기쁨에 찬 마누엘라를 바라보는 선생의 얼굴에도 미소가 떠올랐다. 마누엘라는 선생님의 손에 키스를 했다. 뭐라고 더 말하고 싶었지만 목소리가 나오지 않았다. 마누엘라는 억제하지 못하고 흐느끼기 시작했다. 온몸을 떠는 마누엘라를 선생님이 두 손으로 안았다. 이 친절한 행동에 마누엘라는 정신을 잃었고, 선생님은 마누엘라를 소파로 데려가서 앉혔다. 그리고 마누엘라가 진정할 때까지 말없이 기다렸다.

마누엘라는 마음을 가라앉히려고 노력했다. 그리고 흐느끼며 죄송하다고 말했다.

"왜 울음이 나오는지 모르겠어요. 전 불행하지 않아요. 정말이지 그렇지 않아요."

자꾸만 떨어지는 눈물을 닦으며 선생님을 바라보았다.

"마음껏 울어. 괜찮아. 마누엘라, 그런데 자주 우니? 집 생각 때문에?"

"집 생각요?" 오히려 마누엘라가 놀랐다. "아니에요."

"그럼 이유 없이 갑자기 그렇게 우는 거야?"

선생님의 목소리는 따뜻하고 진지하고 애정이 가득했다.

"모르겠어요. 오늘 정말이지 기뻐요. 그런데 가끔은……."

선생님이 의자를 당겨 마누엘라 곁에 다가앉았다.

"가끔은?"

선생님이 다정하게 물었다.

하지만 마누엘라는 아무 말도 하지 않았다. 말을 한다고 해도 선생님에게는, 선생님한테만은 말할 수 없었다. 대답을 기다리던 선생님이 실망해서 말했다.

"나한테도 털어놓을 수 없는 거야?"

"안 돼요, 선생님." 마누엘라가 말을 더듬었다. "그건 말하기 어려워요."

"그래도 말해 봐. 난 정말 궁금한데, 그래도 안 되는 거야?"

렐라는 선생님에게서 받은 옷을 가슴에 꼭 안고 무릎만 내려다보았다.

"네, 취침 시간에 선생님이 밤 인사를 하고 방을 나가시면 저는 너무도 그리워요. 이제 선생님이 안 계신다고 생각하면 슬퍼져서 계속 문을 쳐다봐요. 그러면 안 된다고 생각하고 침대에 눕지만……."

갑자기 선생님이 일어나 등을 돌렸다. 마누엘라는 선생님을 바라보았다.

"언제나 선생님은 멀리 계세요. 곁에 있을 수도, 손이 닿을 수도, 손에 키스를 할 수도, 가까이 갈 수도 없어요."

"저런, 마누엘라, 그거야?"

하지만 렐라는 더 이상 말이 나오지 않았다. 이 몇 마디 말을 너무나 오래 가슴에 묻어 왔다. 갑자기 앞에 서 있는 선생님의 허리를 양팔로 껴안고 렐라가 말을 쏟아 냈다.

"어떻게 할 수가 없어요. 선생님, 선생님을 사랑해요. 어머니를 사랑하듯 선생님을 사랑해요. 아뇨, 그보다 많이, 훨씬 더 많이 사랑해요. 저를 부르시고, 붙잡고, 방을 나가는 선생님의 음성을 들으면 어쩔 줄을 모르겠어요. 사랑해요, 선생님을 사랑해요."

그 순간 선생님이 렐라의 양손을 떼어 내고 몸을 뺐다. 그러고는 방 안에서 멀리 벽까지 걸어갔다. 갑자기 일어난 일에 놀란 렐라는 선생님을 따라 걸어갔다.

폰 베른부르크 선생님이 안정을 찾았다.

"잘 들어. 네가 지금 한 말은 내 귀에 들어와서는 안 되는 말이야. 그럴 생각이 아닌데 마누엘라가 무의식중에 말했다고 생각할게. 그런 말은 해서는 안 되는 말이야. 마음을 진정해. 스스로 제어할 줄 알아야 해, 알겠니? 누구나 스스로를 제어할 수 있어, 마누엘라. 나 역시 스스로를 제어한단다."

마누엘라는 눈을 크게 뜨고 선생님을 바라보았다. 아직 어려서 마누엘라는 지금 폰 베른부르크 선생이 무슨 중대한 고백을 했는지 이해하지 못했다. 그저 질책으로만 알아듣고 허리를 숙일 뿐이었다. 떨면서 흐느끼며 선생님께 약속을 했다.

"네, 선생님."

"이번에는 내가 너한테 할 말이 있어. 침착하게 잘 들어 줘."

선생님의 음성이 부드러워졌다. 좀 더 다가오면서 선생님이 말했다.

"마누엘라, 나도 네가 정말 좋아. 하지만 다른 아이들보다 더 신경을 써 줄 수는 없어. 그걸 알아야 해. 하지만 필요한 게 있으면 언제든 찾아와도 돼."

그러고는 렐라의 얼굴을 들어 서로 눈을 마주 보도록 턱을 치켜올렸다.

"이제 됐지?"

"네, 너무나 감사합니다."

다시 한 번 렐라는 사랑스러운 손, 아름다운 그 손에 조용하고 경건한 키스를 했다. 그 손에서는 라벤더 향과 엄마 냄새가 났다.

계단으로 나온 렐라는 걸음을 멈췄다. 오른편에 창문이 있었다. 창문으로 나무우듬지 너머를 바라보았다. 기숙 학교를 둘러싼 정원의 담은 보이지 않았다. 렐라는 전보다 더 강렬하게 지금껏 살아온 인생은 전혀 삶이 아니었다고 생각했다. 겉으로만 존재하기를 그만두고 이 해방의 감정 속에서 다른 존재로 변할 수 있다면 얼마나 좋을까! 하지만 계단을 내려가는 동안 다시 과거의 나로 돌아가게 될 것이다. 렐라는 그것이 정말 싫었다. 지금 꿈을 꾸는 것이 아님을 증명하기 위해서 렐라는 양손에 든 하얀 아마포를, 그 시원한 천을 가슴에 대어 보았다. 방과 그분의 향기가 달아나지 않도록 조금도 움직이기 싫었고, 좀 전의 현실을 조금도 파괴하고 싶지 않았다.

렐라는 한 계단 한 계단 내려가면서 자신이 변하는지 기다려 보았다. 아니, 그대로였다. 계단을 내려가고 있지만 아직도 선생님의 방에서, 소파에서, 양팔로 선생님을 포옹하고 있었다. 그것이 참된 현실이었다. 지금 아래층으로 내려가 옷방으로 가서 옷장을 여는 존재는 자신이 아니라 꿈이었다.

렐라는 선물을 접어서 마치 신성한 물건처럼 옷장에 넣었다. 그때 종이 울렸다. 오다와 일제, 릴리, 에델가르트가 뛰어들어왔다. 삶이 다시 계속되었다. 렐라는 조금도 파괴되지 않은 느낌이었다. 외부의 이 모든 것은 나와 상관없고, 원래의 나로 남아 있음을 조금도 방해받지 않았다. 소파에, 방에, 4층에 있는 렐라를.

재봉실에서 소동이 벌어졌다. 지붕 밑 창고에서 먼지가 덮인 상자 하나가 나왔기 때문이다. 찢어지고 못 쓰게 된 레이스, 흰색 무명, 녹색 비단, 빨간색 헝겊 등이 쏟아져 나왔다. 휴식 시간마다 학생들은 계단을 올라가 교복을 벗어 던지고 요란한 의상을 뒤집어썼다. 검은 머리 오다는 조는 듯한 작은 눈으로 생각에 잠겨 거울 앞에 서 있었다. 기사 샤틸롱의 연회색 타이츠와 빨간색 상의가 오다에게 잘 어울렸다. 하지만 레이스가 달린 넓은 옷깃 때문에 목을 길게 뽑아야만 했다. 가느다란 허리에는 넓은 가죽 벨트를 둘렀고, 손은 진지하게 칼자루를 쥐고 있었다. 렐라가 오다의 뒤로 갔다. 렐라는 온통 은색으로 차려입었다. 오다는 자기 뒤에 선 렐라를 거울 속으로 뚫어지게 바라보았다. 그리고 연기하듯 팔로 렐라를 끌어당겨 안았다.

"렐, 넌 정말 너무 예뻐."

"왜 그래, 오다?"

"아냐, 진심이야. 네 모습을 잘 봐. 이런 말 하는 게 나쁜이 아냐. 어제 여기에 왔던 우리 언니도 넌 엄청난 미인이 될 거라고 했어."

뜨거운 기쁨이 소용돌이쳤지만 얼굴에는 드러내지 않았다. 오다는 계속 떠들었다.

"너의 그 다리를 봐. 정말 멋져!"

그러면서 오다는 말을 검사하는 남자처럼 손으로 렐라의 다리를 훑었다.

"싫어, 오다."

렐라는 부끄러웠다.

"그리고 네 엉덩이 정말 날씬해. 남자아이처럼 말이야. 한 팔로 네 허리를 안고 싶어."

오다는 렐라의 허리를 끌어안았다.

"오다, 제발 꼬집지 마."

뒤에서 킥킥거리는 소리가 들렸다. 둘은 뒤를 돌아보았다. 마리 아주머니가 쉰 목소리로 말했다.

"괜찮습니다, 여러분. 두 사람을 방해하지 말아요. 서로 좋아하면 안 될 이유라도 있습니까?"

다시 킥킥 웃었다. 재미를 잃은 두 사람은 잠자코 의상을 벗어 버린 다음, 다시 교복을 입고 교칙대로 앞치마 끈을 졸라맨 뒤 팔짱을 끼고 계단을 내려갔다. 그런데 갑자기 오다가 렐라를 잡아 끌어안더니 뜨거운 입술을 갖다 댔다.

"렐라, 난 네가 좋아."

오다는 렐라를 양팔로 단단히 끌어안고 가슴을 강하게 끌어당겼다.

"자, 우리 우정의 맹세를 하자. 난 항상 너와 함께 있고 싶어. 꼭이야."

렐라는 화를 내면서 오다를 떼밀었다. 오다는 넘어질 뻔하다가 간신히 계단 난간을 붙잡았다. 렐라의 눈에는 분노의 눈물이 고였다. 얼굴이 빨개져서 오다에게 대들었다.

"싫어, 제발 그만해."

화가 난 렐라는 앞치마를 고치고 흘러내린 머리를 매만졌다. 오다는 우뚝 서서 꼼짝도 하지 않고 노려보았다.

"저런 멍청이. 아까 내가 손을 댈 때는 좋아했잖아!"

"아냐, 거짓말하지 마."

"내가 아닌 다른 사람이 그래도 이럴 거야?" 그러면서 짓궂게 반응을 살피며 말을 이었다. "만약 선생님이……."

오다는 더 이상 말을 잇지 못했다. 렐라가 발로 바닥을 쾅쾅 밟으며 오다한테 달려들었기 때문이다. 그때 마드무아젤의 목소리가 들렸다.

"위에서 누가 프랑스 말을 하고 있어?"

둘은 말없이 계단을 내려갔다.

옷장은 모두 두 칸으로 나뉘어 있었다. 왼쪽에는 옷을 걸고, 그 위로 모자를 두는 칸이 있었다. 그리고 오른쪽에는 선반이 여러 개 있어서 내복, 양말, 구두가 들어 있고 가운데 선반에는 가족사진과 그 외의 기념품이 보관되어 있었다. 바느질 도구, 수놓은 것, 그리고 별 볼 일 없는 장난감이 여기에 자리를 잡고 있었다. 이 칸을 색색의 종이로 예쁘게 장식한 아이들이 많았다. 아이들에게 옷장은 고향이자, 유일한 개인 공간이었다. 밤 기도를 하기 전에 휴식 시간이 있는데, 그때 각자 선반을 정리했다. 옷방에는 의자가 없고 여유 공간 없이 옷장만 빼꼭하게 늘어서 있는 데다가 통로가 좁기 때문에 학생들은 옷장 속에 들어가 앉는 수밖에 없었다. 옷걸이에 걸린 짧은 옷은 바닥까지 내려오지 않기 때문에 아이들은 옷 칸에 들어가 앉아 다리를 통로로 내뻗거나 아니면 책상다리를 했다.

마누엘라는 선반을 정리했다. 물건이 하나 생겼으니 올바른 자리에 갖다 놔야 했다. 일제는 옷장 안에 들어가 앉아 재봉 함을 열고 일요일 외출에 하고 나갈 팔찌와 반지를 몰래 손질하고 있었다.

"마누엘라!" 일제가 옆의 옷장 안에서 작은 소리로 불렀다. "정말 멋진 일이 있어." 그리고 더욱 말소리를 낮춰서 말했다. "있지, 나 감쪽같이 편지를 부쳤어. 몰래 보냈어."

"일제, 그게 무슨 소리야?"

"오늘 외출 나가는 조리사와 우연히 만났어. 그래서 편지를 조리사의 가슴에 밀어 넣었어. 비명을 질렀지만, 내가 제일 예쁜 그림엽서를 주겠다고 약속했어. 「입맞춤」이라는 그림이야. 야회복을 입은 여자가 소파에 앉아 있는데 연미복을 입은 멋진 남자가 그녀에게 몸을 숙이고 열렬한 키스를 하는 그림이야. 리제가 감탄했던 그림이지."

"편지에는 뭐라고 썼는데?"

"가슴속에 있는 말을 전부 썼어. 음식은 먹을 수 없을 정도고, 항상 배가 고프다고 썼어. 계속되는 기도에 토할 것 같다고. 언제나 너무 추워서 얼어 죽을 것 같다, 뭐 그런 얘기도 썼어. 아휴, 이제 좀 후련해. 그걸 아빠가 읽으면 마음 아파할 거고 당장 이곳에서 꺼내 주거나, 아무튼 먹을 거라도 많이 보내 주실 거야. 그러면 우리 한밤중에 파티하자. 생각만 해도 즐거워."

가족에게서 소포가 오면 개봉해서 내용물을 수취인에게

보여 주지만 금방 넘겨주지 않고 일요일까지 보관했다. 그리고 그날에도 먹을 것을 조금씩 나누어서 전해 주었다. 하지만 일제처럼 수완이 좋은 사람은 수위 알레만 씨에게 사례를 하고 몇 개를 미리 빼내 올 수도 있었다.

"일제, 만약 실패하면 어쩌려고?"

렐라는 몹시 걱정이 됐다.

"뭐, 기껏해야 쫓겨나겠지. 그러면 원하는 대로 되는 거야. 난 상관없어."

"그렇게 되면 어떻게 할 작정인데?"

"어떻게 하다니? 글쎄, 나도 모르겠어. 일찍 결혼이라도 하든가. 하지만 보병 장교는 싫어. 너무 재미없어. 어떻게 하든 경기병을 찾아낼 거야. 어쩌면 배우가 될지도 몰라. 렐라, 넌 어떡할 건데?"

"나, 나는 결혼 안 해."

"왜 안 하니?"

일제는 어이없다는 표정이다.

"나도 몰라."

"안 한다면 이유가 있어야지."

"난 남자가 싫어."

"난 아닌데. 넌 제대로 된 남자를 못 만난 거야."

"그건 아니야."

"널 사모한 사람은 있었어?"

"응."

렐라는 프리츠를 생각했다. 왠지 슬펐다.

"그런데? 싫었어?"

"아니, 좋아했어. 그래도 결혼은 다른 거야."

"물론이지. 훨씬 더 굉장한 거지. 난 말이야, 미친 듯이 나한테 키스를 한 사람이 있었어. 내가 밀쳐 버렸지만 정말 멋졌어."

"이제 그만해, 일제. 기분이 이상해."

"그런데 말이야, 결혼 안 하면 앞으로 무얼 할 건데?"

"몰라, 혼자 살겠지."

일제는 고개를 설레설레 흔들고 일어나 묵묵히 옷장에 붙은 엽서를 떼어 냈다. 그것은 앞이 안 보이는 소녀가 막대기로 길을 찾아가는, 붉은 양귀비 들판의 그림이었다. 일제가 말없이 렐라에게 엽서를 내밀었다. 그림을 받아서 한참을 들여다보다가 렐라가 다정하게 말했다.

"고마워, 일제."

일제는 압정도 주었다. 렐라는 엽서를 자기 옷장 문에 붙였다.

교장 수녀가 책상 앞에 앉아서 신문을 읽고 있었고, 폰 케스텐 선생은 옆에 서 있었다. 이윽고 교장이 신문을 내려놓았다. 토끼는 이 방에 들어온 뒤 벌써 세 번째 인사를 했다. 토끼는 손에 서류철을 들고 있다가 교장이 시선을 보내자 서류를 내밀었다.

"서명하실 계산서입니다, 교장 선생님."

교장 수녀가 서류를 받아 들었다. 안경이 필요했다. 교장은 가슴에 달려 있는 안경을 코에 얹었다. 가슴에는 작은 자개 단추가 잔뜩 잠겨 있었다.

"음……." 서명이 새겨진 스탬프를 교장이 서류에 꽝 하고 눌렀다. "케스텐 선생, 절약하세요. 절약."

"네, 교장 선생님."

폰 케스텐 선생이 무릎을 굽혀 인사했다.

"육류 비용이 너무 높아요."

"최대한 절약하고 있습니다."

"절약한 게 이 정도인가요?"

책상 쪽에서 의심에 찬 목소리가 들려왔다. 폰 케스텐 선생이 버둥댔다.

"교장 선생님, 실은 학생들이 배가 고프다고 야단이에요."

"배가 고프다니?"

교장이 흥분한 채 코에서 안경을 내려놓고 불쌍한 토끼를 노려보았다. 토끼는 그만 실언을 했다고 후회했다.

"배가 고프다니요? 아이들은 항상 불평이 많습니다. 어디서든 불평거리를 찾아냅니다. 폰 케스텐 선생, 그런 것에 하나하나 신경 쓰지 마세요. 배가 고파야 강해집니다. 약해지지 마세요. 약해지면 안 됩니다."

그런 다음 교장은 다른 서류에 스탬프를 꽝 찍었다.

"알겠습니다, 교장 선생님." 토끼가 주저하며 말했다. "제가 그만……."

"생각을 하지 마세요, 선생님. 그냥 따르기만 하세요. 우리 프로이센을 강하게 만든 것은 복종이지, 폭식이 아닙니다."

"맞습니다, 교장 선생님, 맞는 말씀이십니다."

자그마한 교사가 열정적으로 대답했다. 그러고는 서류철을 받아 들고 조심스럽게 말했다.

"연극 공연에 관해 몇 가지 더 말씀드려도 될까요?"

"어서 말해 보세요."

"이것이 초대할 부인들의 명단이에요. 그리고 메뉴요. 무대 장식 때문에 약간의 지출이……."

교장이 일일이 주의 깊게 살펴보았다.

"좋아요. 그런데 메뉴가 뭔가요? 또 과실주로군요. 주방 사람들은 도대체 새로운 것은 생각해 내지 못해요. 맨날 차가운 펀치면 끝이군요."

"분부대로 하겠습니다. 교장 선생님."

"학생들이 너무 소란스럽게 굴지 않도록 주의시키세요. 시끄럽지 않아도 재미있게 보낼 수 있습니다."

"그렇습니다, 교장 선생님. 당연한 말씀이세요."

"그리고 케스텐, 석탄을 절약할 수 없나요? 곳곳이 너무 더운 것 같던데."

"교장 선생님, 밖이 추워져서요. 그리고 교실은 시간마다 환기를 해야 하는데, 환기를 했다가 다시 덥히려면……."

"안 됩니다. 학생들을 약하게 교육해서는 안 돼요. 그리고 병실이 꽉 차지 않도록 하세요. 어리석은 짓입니다. 난 평생 한 번도 아픈 적이 없었습니다."

토끼는 자기도 모르게 교장의 아픈 다리 쪽으로 시선을 보냈다. 하지만 금방 자신의 잘못을 반성했다.

"교장 선생님은 정말 보기 드물게 강한 체질이세요."

"체질이 아닙니다. 의지를 가져야 합니다. 스스로 자제해야 합니다. 예를 들어 기도 시간에 아이들이 계속 기침을 하는데, 간단히 말해 그건 버릇없는 짓입니다. 폰 케스텐 선생, 아이들한테는 심할 정도로 계속 주의를 줘야 합니다."

"알겠습니다. 제가……."

"선생은 항상 말로만 할게요, 할게요, 할게요, 라고 해요. 내가 지친다니까요. 계속 같은 말이지만 고삐를 더 강하게 당겨야 합니다, 케스텐, 더 강하게……."

교장 수녀가 일어났다. 폰 케스텐은 문 앞으로 물러나서 "감사합니다, 교장 선생님."이라고 한마디 하고 사라졌다.

"이런, 이게 뭐야! 편지가 이상하군." 알레만 씨가 아내를 방 밖으로 못 나가게 했다. "주소를 연필로 썼는데 다 지워져서 읽을 수가 없었는지 우체국에서 되돌아왔어. 내가 보니 밀반출 편지가 확실해. 틀림없어."

"밀반출 편지라면 이리 줘 봐요. 여기 규정이 있어요. 규정은 규정이에요."

알레만 씨가 고개를 비틀어 편지의 뒷면을 훑어보았다. 발신인 일제 폰 베스트하겐이라는 글씨가 정확히 보였다.

"여보, 일제가 혼나게 생겼어. 어떡하지. 이제 머리가 다 컸는데, 왜 부모한테 편지도 못 쓰게 하는지 모르겠네."

하지만 그의 아내는 생각이 달랐다.

"그건 우리 부부하고 상관없는 일이에요. 우체국에서 돌려보냈으니 갖다 드려야 해요. 아이고, 언제 폭탄이 터질지 걱정이네요!"

"그래, 알았어. 하지만 의무가 확실치 않은 그런 경우도 있어. 예를 들어 전쟁 중에는 병사가……."

그는 더 이상 말을 잇지 못했다. 원내 전화가 요란하게 울리자 알레만 부인이 재빨리 전화기 앞으로 달려갔다.

"네, 폰 케스텐 선생님, 우편물 도착했습니다. 네, 가져다 드릴게요." 그러고는 전화를 끊으면서 "우편물 오는 시간은 정말 잘 아서."라고 말했다.

알레만 씨는 어쩔 줄 몰라 하면서 그 비밀 편지를 손에서 내려놓았다. 아내가 편지를 들고 계단을 올라갔다.

이 순간 알레만 씨는 할 일이 없었다. 주방으로 가서 조리사 리제가 오늘 저녁에 무엇을 준비하고 있는지 알아볼 작정이었다. 그는 결코 대단한 환영을 받는 존재가 아니다. 이 시설의 유일한 남성인 그는 아무런 힘도 없어서 시설 규칙에 저항도 못하고, 여자들한테 무시만 당했다. 그런데 오늘은 남자가 필요한 일, 즉 저녁에 내놓을 차가운 펀치를 만드는 일이 있었다.

그 일에 알레만 씨는 당당하게 전문가 행세를 했다. 조리사인 뚱보 리제는 생각이 다르지만 알레만 씨의 잔소리에 넘어가서 그에게 시음을 부탁했다. 알레만 씨가 홀짝 마셔 보고 입술을 핥더니 손수건으로 수염을 말끔히 닦고 천천히 못마땅하다는 듯 한마디 했다.

"글쎄, 맛이 뭐······."

1호 취침실 옆의 세탁실이 소란스러웠다. 탈의실 커튼을 열어 놓는 일은 처벌 사항이지만 오늘만은 모두들 흥분해서 그런 것에 신경 쓰지 않았다. 연극에 출연하지 않는 학생들도 모여서 서 있거나 바느질을 도왔다. 머리 손질도 도와주고, 잊은 물건을 가지러 재봉실로 달려가기도 했다.

마누엘라는 조용했다. 적어도 일제처럼 흥분한 표정은 아니었다. 일제는 머리 위에서 발끝까지 터키 사람 오로스망이 되어 흥분한 채 이리저리 뛰어다녔다.

"어때, 여기 좀 봐, 내 수염. 이 바지 어때?"

바지가 너무 우스꽝스러웠다. 일제한테 너무 커서 가슴까지 올라오는데, 잡아당겨서 억지로 묶었고 통도 엄청 넓었다.

제일 중요한 것은 터번이었다. 베를린의 새아빠가 구해서 보내 준 소품으로 커다란 공 모양이었다. 하지만 가벼워서 일제가 아무리 소리 지르고 법석을 떨어도, 좁은 통로에서 아이들은 터번을 이리저리 굴리거나 공중에다 던졌다. 드디어 일제가 에델가르트의 도움으로 긴 수염을 다 붙였다. 에델가르트는 연한 빛깔의 베일을 썼다. 터키의 후궁으로 끌려온 백인 노예로 보여야 하는데, 넓적한 그레트헨[22] 얼굴 때문에 독일 라우텐델라인[23]처럼 이상하게 보였다. 그에 비하면 일제는 군인다워 보였다. 마누엘라는 거울 앞에 서서 자신의 눈을 들여다보았다. 머리는 풀리고, 기사의 은빛 의상은 몸에 꼭 맞아 어깨를 눌렀다. 치마를 안 입으니 어른 같았다. 걸음걸이도 달라져 있었다. 한쪽 발을 다른 쪽 발 앞에 놓는 것까지 갑자기 큰 의미를 띠었다. 책임감이었다. 그래도 이렇게 자유로우니 정말 좋았다. 한쪽 발을 의자에 올려놓고 구두끈을 묶을 때도 치마가 아니라서 정말 편했다. 다리를 마음껏 움직여도 괜찮았다. 발을 다른 데다 사용할 수도 있었다. 렐라는 벗은 구두를 발로 구석에 밀어 버렸다. 대사를 몇 마디 외우면서 무릎을 꿇었다가 일어나 보기도 했다. 그리고 한쪽 발을 발판에 올리고 팔꿈치를 무릎에 놓았다. 자유자재로 움직일 수 있었다. 진짜로 기사 네르스탕이 된 것 같았다.

마누엘라는 의자에 걸터앉아 오른쪽 다리를 왼쪽 다리에 올렸다. 치마를 입었으면 어림도 없는 자세인데, 오른쪽 발목을 왼쪽 무릎에 살짝 갖다 댔다. 그리고 칼자루가 매달린 엉덩

---

22 괴테의 『파우스트』에 등장하는 여성.

23 하우프트만의 『가라앉은 종』에 등장하는 물의 요정.

이에다 왼손을 얹었다. 벽에 머리를 기대고 렐라는 네르스탕 역에 빠져들었다.

"마누엘라, 그게 무슨 자세인가요?"

어느 틈에 들어온 토끼가 렐라에게 가벼이 힐책했다. 그보다 더 중요한 일이 있었기 때문이다. 세탁실이 너무 시끄러워서 폰 케스텐 선생이 들어왔음을 아무도 몰랐다. 일제는 한쪽 팔로 에델가르트를 안고 크게 대사를 낭독 중이었다.

"여기 무시무시한 비밀이 숨어 있도다.
추악한 그의 가슴을 비밀이 짓누른다."

갑자기 일제 앞에 폰 케스텐 선생이 나타났다. 폭탄이 터진 듯 방 안이 조용해졌다. 토끼는 편지 한 통을 들고 있다가 그것을 일제의 코앞에 내밀었다.

"이 편지 알지?"

일제는 너무 놀라서 아무 대답도 하지 못했다. 용감한 술탄의 둥그런 터번 모자가 어느새 옆으로 기울어졌다. 선생이 봉투를 뒤집었다. 연필로 쓴 앞면은 희미해서 알아보기 힘들었다.

"봉투를 열어요."

일제는 터번 모자를 벗은 다음, 끈으로 얼굴에 고정해 놓은 긴 수염이 방해되지 않도록 옆으로 밀었다. 일제가 편지를 열었다. 하지만 읽을 필요는 없었다. 선생이 거칠게 편지를 빼앗아 사납게 노려보았다. 그러고는 다시 일제를 쏘아보는데, 일제는 바지 차림의 얼어붙은 자세로 긴 수염을 당겼다. 수염이 이 상황하고 너무 안 어울린다고 생각했기 때문이다.

"자," 토끼가 일제의 얼굴을 노려보았다. "내가 똑똑히 말해 주겠다. 편지를 몰래 보내고 학교에 관해 거짓말이나 퍼뜨리는 사람은 연극에 출연할 자격이 없어. 내 말 알아들었지?"

주위에 서서 지켜보던 학생들은 눈만 휘둥그렇게 뜰 뿐, 폰 케스텐 선생이 버티고 있는 한 아무도 입을 열지도, 움직이지도 못했다. 마누엘라만이 일어나 벽에 기댄 채 그 장면을 쳐다보았다. 허리의 칼을 뽑아 폰 케스텐 선생의 등이라도 내려칠 듯한 자세였다.

토끼는 험악한 분위기를 눈치채고 재빨리 나가 버렸다. 당장은 아무도 입을 열지 않았다. 일제는 의상을 벗고 사라졌다. 곳곳이 술렁거렸다.

"모처럼의 즐거움을 망쳐 버렸어."

"에이, 내일까지 좀 기다렸다가 하지!"

"이제 누가 오로스망 역을 하지?"

"대역을 구해야 해."

"오로스망은 중요한 역할이야. 그러다가 연극을 망쳐."

"폰 베른부르크 선생님이면 절대 저러지 않을 거야."

"물론이지."

"아휴, 나도 집어치우고 싶다."

그런데 마리가 등장해서 흥분한 목소리로 소리쳤다.

"자, 자, 애들아, 이제 곧 시작이야."

아래층에서는 온통 정신이 없었다. 마드무아젤 웨이에가 이리저리 뛰어다녔다. 교실과 기숙사 거실 사이의 커다란 미닫이문에 막이 걸렸다. 교단을 무대로 사용하고, 커다란 병풍을 세워 몇 개의 방으로 나누어 놓았다. 양탄자와 몇 그루의 나무로 동양적인 분위기가 연출되었다. 학생들은 모두 좌석에 정렬해서 앉았다. 앞쪽의 특별석은 비워 두었는데, 생일을 맞은 교장과 귀빈들을 위한 자리였다.

일제가 텅 빈 옷방으로 들어가 옷장을 열었다. 그리고 선반 위의 트렁크를 거칠게 끌어 내렸다. 열린 트렁크가 바닥에 놓였다. 곧장 내의와 구두와 책을 트렁크에 담았다. 압정을 떼는 데 시간이 좀 걸렸지만 엽서를 다 챙겨 갈 생각이다. 하나도 빠짐없이 가져갈 작정이다. 지금이라면 밖으로 나갈 수 있다. 모두들 연극에 정신을 쏟고 있기 때문이다. 알레만 씨도 건물 안으로 들어온 것을 똑똑히 보았다. 문이 잠겼다면 창문으로 나가면 된다. 더 이상 이곳을 견딜 수 없다. 조금도 마음에 안 든다. 정말 싫다. 어서 기차를 타고 베를린으로 가고 싶다. 새아빠도 이해할 것이다, 무엇이 옳은지를. 일제는 욕을 하며 자신의 결정에 용기를 주었다.

"정말이야, 폰 케스텐이라면 지겨워. 이제 끝이야. 정말 끝이야."

트렁크를 닫기 위해 밟아 보지만 닫히지 않았다. 그래서 트렁크 위에 올라앉아 보지만 그것도 소용없었다. 흥분한 일제의 얼굴이 붉게 달아올랐다. 트렁크를 잠그느라고 수그렸기 때문에 누가 다가온 사실도 몰랐다.

"무얼 하고 있지?"

일제는 기겁을 했다. 하지만 폰 베른부르크 선생은 아주 상냥해 보였다. 일제는 일어나서 입을 벌리고 있는 트렁크를 다시 한 번 밟았다.

"일제, 트렁크가 불쌍하잖아. 트렁크는 아무 죄도 없어."

일제는 울음이 쏟아질 지경이었다.

"네에."

아름답고 비정한 분노는 조금 가라앉았고, 그래서 일제는 더욱 화가 났다.

"이리 와, 일제."

폰 베른부르크 선생이 일제를 감싸 안았다.

"일제는 왜 쓸데없이 일을 저지르지? 무엇 때문에 그런 금지된 일을 한 거야?"

"금지된 일을 하면 안 되나요?"

일제가 흐느끼기 시작했다.

선생님은 말없이 미소를 지었다. 하지만 일제는 그것을 보지 못했다. 슬픈 나머지 머리를 가슴에 닿을 정도로 숙였기 때문이다.

"자신의 행동이 나빴다는 점은 알고 있지?"

"네."

일제가 작은 소리로 대답했다.

"그럼 뒷감당을 해야지, 안 그래?"

"네."

"그럼 그렇게 거칠게 행동하면 안 되잖아?"

"네."

일제의 목소리가 점점 작아졌다.

"일을 저질렀으면 결과를 받아들여야 하는 것 아닌가?"

"네에……."

일제는 화가 다 풀려서 눈물만 흘렸다.

"넌 벌받을 짓을 했어. 그 책임을 스스로 지지 않고 남한테 떠넘기는 것은 아주 안 좋은 거야, 안 그래?"

"네."

일제는 힘이 다 빠지고 말았다.

"그래, 그럼 이제 일제가 하고 싶은 대로 해. 일제 혼자 두고 나는 아래층으로 내려갈게. 도망가려면 지금이 기회야. 하지만 그렇게 생각하지 않는다면, 어서 세수를 하고 머리를 빗어요. 그렇게 화난 얼굴로 모처럼의 친구들의 축제를 망치면 안 되지."

부드럽고 기분 좋으며, 착한 일격이었다. 그런 다음 폰 베른부르크 선생은 사라졌다. 일제는 눈물에 젖은 얼굴로 선생님이 나간 뒤를 바라보며 행복하고 황홀한 미소를 지었다.

눈에 띄지 않게 폰 베른부르크 선생은 다시 관람석 자리로 돌아갔다. 급하게 오로스망 역을 맡게 된 딱한 마르가 때문에 모두들 웃고 법석이었는데, 터번의 균형을 잡으며 볼테르의 어려운 대사를 읊기란 사실 쉬운 일이 아니었다. 모두들 한창 재미있어하고 있는데, 그때 렐라가 무대에 등장했다. 분위기가 완전히 달라졌다. 마누엘라가 등장하는 순간 무대는 좁아 보였다. 혼자서 무대를, 아니 홀을, 건물 전체를 휘어잡는 것 같았다. 객석은 깊은 적막에 휩싸였다. 렐라의 어두운 목소리는 작은 소리로 말해도 충분히 장내에 울렸다. 마누엘라의 절박함, 섬세함, 따스함이 어두운 객석에 앉아 있는 모두의 마음을 사로잡았다. 교장은 아까부터 평정심을 잃었다. 토끼는 혹시 질서가 깨지면 어쩌나 걱정하면서 의자에서 안절부절못했다. 어떡하지? 마드무아젤이 작품 선택을 잘못한 건 아닌가?

학생들은 마누엘라의 작은 움직임 하나하나에 심취하여 마술에 걸린 듯 응시하고 있었다. 몰래 서로의 손을 잡고 있었다. 모든 것을 신뢰하며, 함께 고통을 나누고, 함께 희생하며, 선하고 용감하게, 그러다가 참지 못하고 울음을 터뜨렸다. 불쌍한 에델가르트가 질투에 사로잡힌 오로스망의 칼에 맞아 바닥에 쓰러지자 울음바다가 되었다.

막이 내리고 박수갈채가 터졌다. 평소의 얌전하던 행실은 어디론가 사라지고, 아이들이 뜨겁게 열광했다. 교장도 호의적인 박수를 아끼지 않았다. 마드무아젤 웨이에가 겸손하게 인사를 했다. 객석에서는 "마누엘라, 마누엘라, 브라보, 브라보!" 소리가 진동하고 사람들은 의자를 뒤로 밀치고 일어나 박수를 했다. 마누엘라는 똑바로 서지 못한 채 한쪽 팔은 에델가르트에, 다른 쪽 팔은 마르가에게 기대고 정중하게 인사했다. 얼굴이 창백했다. 불안한 듯 폰 베른부르크 선생님의 시선을 찾았다. 선생은 다른 사람들과 달리 미소를 보내지 않았다. 무언가 심각한 생각을 하는 듯 마누엘라에게 시선을 보내고 있었다.

교장 수녀가 귀빈들과 함께 퇴장하자 학생들이 밖으로 나왔다. 모두들 마누엘라에게 몰려왔다. 모두들 손을 잡고 키스를 하고 다정한 말을 하고 싶어 했다.

지금 렐라는 혼자 있고 싶었다. 그런데 사람들이 놔두지 않았다. 모두들 몰려왔다. 렐라는 아이들에게 더 이상 현실의 인물이 아니었다. 모두들 렐라를 만져 보고 이야기를 나눠 보고 정말 마누엘라가 맞는지 확인하려 했다. 마드무아젤 웨이에는 아이들의 훌륭한 공연에 많은 칭찬을 했고, 마누엘라에게도 칭찬의 말을 아끼지 않았다. 마드무아젤은 렐라의 훌륭한 연기, 유창한 대사와 음악적인 발성에 놀라움을 금치 못했다. 리허설에서는 한 번도 보지 못한 훌륭한 모습이었다.

마누엘라는 이제 열광적인 친구들에게서 그만 빠져나오고 싶었다.

"잘했어, 마누엘라, 정말 잘했어요."

"선생님, 정말이에요? 끝나고 나니 더 잘할걸, 하고 후회가 돼요."

마드무아젤과의 대화는 진지했다.

"아냐, 아니야, 왜 그런 생각을 해? 너무 잘했어. 여기는 배우 양성소가 아니고 우리도 배우가 아니야. 하지만 배우만큼, 아니, 그보다 더 잘했어. 너무 예쁘게, 여자처럼 연기하지 않아서 더 좋았어. 그런데 혹시 배우가 되고 싶은 생각은 없는 거야?"

"아뇨, 선생님, 그런 생각은 해 보지 않았어요. 재능도 없고요. 저는 그냥……."

"아냐, 그래도……. 알았어, 가서 친구들과 즐겁게 놀아요."

그러고 싶은 생각은 별로 들지 않았다.

그때 문득 마누엘라에게 다른 생각이 났다. 복도에서 소리를 지르거나 뛰면 안 된다는 교칙을 잊고 일제를 부르며 달려갔다. 일제가 나타났다. 마누엘라는 한 팔로 일제를 끌어안았다. 일제는 마누엘라의 유별난 키스가 마음에 들었다.

"렐, 나 이제 기분이 완전히 풀렸어. 위로하지 않아도 돼. 처음엔 참을 수 없이 화가 났지만, 폰 베른부르크 선생님이 오셔서……."

"그래?" 마누엘라가 말꼬리를 끌면서 물었다. "그래서?"

"응, 그래서, 뭐, 내려가서 아이들이랑 구경했어."

"어디 앉아 있었는데?"

"초대석 바로 뒤에."

"그래?" 마누엘라가 일제를 창문 쪽으로 끌고 갔다. "선생님이 뭐라고 하셨어?"

"응, 폰 케스텐 선생님은 네가 열심히 준비한 것 같다고, 그런데 의상이 점잖지 못하다고……."

마누엘라는 달리 귀를 기울이지 않았다.

"미스 에반스는?"

"응, 에반스 선생님은, 아 멋있어, 정말 멋져, 라고 했지만 그 선생님은 대사를 못 알아들으시잖아!"

"그래, 다른 선생님들은?"

"교장 선생님이 네 다리가 날씬하다고 하셨어."

마누엘라는 바닥을 발로 쾅 밟았다.

"아휴, 정말이지……."

"하지만 네 다리는 대단해. 나는 네 다리가 그렇게 예쁜 줄 몰랐어."

그러면서 일제는 마누엘라의 주위를 한 바퀴 빙 돌았다. 마누엘라는 일제의 어깨를 안고 애원하듯 조심스럽게 물었다.

"일제, 부탁이야, 선생님은 뭐라고 하셨어?"

"이상해, 폰 베른부르크 선생님은 한마디도 안 하셨어."

마누엘라는 창백해졌다. 심한 실망감이 얼굴에 나타났다. 그런 마누엘라를 일제가 안아 주었다.

"하지만 뚫어지게 바라보셨어. 정말이지 뚫어지게……."

그때 마르가가 다가왔다.

"너희들 여기서 뭐 해? 우리 모두 식당에서 마누엘라를 기다리고 있어."

마누엘라가 식당에 들어서자 또다시 박수갈채가 쏟아졌

다. 좌석이 특별히 마련되어 있었다. 곁에는 에델가르트와 마르가 앉았다. 그때 토끼가 식당으로 들어왔다.

"자, 여러분, 오늘은 감독을 하지 않습니다. 하지만 어리석은 짓은 안 하는 게 좋아요. 각자 올바르게 행동하세요, 알았죠?"

아이들이 "알겠습니다."라고 소리 지르며 선생님을 몰아냈다. 조용해지자마자 일제가 제안했다.

"자, 여러분, 우리 영웅들을 위해 건배합시다. 어때요?"

모두 찬성이었다. 아이들이 잔을 들었다.

"네르스탕 기사님, 만세, 만세, 만세!"

모두들 잔을 입에 갖다 댔지만 대부분 실망해서 도로 내려놓았다.

"퉤, 대체 이게 뭐야?"

일제가 첫 번째였고, 릴리가 그 뒤를 이었다.

"펀치인 것 같아."

"시궁창 물 같아."

누군가 슬픈 목소리로 말했다.

"머릿기름 같아."

"술에다 설탕을 넣었네."

"속이 이상해."

모두들 잔을 얼른 테이블 위에 놓았다. 마누엘라만 잔을 비웠다. 그 모습을 에델가르트가 보았다.

"어머나, 렐라, 그걸 다 마셔?"

대담한 미소와 함께 마누엘라가 모두에게 자신만만하게 말했다.

"괜찮아, 맛은 오늘 상관없어. 눈을 감고 마시면 아무 맛

240

도 몰라. 중요한 건 술이라는 거야."

"맛이 좋으면 내 술도 줄게."

일제 폰 트라이슈케가 테이블 너머로 잔을 내밀었다.

"내 것도."

"내 것도."

사방에서 잔이 밀려들었다.

"고마워, 여러분. 전부 마실게."

마르가가 주의를 주었다.

"안 돼, 마누엘라. 각자 한 잔씩만 마시는 거야."

"오호!"

분노한 합창 소리가 쏟아졌다.

"마누엘라를 내버려 둬. 마음대로 하게 내버려 둬."

마르가는 기세가 등등했다.

마누엘라가 마르가의 팔짱을 꼈다.

"자, 마르가, 오늘 내 양어머니를 위해 건배할 거야. 나한 테 오늘 선심들을 썼으니 모두 다 용서해 줄게. 자, 건배!"

모두들 와 하고 웃었다. 마르가는 투덜거렸지만 흥을 깨지는 않았다.

"자, 건배. 정신 나간 계집애 같으니!"

"오오!" 마누엘라가 두 팔을 높이 들었다. "정신 좀 나가면 뭐 어때!" 잠시 생각에 잠겼다가 마누엘라가 말을 이었다. "나 사실 정신이 좀 나간 것 같아. 오늘 대사가 완벽하게 술술 나왔어. 나 완벽했어."

"이 명언을 우리들 달력에 빨갛게 써 놔야겠네."

이때 대화에 끼어든 것은 오다였다. 과거의 사건 이후 마누엘라는 오다를 피해 왔지만, 눈이 마주치자 다시 잔을 들었다.

"건배, 오다, 건배해. 우리 사이좋게 지내자."

마누엘라는 오늘 누구와도 화해하고 싶었다. 오다가 일어나서 잔을 들고 테이블을 돌아 마누엘라에게로 왔다.

"렐라," 오다가 작은 소리로 말했다. "한마디만 해 줘. 조금이라도 날 사랑해 줘."

마누엘라는 좀 놀랐지만 일부러 누구나 들을 수 있게 소리쳤다.

"그럼, 물론이지 난 네가 좋아. 너희들이 모두 다 좋아. 한 사람도 빠짐없이."

그러면서 곁에 앉은 에델가르트의 어깨에 손을 얹었다.

"얘들아, 오늘 에델가르트가 예뻐 보이지 않니?"

에델가르트의 머리는 옅은 금발이었다. 연한 색깔의 베일과 하늘하늘한 흰 의상이 정말 잘 어울렸다.

"너무나 멋있어. 하지만 마누엘라처럼 명배우는 아니었어. 목소리가 너무 작았어."

자기 자리로 돌아간 오다의 말이었다.

"오다, 맞아. 하지만 에델가르트는 여자 역이잖아?"

"그래, 렐라, 넌 남자였지. 하긴 네 목소리는 낮았어. 그리고 동작도 정말…… 너 오늘 거의 남자 같았어."

"자, 건배하자, 오다."

둘은 잔을 비웠다. 렐라는 테이블 앞에 서 있고, 다른 아이들은 전부 앉아 있었다.

"얘들아, 오늘 무대에서 감정을 마음껏 내지를 수 있어서 정말 좋았어."

"하지만 그건 네 감정이 아니잖아!"

미아가 말했다.

"아냐, 그게 바로 내 감정이야."

"무슨 소리야? 에델가르트가 연인은 아니지. 네 여동생으로 밝혀져서……."

마누엘라가 옅게 웃었다.

"그래, 내 여동생이지. 하지만 그것도 멋있지 않니?"

모두가 자신을 이해해 주기 바라면서 주위를 둘러보고 있을 때, 식당 한쪽 구석에서 음악이 들려왔다. 마르가 피아노 앞에 앉아 있었다. 미아가 마누엘라에게로 다가왔다.

"자, 기사님, 함께 추실까요?"

마누엘라가 팔로 미아를 휘감았다. 둘은 아이들이 비워 준 앞자리로 나왔다. 춤추는 커플은 많지 않았다. 대개는 주변에 둘러서서 구경하고 있었다. 마누엘라는 리드를 잘하기 때문에 모두가 원하는 파트너였다. 미아는 검은 머리와 연회색 눈의 소녀였다. 약간 집시풍이었다. 취침실에서 바로 이웃이지만 렐라는 미아에 관해 아는 점이 하나도 없었다. 미아는 별로 말이 없었다. 대개 뚱한 표정으로 자기 일만 할 뿐, 오다 외에는 별로 관심도 없었다. 그 우정조차 일방적이었다. 그냥 오다의 관심을 받고 싶어 할 뿐, 오다한테 선물 같은 걸 하지도 않았다.

마누엘라는 약간 어지러웠다. 그래도 안전하고 재빠르게 미아를 다른 커플들 사이로 리드했다. 모두들 놀라서 두 사람을 쳐다보았다.

"저어, 렐라."

갑자기 미아가 마누엘라에게 머리를 살짝 기댔다. 그래야 춤을 더 잘 출 수 있었다. 두 사람의 얼굴이 아주 가까워졌다.

"응?"

"저어, 너한테 보여 주고 싶은 게 있어. 너한테만 보여 주고 싶어."

"그래, 그게 뭔데?"

마누엘라는 그다지 호기심을 느끼지 않았다. 하지만 오늘은 누구한테도 불친절하고 싶지 않다.

"나랑 같이 복도로 나가자. 그러면 보여 줄게. 춤추면서 나가면 아무도 눈치채지 못할 거야."

마누엘라는 테이블 사이로 미아를 솜씨 있게 리드했다. 둘은 어스름한 창문 벽감에 멈춰 섰다. 미아가 말없이 소매 끝의 단추를 풀어서 왼쪽 팔을 보여 주었다. 마누엘라는 미아를 바라보았다. 미아의 하얀 팔에는 소름 끼치는 상처가 있었다. 피부가 빨갛게 부풀어 있었다. 처음에 마누엘라는 예방 접종을 잘못 맞은 자국으로 생각했다. 그런데 자세히 보니 피가 나고 딱지가 앉은 자리에 E.v.B라는 머리글자가 보였다. 마누엘라가 놀라서 미아의 팔과 얼굴을 쳐다보았다.

"나는 이 상처를 언제까지나 간직할 거야."

"미아, 많이 아플 것 같아."

"응, 아파야 해. 그래야 항상 느낄 수 있어. 오늘 너한테만 보여 주는 거야."

마누엘라는 조심스럽게 소매를 내려 주었다. 손이 약간 떨렸다. 무슨 말을 해야 할지 생각이 떠오르지 않았다.

"미아, 저어……."

하지만 무엇을 결심한 듯 마누엘라는 미아의 손을 잡고 식당으로 돌아와 테이블 위에서 큰 소리로 말했다.

"얘들아, 내가 할 말이 있어."

그러고는 누군가 내준 잔을 받아서 단숨에 마셨다. 의자에 올라가려고 한쪽 발을 올렸지만 몸을 가눌 수가 없었다. 아이들의 도움으로 간신히 의자에 올라섰다.

"사랑하는 여러분."

마누엘라가 아이들의 머리 위에다 소리쳤다.

모두들 웃음을 터뜨렸다.

"왜 그래, 연설은 이렇게 시작하는 거야."

약간 어지럽고, 무엇을 말해야 할지 생각이 나지 않았다. 그래서 말투를 조금 바꿔 보았다.

"얘들아, 너희들한테 할 말이 있어……."

"뭔데?"

아이들이 모여들었다. 앞으로 고꾸라질 것 같아서 마누엘라는 오다와 에델가르트를 꽉 붙잡았다.

"나 선물받았어."

그 말이 불쑥 나왔다.

아이 몇몇이 물었다.

"누구한테서? 무얼 받았어?"

모두의 관심이 쏟아진다.

"선생님이 말이야," 마누엘라가 똑바로 섰다. "나한테, 속셔츠를 주셨어. 나 지금 입고 있어. 여기 이 안에, 내 몸에, 따뜻하고 정말 좋아."

아이들이 잘 알아듣지 못하고 이상하다는 듯 쳐다보자 마누엘라가 목소리를 더욱 높였다.

"폰 베른부르크 선생님이 나한테……."

바로 그 순간 학생들 뒤로 토끼의 조그만 회색 형체가 나타났다. 하지만 아무도 눈치채지 못했다. 모두들 반짝이는 은빛 기사 복장을 하고, 머리를 풀어 헤친 채 그들 위에 서 있는 마누엘라의 모습에 빠져 있었기 때문이다.

"그래, 나한테⋯⋯." 그런 다음 소리를 낮춰 재빨리 덧붙였다. "옷장으로 가서 옷을 꺼내 나한테 주셨어. 입으면서 항상 선생님 생각을 하라고. 아냐, 그런 말은 안 하셨어. 하지만 난 그런 뜻이라고 생각해."

"그래? 정말?"

아이들이 놀라서 물었다.

토끼가 사라졌다. 마누엘라가 양팔을 펼쳤다.

"날 사랑하시는 걸 알아." 그러면서 고개를 약간 저으며 말했다. "손을 내 이마에 얹으셨어. 하얀, 아름다운 그 손을. 나는 행복해서 몸이 떨리고, 무릎을 꿇고 싶었어."

그 순간 교장이, 그리고 그 뒤에 토끼가 들어왔다. 몇 명의 학생이 눈치를 채고 돌처럼 굳어졌다.

렐라가 가슴에다 두 손을 대고 말했다.

"여기를 만져서 확인할 수 있어 정말 좋아. 앞으로 착하고 깨끗한 생각만 할 거야. 난 좋은 사람이 될 거야." 그러면서 점점 더 큰 소리로 말했다. "더 이상 아무것도 필요 없어. 이 안에 선생님이 계셔. 여기에." 그리고 잠시 말을 더듬다가 연설의 원래 목적을 생각해 내고 급히 잔을 들어 올렸다. "자, 사랑하는 여러분, 우리의 신앙, 우리의 모범, 단 한 분, 우리의 아름다운 폰 베른부르크 선생님 만세."

드디어 마누엘라가 친구들의 동요를 알아챈다. 교장이 앞에 있는 학생들을 밀치고 나와 마누엘라 앞에 섰다. 마누엘라는 온 힘을 모아 조금도 두려운 빛 없이 교장의 얼굴을 바라보았다.

"모두들 알아야 해. 그분은, 그분으로 말하자면 기적이야. 사랑 그 자체야. 사랑은 어떤 이성(理性)보다도 고귀해."

손에서 잔이 떨어져 깨졌다. 마누엘라는 눈을 감은 채 에델가르트와 오다의 품으로 떨어졌다.

불길한 침묵이 이어졌다. 학생들은 공포에 휩싸여 교장한테서 슬금슬금 뒷걸음쳤다. 폰 케스텐 선생만 바쁘게 왔다 갔다 했다.

"물을 가져와. 일으켜 세워. 저리로 끌고 나가."

교장이 지팡이로 바닥을 쾅쾅 두드렸다.

"있을 수 없는 일이야, 있을 수 없는 일……."

학교에서 좀 떨어진 '병원'에서 급히 간호사가 불려왔다. 에델가르트, 일제와 함께 간호사가 마누엘라를 어두운 복도로 데리고 나갔다.

알레만 씨가 수위실 앞에 서 있었다.

"어서 군의관에게 전화하세요." 폰 케스텐 선생이 흥분해서 소리쳤다. "빨리 오시라고 해요. 학생이 실신했다고."

알레만 씨는 특이한 걸음걸이로 머리를 긁으며 여유만만하게 전화기 앞으로 갔다.

병실에서는 아직도 눈을 뜨지 않은 마누엘라가 소파에 눕혀졌다. 간호사 한니가 맥박을 쟀다.

"이젠 가 봐."

폰 케스텐 선생이 에델가르트와 일제에게 명했다.

"금방 오신대?"

선생은 신경이 곤두섰다. 에델가르트와 일제는 조용히 병실을 나오는 수밖에 없었다.

병실에서 한니는 마누엘라의 무대 의상을 벗기느라 고생

이었다. 폰 케스텐 선생은 방 안을 오락가락했다. 간호사 한니가 렐라의 이마를 만져 보고 가슴에 손을 대 보았다. 그리고 머리를 저으면서 구두와 스타킹을 벗기고 흰 양모 담요를 덮어 주었다.

이윽고 복도에 군도(軍刀)가 철그렁거리는 소리가 들렸다. 군의관이었다. 그는 병사들의 진료 외에 기숙 학교 학생들의 진료를 부수적으로 맡고 있었다. 그 일을 맡아서 달리 불만은 없었다. 소령은 항상 아이들이 착하다고 말했다. 항상 소아과 수준의 일 정도였다.

병실로 들어오면서 그는 손가락 두 개를 군모에 가져다 댔다.

"안녕하십니까?"

그의 목소리가 울렸다. 성가신 듯 군모와 회색 코트를 벗고 콧수염을 살짝 쓰다듬으면서 간호사의 양팔에 군도를 올려놓았다.

"소령님, 특수한 케이스입니다."

폰 케스텐 선생이 말했다.

"네."

군의관이 투덜대듯 대꾸했다. 그러고는 마누엘라의 곁으로 갔다.

"어디가 아픈가요?"

맥을 짚어 보고는 그가 환자를 내려다보았다.

"무슨 일이죠? 정신을 잃었군요."

폰 케스텐 선생이 못마땅한 얼굴로 고개를 끄덕였다.

"무슨 일입니까? 폰 케스텐 선생님, 말씀을 하세요. 무슨 일이 있었나요?'

소령은 놀라면 친절하지 않았다. 토끼가 말을 더듬으며 간단히 무슨 일로 기절을 하게 되었는지 설명했다. 중요한 대목에 이르러서는 창피함에 입을 다물었다. 군의관은 환자에게 몸을 숙이고 냄새를 맡아 보았다. 거듭 확인하기 위해 다시 한 번 냄새를 맡더니 요란하게 웃으면서 옆에 있는 의자에 주저앉았다. 그러고는 재미있다는 듯 자신의 무릎을 한번 쓰다듬었다. 기침이 나올 정도로 웃어 댔다. 뒤에 서 있는 폰 케스텐 선생과 간호사 한니는 놀라서 의사를 쳐다보았다. 의사는 두 여자를 쳐다보며 얼굴이 벌겋게 되어 몹시 즐거운 듯 미소를 보내며 큰 소리로 말했다.

"취했네요. 만취했어요."

"뭐라고요?"

폰 케스텐 선생이 한 발짝 다가섰다. 간호사는 웃음을 참느라고 얼굴이 일그러졌다.

"소령님," 폰 케스텐 선생은 제대로 말을 잇지 못했다. "무슨 그런 말씀을 하시나요."

늙은 군의관이 일어나더니 마누엘라를 다시 진찰했다.

"번복할 게 없습니다. 맞습니다. 정확한 진단입니다."

그러면서 폰 케스텐 선생의 얼굴을 쳐다보았다.

"대체 학생들한테 무슨 이상한 걸 마시게 했나요? 알코올 냄새가 심합니다. 이 학생은 만취 상태입니다."

"군의관님, 착각하신 겁니다. 아이들한테는 작은 잔에 아주 조금씩만 나눠 주었습니다. 우리 조리사가 만든 펀치를요."

하지만 군의관은 절대 지지 않았다.

"아무튼 푹 재우세요. 내일이나 모레면 회복할 겁니다."

"군의관님, 비밀 지켜 주실 거죠?"

"네? 비밀이요? 음주 말입니까? 맙소사, 선생님, 그거 나쁘지 않습니다. 좀 마시면 어떻습니까? 그런데 간호사, 아이한테는 비밀로 하고, 만일 내가 필요하면 서슴지 말고 불러요. 심장이 별로 안 좋습니다. 맥박에 신경을 쓰도록 해요. 간단한 주사가 필요할지 모르니, 간호사한테 맡기고 가겠습니다."

그러면서 그가 필요한 물건들을 테이블 위에 놓았다.

위층의 1호 취침실은 무거운 공기로 덮여 있었다. 아이들이 한마디 말도 없이 세면실에서 조용히 옷을 벗었다. 들리는 것이라고는 틀어 놓은 수도꼭지에서 나는 물소리뿐이었다. 씻는 것도 얼른 끝냈다. 한 명씩, 슬리퍼 소리도 조용하게, 순서대로 침대로 들어갔다. 폰 베른부르크 선생도 낮은 소리로 "잘 자요."라고만 말하고 불을 껐다.

이것이 즐거운 축제일의 마지막이었다. 침실에는 오랫동안 정적만이 이어졌다. 에델가르트의 흐느낌 소리가 들렸다. 에델가르트와 미아 곁에 있는 마누엘라의 침대가 비어 있었다. 에델가르트 뒤쪽에서 일제도 흐느꼈다.

"그만 울어. 어떻게 될까? 정말 어떻게 될까? 혼나고, 사흘 감금형이거나 아니면 소년범 조사를 받을지도 몰라. 전에도 그런 일 있었잖아."

오다가 미아한테로 갔다. 미아가 오다를 안았다.

"저어, 나한테 책임이 있어."

"너한테?"

"응. 마누엘라한테 내 팔을 보여 줬어. 그랬더니 갑자기 눈빛이 달라져서 식당으로 달려갔어. 오다, 난 걱정돼서 죽을 것 같아."

"나도 그래, 미아."

"교장 선생님이 렐라를 볼 때의 눈초리, 너 봤지? 쓰레기를 보는 눈빛이었어. 발로 밟아 버릴 기세였어."

"맞아. 마누엘라를 도울 수 없을까? 난 정말 돕고 싶어."

마르가와 일제 폰 트라이슈케는 생각이 달랐다. 마르가는 이 사건을 일으킨 장본인이 자기가 돌봐야 할 대상이기에 화가 나 있었다. 책임을 추궁당할 수 있었기 때문이다.

"마누엘라가 펀치를 얼마나 마셨는지 밝혀질까?"

마르가가 절망한 듯 말했다.

"내가 말했잖아. 기억해 봐. 그리고 내 증인이 되어 줘. 내가 말했지. 각자 한 잔씩만 마시자고. 내가 그 말을 했는지 안 했는지 어서 말해 봐."

"했어."

"나 내일 폰 케스텐 선생님한테 혼날 거야."

"무슨 소리야. 토끼가 너는 좋아하잖아. 그런데 마누엘라는 정말 걱정이다."

게르슈너 선생과 아템스 선생의 의견은 같았다.

"정말 형편없는 아이예요. 그런 아이는 내보내야 합니다. 여기 둘 수 없어요. 술을 마시다니 말도 안 돼요. 게다가 그 추태는 또 뭐예요!"

두 사람은 조롱하듯 웃었다.

"그래요."

게르슈너 선생이 말했다.

"오늘 나는요, 내가 폰 베른부르크 선생이 아닌 게 다행이라고 생각했어요. 무슨 일이나 단점은 있어요. 아이들 모두가 신처럼 숭배하는 것도 좋지만 지나쳤어요. 고삐를 쥘 필요가 있어요. 이번처럼 지나친 일이 벌어지는 건, 난 싫어요."

"그래요. 좀 덜 좋아하는 게 차라리 나아요. 무엇이든 정도껏 하는 게 좋죠. 이런 야단법석은 상스러워요."

두 사람은 복도를 따라 걸었다. 자신들에게는 그런 일이 일어나지 않으리라는 생각에 만족감을 느끼면서. 만일 그런 일이 일어난다면 그들 지위와 연금에 영향을 미칠 것이기 때문이었다. 이윽고 두 사람은 친밀한 밤 인사를 나누고 각자 침실로 들어갔다.

"아휴, 왜 그래, 그만해, 요한나, 그만 울어."

마리 아주머니가 밀크커피를 저었다. 요한나는 몸을 웅크린 채 걸상에 앉아 있었다. 울고 있는 요한나에게 아주머니가 말했다.

"무슨 큰일이 났다고 난리야! 오늘 일이 일어난 건 사소한 사랑 때문이야. 그리고 그 사소한 술 때문이지. 쯧쯧, 그 어린 애가 술에 약한 거야. 몸이 약해서 그래. 난 처음부터 그 애가 여기에 안 어울린다고 생각했어."

"그래요." 요한나가 말을 이었다. "정말 딱해요. 우리 같은 사람은 여기가 맞지 않으면 나가겠다고 인사나 하고 집으로 돌아가면 되지만 여기 들어온 학생들은 나갈 수가 없어요. 군인처럼 이곳에 붙잡힌 채 시간을 때워야 해요. 알 수가 없어요. 그 어린 마누엘라가 어째서……."

그러면서 요한나가 손수건을 집어 들었다.

마리 자매는 이게 다 쓸데없는 걱정이라고 생각했다.

"제발 그만 울어. 집으로 돌려보내겠지. 그러면 그 애도 괜찮아질 거야."

"아니에요." 요한나가 끼어들었다.

"폰 베른부르크 선생님이 없으면 그 애는 못 살아요."

"그런 말 제발 집어치워. 어서 마시고, 가서 잠이나 자."

말을 잘 듣는 요한나는 식은 커피를 마시고 자기 방으로 물러났다.

마리 아주머니는 중얼거리면서 옷방을 돌아다녔다. 마누엘라의 은빛 기사복을 들고 불빛 아래서 한참 동안 생각에 잠겨 서 있었다.

이 옷 입고 정말 예뻤었는데, 천사 같았지. 그런데 우리 같은 사람은 도와줄 힘이 있어야 말이지.

알레만 씨가 심야의 건물을 조용히 순찰했다. 교실 문을 열어 보고 손전등으로 구석구석을 비춰 보았다. 수도꼭지가 잘 잠겼는지, 지하실도 둘러보고 올라왔다. 가스가 잘 잠겼는지, 문이 잘 잠겼는지도 확인했다. 불이 켜진 데는 없는지, 먹다 남은 음식이나 음료가 남아 있지나 않은지 살폈다. 그가 지나간 뒤에는 사방이 캄캄해졌다. 불 켜진 곳은 그가 모두 껐다. 교도관처럼 열쇠 뭉치가 쩔렁댔다. 가끔 그가 걸음을 멈추고 무슨 소리가 들리지 않는지 귀를 기울였다. 덧창이 바람에 흔들리는 소린가? 커튼이 펄럭이나? 누가 아직도 안 자고 얘기를 하나? 잠꼬대를 하나? 기침 소린가? 가서 알아봐야 하나?

큰 복도에서 그가 걸음을 멈추었다. 교장 수녀의 방에서 문틈으로 불빛이 새어 나왔다. 빠른 말소리가 그의 귀에 들렸다.

"그래."

그가 웅얼거리면 계속 걸어갔다. 알레만 씨는 교장과 토끼의 말을 엿들어서는 안 된다. 알레만 씨는 피곤해서 얼른 가서 잘 생각이다. 하지만 그의 아내는 굉장히 흥분해 있었다. 오늘 일 같은 사건은 입에 올리기가 쉽지 않았다.

"아이고, 어린 것이 벌써 술을 마셔 대다니. 내 딸 같으면 혼쭐을……"

알레만 씨는 그 일에 관해 말하지 않을 작정이지만, 이건 너무 심한 사건이었다.

"당신한테 말해 두는데, 난 이곳의 유일한 남자 직원이야. 그 어린 학생이 불쌍해 보여서 속은 쓰리지만, 몇 푼 안 되는 돈을 받고 일하는 나 같은 놈이 무슨 말을 하겠어!"

처량한 손짓을 하며 말을 하는 바람에 아내는 그가 불쌍해졌다.

"내가 해독제를 봤어. 그 애가 술 때문에……"

아내가 말머리를 돌렸다.

"그래요, 술이 문제예요. 루이제가 뭘 넣었는지 몰라요. 아락술[24] 같은 걸 만든 모양인데, 백포도주에다 설탕하고 뭔가 좋지 못한 리큐어를 넣었나 봐요. 밤새 토했을 거예요. 그런데도 그 한심한 아이한테 '잘들 놀아 놓고 뭘 그래!'라고 했대요."

그러자 알레만 씨가 두툼한 손으로 탁자를 내리쳤다. 남편은 이걸로 이야기를 끝낼 생각이었다. 그런 남편을 아내는 매번 그렇듯 마지막으로 비꼬아 주었다.

---

24 쌀이나 당밀로 만드는 인도의 화주.

"저런, 또 그쪽 편을 드시네. 아무튼 뭔가 있어. 바람둥이 양반 같으니."

알레만 씨는 벌써 코를 골기 시작했다.

교장실의 문이 소리 없이 열렸다. 그림자 하나가 거기서 나와 문을 닫았다. 그곳을 잘 알기 때문에 불을 켤 필요가 없었다. 그림자는 발소리도 내지 않고 계단을 올라가서 폰 베른부르크 선생의 방을 가볍게 노크했다. 안에서는 기다리고 있었던 것 같다. 서로 한마디씩 주고받은 후에 그림자는 다시 방에서 나와서 자기 방으로 들어갔다. 문에는 '교사 폰 케스텐'이라는 명패가 붙어 있다.

"그 아이는 본보기가 되도록 혼을 내야 합니다."

교장 수녀의 지팡이가 바닥을 쳤다. 교장은 실내를 왔다 갔다 했다. 폰 베른부르크 선생은 창백한 모습으로 전등 옆의 탁자를 붙잡았다.

"페스트균 같은 아이예요. 모두를 전염시킵니다. 그런 게 유행해 봐요. 그 아이는 학교와 이 시설의 명성을 위협할 겁니다."

폰 베른부르크 선생은 꼼짝하지 않았다. "명성요?"라고 나지막이 반문했을 뿐이다.

"명성이야말로 무엇보다 중요한 것입니다."

"죄송하지만 어떻게 결론을 내셨는지요?"

"결론을 내다니요? 어떻게, 도대체 어떻게 결론을 내야 할까요!"

폰 베른부르크 선생은 기다렸다. 모범적인 자세로 윗사람 앞에 서서 판결을 기다렸다. 여기서 무슨 결론이 나든 그녀로

서는 손이 닿지 않았다.

"선생, 선생에게도 책임이 있어요. 기억하겠지만 전에도 내가 충고를 한 적이 있습니다. 그런데 자신만 생각하면서 극히 불건전한 열광을 조장해 왔습니다."

"교장 선생님……."

하지만 폰 베른부르크 선생은 곧 입을 다물었다.

"이런 소동이 일어나기 전에 미리 제지했어야 합니다. 모든 일에는 선이 있습니다. 결과가 어떤지 한번 보세요!"

그러면서 혼잣말하듯 말했다.

"지저분한 사건이야! 뭐? 결론이 어떻게 났느냐고?"

교장이 자리에 앉아 미동도 않는 젊은 선생의 얼굴을 쳐다보았다.

"일단 무엇보다도 그 아이를 선생한테서 떼어 놓아야죠. 제명. 삭제. 퇴학입니다. 알겠어요?"

"네."

대답이 마치 한숨처럼 새어 나왔다.

"한시라도 빨리 다른 아이들한테서 격리시켜야 해요. 격리, 감금해야 합니다. 다른 학생들까지 미치광이로 만들 수 없어요. 제일 좋은 방법은 그 애 아버지한테 딸을 데려가라고 편지를 보내는 겁니다. 이 유별난 사건을 왕자비님께 어떻게 설명해야 할지 걱정입니다. 정말 어려운 일입니다. 이번 사건은 어디까지나 비밀로 해야 해요. 그런데 벌써 아랫사람들까지 말을 합니다."

"직원들이요?"

폰 베른부르크 선생이 입을 열었는데, 자기도 모르게 처량한 목소리가 났다.

"물론이에요. 이건 대단히 큰 사건입니다. 모두들 떠들고 욕합니다. 자, 본론으로 돌아가서, 마누엘라는 격리시키도록 하겠습니다."

"하지만 교장 선생님 다시 한 번 생각해 주세요. 신경 쇠약 증상으로 보시면 안 될까요? 그 아이는 예민하고 섬세해요. 그 애는……."

폰 베른부르크 선생은 가느다란 두 손을 거의 합장하다시피 했다.

"말이 안 됩니다. 신경 쇠약이라니, 그게 무슨 말입니까? 내가 젊었을 때는 그런 건 없었습니다. 폰 베른부르크 선생, 여기는 군인의 딸을 교육시키는 곳입니다."

"교장 선생님, 저는 마누엘라가 걱정스럽습니다. 그 애는 약한 아이입니다. 저나 학생들한테서 완전히 격리되면 마음에 큰 상처를 받을 거예요."

"바로 그러니까 처벌이죠. 폰 베른부르크 선생, 내 말을 따르세요."

"따라야 하는 건 압니다. 하지만 교장 선생님, 부탁드려요. 그 애의 과민 상태가 서서히 진정되도록 저한테 좀 맡겨 주시면 안 될까요?"

"뭐, 서서히 진정시켜요? 과민 상태요? 도대체 선생은 현실을 알기나 합니까? 마누엘라는 비정상입니다."

교장이 폰 베른부르크 선생에게 한 걸음 다가갔다.

"세상이 그런 여자들을 어떻게 보는지 알기나 해요? 이 세상이 말입니다."

폰 베른부르크 선생은 교장의 눈길을 피하지 않았다. 입술은 꼭 다물려 있었다. 그러고는 늙은 교장을 뚫어지게 바라보았다.

"압니다."

그리고 혼잣말처럼 낮게 말했다.

"하지만 마누엘라는 절대 나쁜 아이가 아니에요. 자유롭고 독립적인 사람이 되려는 것뿐입니다. 저한테서도 떼어 놓으려고……."

"그걸 알면 됐어요. 오늘은 더 이상 이야기할 필요가 없는 것 같습니다."

이야기가 끝났다는 말을 알아듣지 못한 사람처럼 폰 베른부르크 선생은 그 자리에 서 있었다. 이윽고 선생은 교장이 침묵하며 기다리고 있음을 눈치챘다.

그러고는 계속 생각에 잠겨 천천히 문 쪽으로 걸어갔다.

"안녕히 주무십시오, 교장 선생님."

"안녕히 주무세요, 폰 베른부르크 선생."

문을 나가다 말고 폰 베른부르크 선생은 다시 불안에, 끔찍한 불안에 휩싸였다.

"교장 선생님, 만약 마누엘라가 견뎌 내지 못하고 병이라도 나면……."

"그러면 병을 이유로 집에 돌려보내면 됩니다."

그것이 결정적인 해결책이라는 듯 교장은 이제 그만 혼자 있고 싶다는 의미로 지팡이를 탁자 위에 올려놓았다.

전등이 병실을 밝히고 있었다. 연녹색 불빛이 침대와 잠든 아이를 비추었다. 바깥으로 문 하나가 나 있었다. 거기서 작은 소리가 났다.

"한니, 마누엘라는 좀 어때요?"

"네, 조금 좋아졌어요, 폰 베른부르크 선생님. 굉장히 흥분해서 심장이 안 좋았어요. 주사 한 대 놓았습니다. 아직도 많이 지쳐 있어요. 군의관님께서 절대 안정을 취하고 푹 쉬게 하라고 하셨어요."

한니 간호사가 문을 열고 폰 베른부르크 선생을 병실 안으로 들어오게 했다. 의자를 권하지만 선생은 손을 저으며 거절했다.

폰 베른부르크 선생은 마누엘라의 침대 곁에 섰다. 한니는 밖으로 나갔다. 마누엘라는 무언가 말하고 싶은 듯 입을 벌리고 있었다. 눈은 굳게 감겨 있었다. 눈가에는 검은 그늘이 졌다. 얼굴은 푹 꺼져서 어린아이의 얼굴로 보이지 않았다. 한쪽 손은 가슴에 얹고 다른 쪽 손은 어릴 적 버릇대로 머리 위쪽에 올리고 있다. 케테 부인은 언제나 그 손을 내려서 다른 쪽 손과 함께 가슴에 얹어 주었다. 하지만 폰 베른부르크 선생은 그렇게 하지 못했다. 마치 기도하듯이 두 손을 차갑고 하얀 침대 가장자리에 올려놓았을 뿐이다. 얼굴이 갑자기 변했다. 몸이 흔들렸다. 엄격한 입이 부드러워지고 약간 떨렸다. 그러고는 검은 눈동자가 반쯤 감긴 채로 아이를 바라보았다. 눈꺼풀이 내려갔다. 피곤한 듯 어깨가 처졌다.

폰 베른부르크 선생은 겨우 몸을 가누고 침대를 떠나 조용히 방을 나갔다. 밖에는 아무도 없었다. 복도는 컴컴했다. 흰 벽에 흔들리는 그림자가 있었다. 바람이 창밖에 서 있는 녹색 나뭇잎을 이리저리 흔들었다. 길은 젖어 있었다. 가로등이 희미한 불빛을 비추었다. 피곤한 발소리가 천천히 층계를 올라갔다. 두 개의 창에 불이 켜졌다.

바다가 너무나 눈부셔서 블라인드를 내렸다. 그러자 좀 시원해졌다. 환풍기가 나지막하게 윙윙거리고 주위에 서 있는 종려나무와 꽃들이 조금씩 흔들렸다. 나무에서 더운 습기가 뿜어져 나왔다. 마인하르디스 중령은 푹신한 소파에 기대고 앉아 있었다. 앉았다기보다 누워 있었다. 점심 후에 완벽하게 아무것도 안 하고 푹 쉬는 시간이다. 여자들은 자기들 방으로 들어갔다. 그는 낮잠을 자지 않는다. 게으른 생활로 살이 찌는 것을 걱정하기 때문이다. 그런 걱정을 하면서 그는 구두에 시선을 던졌다. 흰 가죽 구두로 앞부리와 테는 갈색이다. 최신 유행 스타일의 구두다. 모카커피는 식었다. 그가 손을 내밀어 담배 케이스를 집으려는 순간 조용한 발소리가 들렸다.

고개를 돌려 돌아보니 종려나무 뒤로 연한 색깔의 원피스가 살짝 보였다. 그의 얼굴에 미소가 떠올랐다. 여유 있게 담배에 불을 붙이며 그가 나지막이 불렀다.

"어서 와. 꼬마 아가씨."

그 꼬마 아가씨는 제법 어른스럽다. 그런데도 아이의 어머니는 솜씨를 부려서 열두 살인 딸에게 나이보다 어려 보이는 옷을 입혔다. 실크 원피스는 굉장히 짧고, 머리는 말괄량이 스타일로 세 살 아이처럼 빗겨 놓았다. 커다란 빨간색 머리 끈은 아이의 하얀 얼굴과 검은 눈을 더욱 두드러지게 하지만 나이에는 걸맞지 않다. 무의식적으로 어린아이 투의 애교를 피우고 있지만 그것도 아이의 실체와는 어울리지 않았다.

아이가 종려나무 뒤에서 튀어나와서 '마인하르디스 삼촌'의 목에 매달렸다. 마인하르디스는 웃으며 아이의 가느다란 팔을 풀었다.

"이런 말썽꾸러기 같으니, 뭐 하고 있어? 이 시간에 잠을 자야지 뭐 해?"

"나는요……."

주저하듯 말하며 소녀가 의자에 주저앉아 마인하르디스
의 눈을 올려다보았다. 파멜라는 어린 시절을 내내 호텔에서
지냈다. 어머니는 몸이 약해서 고향 기후랑 맞지 않았다. 결국
어머니를 따라 요양을 다니면서 여러 유모의 손에서 자랐다.
이제는 다 자랐기 때문에 어린애 취급을 하면 모욕으로 생각
하지만, 지금처럼 아기 역할을 할 때는 아주 능란하다. 마인하
르디스는 처음에 이 소녀에게 전혀 흥미를 느끼지 않았다. 너
무 어렸다. '삼촌뻘'이다. 파멜라 역시 춤을 청하면서 다른 여
자들한테 하듯이 항상 절을 하며 다가오는 직업 댄서가 더 마
음에 들었다. 마인하르디스의 애인 레이도 파멜라가 마음에
들지 않았다. 그녀의 향수도 마찬가지였다.

"오늘은 아침부터 뭐 했어?"

마인하르디스가 웃으며 말했다.

"이탈리아어 공부했어요. 그리고 시뇨리나[25]하고 산책했
어요."

"시뇨리나는 미인이야?"

"아뇨, 시뇨리나들은 다 안 예뻐요."

"그래 맞아. 동감이야. 예쁜 이탈리아 아가씨들은 다 어디
로 간 거야? 여기서 왔다 갔다 하는 아가씨들은 전부 뚱보에
다 안 예뻐."

"맞아요, 머리도 지저분해요."

파멜라가 냉정하게 덧붙였다.

---

25 '미스'라는 뜻이지만, 여기서는 보모나 가정교사를 의미한다.

잠시 침묵이 흘렀다. 파멜라가 한숨을 쉬었다.

"왜 한숨을 쉬지?"

파멜라가 정색을 했다.

"나는 말이에요."

이럴 때면 검정이나 붉은색 빛깔이 아닌, 누르스름한 그늘이 얼굴에 나타났다. 마인하르디스는 호기심이 동했다. 그는 일어나 앉아 파멜라를 쳐다보았다. 파멜라의 이런 말은 즉흥적으로 튀어나온 것이 아니다. 나름대로 어떻게 하면 재미있는 이야기를 할 수 있을까 곰곰이 생각해 보고 한 말이었다. 그런데도 말을 시작하려니 힘들었다.

저녁에 침대에 누워 바다에서 바람이 불어오면 파멜라는 일어나서 창문으로 다가가는 습관이 있었다. 아래에서 흥겨운 재즈 밴드의 연주가 들려오고, 테라스에는 연미복을 입은 신사들과 화려한 이브닝드레스를 입고 어깨를 드러낸 숙녀들이 즐거운 듯 마주 앉아 있었다. 좀 떨어진 지정석에는 언제나 레이와 마인하르디스가 마주 앉아 있었다. 가끔 두 사람은 호텔 정원의 어둠 속으로 사라졌다. 어둠 속에서 담뱃불이 반짝이기 때문에 두 사람이 걷고 있는지 서 있는지 알 수 있다. 그런 광경에 파멜라는 슬퍼져서 나이를 헤아린다. 12, 13, 14, 15. 도대체 언제 어른이 되는 거지?

파멜라가 일어나 마인하르디스한테 가서 목을 껴안았다. 마인하르디스는 무릎 위에서 날씬한 소녀의 몸을 느낀다.

"자, 귀에다 말해 주세요."

파멜라는 얼굴을 마인하르기스의 잘 빗어 넘긴 머리에 갖다 대고 담배와 비누가 섞인 향기를 들이마셨다.

"나랑 같이 저녁에 정원 산책해요."

마인하르디스가 크게 웃었다.

"넌 착한 아이야. 정말 착해. 우리 한번 달밤에 배 타고 바다로 나가는 건 어때?"

파멜라는 심각하고 진지하다. 가슴이 마구 뛰었다.

"좋아요. 나한테 잘해 주실 거죠?"

혹시 누군가 듣지 않았을까 해서 마인하르디스는 자기도 모르게 뒤를 돌아보았다. 아무도 없었다. 그가 파멜라의 어깨를 가볍게 치면서 웃으며 말한다.

"물론이지, 나는 귀여운 아가씨가 정말 좋거든. 친구도 한 명 있지. 너보다는 좀 나이가 많지만……."

그 말을 하면서 얼굴에는 아주 슬픈 표정을 지었다.

바라던 대답은 아니지만 파멜라는 실망감을 보이지 않았다.

"언제 갈까요?"라고만 물었다.

"언제든 좋아. 난 오늘 밤도 좋아."

"너는 우리 학교 최악의 학생이야."

교장이 지팡이를 쾅쾅 두들겼다. 이 무서운 할머니 앞에서 마누엘라는 몸을 떨며 교장 앞의 소형 철제 침대에 똑바로 앉아 있었다.

"네 행동은 거리의 불량배나 하는 짓이야. 소리를 지르고 법석을 떨면서 온갖 죄악을 떠벌려 네 정체를 전부 폭로했지. 부끄럽지도 않아?"

교장 수녀의 목소리는 용서 없이 날카로웠다.

"어린애라면 회초리를 맞아야 해."

마누엘라의 두 손은 이불 밑에서 떨고 있었다. 더 이상 건

디기가 힘들었다.

"그리고," 조금 안정되고 계산된 목소리가 위에서부터 내려왔다. "폰 베른부르크 선생한테 네가 한 짓은……."

렐라는 머리를 들고 교장의 화난 얼굴을 멍하니 바라보았다.

"그 선생님도 널 절대 용서할 수 없을 거야."

그 순간 무서운 전율이 마누엘라의 온몸을 흔들었다. 하지만 교장은 눈치채지 못했다.

"너 같은 아이는 교구의 심사관한테 보내서 심사를 받게 해야 해. 그러면 너도 아마 네 죄를 깨닫겠지. 이 학교에 네가 끼친 불명예를 알아야 해."

교장이 나가려고 몸을 돌렸다. 그러더니 문 앞에서 걸음을 멈추고 다시 한 번 침대 쪽에 대고 말했다.

"네가 어떤 벌을 받을지는 때가 되면 알 거야."

방문이 열렸다가 닫혔다. 지팡이가 둔탁하게 탁, 탁, 탁, 소리를 내면서 멀어져 가는 소리가 안에까지 들렸다.

갑자기 마누엘라가 비명을 지르며 베개에 쓰러졌다. 간호사 한니가 달려왔다.

"마누엘라, 마누엘라……."

하지만 마누엘라는 찢어질 듯한 소리로 울기만 했다. 우느라고 몸이 심하게 떨렸다. 낯선 손에 붙잡혀 흔들리듯이 사지와 온몸이 부들부들 떨렸다. 알아들을 수 없는 말이 쏟아졌다.

"한니, 도와줘요. 도와주세요. 내가 뭘 한 거죠? 난 선생님에게 잘못하지 않았어요. 선생님, 아, 선생님을 사랑해요. 난 선생님을 괴롭히는 짓은 하지 않았어요. 나는 선생님을……."

그러더니 일그러진 얼굴에서 소름 끼치는 웃음이 쏟아졌

다. 한니는 날뛰는 마누엘라를 진정시키려고 전력을 다했다.

"한니, 보내 줘요. 선생님한테 가야 해요. 어서 빨리, 화내시면 안 돼요. 난 잘못한 게 없어요."

마누엘라가 침대에서 두 발을 내려놓았다. 한니가 붙잡아서 다시 침대에 눕혔다. 그때 발소리가 들렸다. 한니는 나지막한 그 발소리의 주인공을 알아차렸다.

"마누엘라, 어서 진정해. 맙소사, 누가 오고 있어."

마누엘라가 갑자기 힘없이 뒤로 쓰러졌다. 문이 열리고 폰 케스텐 선생이 병실로 들어왔다.

선생은 달려왔다. 흥분했고 급했다. 왜냐하면 조금 전에 중요한 전화가 왔기 때문이다. 왕자비의 전화인데 마침 교장이 교장실에 없어서 폰 케스텐 선생이 전화를 받았다. 그래서 교장을 찾아 뛰어다니다가 복도에서 교장을 만나 다급하게 소식을 전했다. 다른 일은 빨리 뒤로 미뤄야 했다.

"한니 간호사, 방금 왕자비 전하께서 오늘 오후에 방문하신다는 전화가 왔어요. 교장 선생님께서 아이들 전원을 환영식에 참석시키라고 지시했어요."

그러고는 마누엘라를 힐끗 쳐다보았다.

"전원 참석해야 해요."

너한테는 말도 하고 싶지 않다, 라는 시선이었다. 네 행동이 얼마나 잘못됐는지 정신을 차려라!

"한니 간호사, 마누엘라도 반드시 3시에 참석해야 합니다. 알겠지요?"

"최선을 다하겠지만, 그런데……."

토끼가 손을 들어서 막았다.

"그런데라니, 그런 소리 말아요. 명령입니다."

폰 케스텐 선생은 올 때처럼 급하게 사라졌다.

폰 케스텐 선생의 가죽 장갑은 벤젠 냄새를 풍겼다. 그런데 별로 하얗지 않았다. 새 가죽의 보기 좋은 광택이나 화려함은 찾아볼 수 없었다. 주름진 저절 가죽으로 만든 물건처럼 더운 다리미로도 펴지지가 않았다. 그 장갑으로 온갖 일을 하면서 선생은 손질을 제대로 안 했다. 그런데 이번 경우엔 이 가죽 장갑과 흥분된 심리 상태가 어우러져서 서로 의지하는 형국이었다. 하얀 새 옷을 입고, 잘 걷지 못하는 불안한 발에 불편하고 딱딱한 에나멜 구두를 신은 창백한 마누엘라에게 폰 케스텐 선생의 앙상하고 말끔한 손이 교복을 입혔다.

알레만 부인은 걸레를 들고 복도를 이리저리 뛰어다니면서 손잡이와 창문의 마지막 남은 먼지를 닦았다. 알레만 씨는 주의 깊게 문을 열어 놓고 대기 중이고, 원장은 붉은 리본이 달린 엘리자베트 훈장[26]을 왼쪽 어깨에 달았다. 요한나는 피라미드 모양의 월계수 두 그루를 안으로 들여오다가 떨어뜨린, 시든 월계수 잎을 쓸고 있었다. 폰 케스텐 선생은 밖에까지 깔린 붉은 카펫을 다시 한 번 점검했다. 주름이 하나도 안 접히게 조심했다. 왕자비께서 밟고 들어오실 터였다.

2층 복도에서 나던 에나멜 구두의 타박거리는 구두 굽 소리가 멈췄다. 아이들이 완벽한 질서 가운데 물로 잘 빗어 넘긴 머리, 흰 장갑을 끼고 긴장한 얼굴로 정렬해 있었다.

"왜 이렇게 일찍부터 줄을 세우는 거야."

일제가 불평했다.

---

26   1898년부터 여성들에게 수여된 훈장.

"조용히 해." 마르가가 말했다. "시끄러워. 어제부터 웬 술주정이야! 계속 나서고 말이야!"

"내버려 둬."

에델가르트가 말했다.

"얘들아, 우리들 일요일 아침 소방서 앞의 환영단 아가씨들 같지 않니?"

일제 뒤쪽이 시끄러웠다.

미아가 쪼그리고 앉았다.

"구두가 두 치수 작아."

"아냐, 네 발이 두 치수 큰 거야."

모두 웃음을 참았다.

그러다가 폰 케스텐 선생의 목소리에 장난이 잦아들었다.

"조용히들 해. 얌전히 서 있어."

선생이 정렬한 곳으로 다시 와서 손을 앞으로 내밀었다.

"마르가, 조금 뒤로 가. 오다는 앞으로. 직선으로 줄을 맞춰. 양손은 옆으로 해. 고개를 들어. 에델가르트, 고개를 들라니까!"

그리고 종탑으로 가서 종을 쳤다. 완전한 적막이 내렸다. 작은 회색의 여성이 몸을 펴고 열을 둘러보면서 높은 목소리로 자신의 지위에 어울리는 명령을 내렸다.

"왕자비님의 도착 전에 여러분한테 할 말이 있습니다. 최근에 전례 없는 큰 사건이 있었어요. 교장 선생님께서는 그 사건의 장본인을 여러분의 눈에서 사라지게 하실 생각이지만, 오늘 왕자비님께서 본교를 방문하시게 되어 예외가 발생하게 되었습니다. 마누엘라 폰 마인하르디스가 병실에서 나와 이리로 옵니다. 교장 선생님께서는 여러분의 사리 판단을 믿고 누구도 마누엘라와 접촉하지 말도록 명을 내리셨습니다. 한 마디라도 말을 거는 경우 처벌을⋯⋯."

그 순간 아래층 복도 끝에서 마누엘라가 나타났다. 에델가르트 옆자리에 들어설 때까지 마누엘라는 절망적인 시선으로 자신을 쳐다보는 긴 대열 앞을 지나와야 했다. 마누엘라는 똑바로 앞을 바라보려고 했다. 걸음이 불안했다. 버림받은 듯한 끔찍한 감정이 전신을 휘감았다. 심장이 얼어붙는 것 같았다. 어쩐지 공동체에서 내쫓긴 기분이고, 머릿속은 왜, 무엇 때문에, 라는 생각뿐이었다. 옆에다 마누엘라를 세워 주기 위해서 에델가르트와 일제가 자리를 내주었다. 하지만 마누엘라는 이 두 사람도 자기한테서 떨어져 나간 기분이었다. 두 이웃과는 옷소매만 살짝 닿았다. 용기를 주는 악수도 없었다.

"자, 제대로들 행동해."

폰 케스텐 선생이 말하면서 마누엘라 옆의 아이들을 노려보았다.

고무바퀴를 달고 덮개를 연 마차가 호흐도르프의 울퉁불퉁한 길을 조용히 미끄러지듯 달렸다. 오래 내리던 비가 그치자 따사로운 봄 햇살이 이 고귀한 분을 교외로 외출하게 했다. 마부 곁에는 소박한 복장의 하인 한 명만 팔짱을 끼고 앉아 있지만, 마을 사람이면 누구나 양산 아래에 누가 앉아 있는지 다 알았다. 이 마차가 지나갈 때 무릎을 약간 구부리는 인사 관습, 예절, 훌륭한 법도가 있다. 길이 좀 젖어 있지만 상관없다. 걸음도 멈추지 않거나 인사도 안 하는 사람이 있지만, 그건 이 궁정 휘하의 사람이 아니거나, 아니면 그런 인사를 꺼리는 사람도 없지 않다는 징표다. 하지만 호흐도르프에서 이런 인사는 벽에 걸린 사냥 기념품이나 남자들 옷에 달린 사슴뿔 단추만큼 오랜 전통이다. 사냥을 하고 사슴한테 총 쏘는 것을 살생이라고 말한다면 선량한 왕자비는 경악하리라. 법도의 한계 안에서 왕자비는 훌륭한 어머니로, 이 노부인은 흰옷을 입은 많은 소녀들 앞에 서서 모범적인 궁중 인사를 받자 마음이 설렜다. 왕자비는 아이들을 만나는 일을 좋아했다.

"교장 선생님, 이렇게 행복한 아이들을 보게 되어 기쁩니다."

자신이 늦게 도착했기 때문에 학생들이 거의 쓰러질 지경이고, 반 시간 전부터 아이들이 기다리며 서 있었다는 사실을 왕자비는 알지 못했다. 그리고 아이들이 속으로 이번 방문에 먹을 것을 많이 가져왔기만을 기대하고 있다는 점도 알지 못했다. 이런 사실을 생각도 못 하는 왕자비가 "어때, 음식은 충분하지?"라고 물으면 아이들은 있는 힘을 다해 "네, 마마."라고 대답했다.

이제 왕자비는 교사들에게 갔다. 교사들이 한 사람씩 손에 키스를 하자, 왕자비는 한 사람 한 사람에게 다정한 말을 건넸다.

"폰 아템스 선생님, 재정은 어떤가요?"

"네, 감사합니다. 마마."

이것이 대답이었다.

"마드무아젤, 아이들은 열심히 공부하나요?"

"아주 열성적입니다, 마마."

"아이들 건강은 어떻습니까?"라고 물으면서 왕자비가 교장 수녀 쪽을 돌아보았다. 뒤를 바싹 따라오던 교장은 원하는 대답을 할 준비를 단단히 했다.

"극히 양호합니다, 마마. 극히 양호…….."

커다란 모자 아래로 보이는, 쪽진 구식 헤어스타일의 아름다운 백발 아래에서 선량한 왕자비의 눈이 아이들을 향해 빛났다.

그때 궁정의 케르니츠 백작 부인이 곁에 다가와서 커다란 모자 아래로 속삭였다.

"응, 그래." 왕자비가 고개를 끄덕였다. "케르니츠, 나 잊지 않았어. 교장 선생님, 베켄도르프의 따님은 어디 있나요?"

그 이름이 입에 오르자마자 폰 케스텐 선생이 해당 학생의 이름을 불렀다. 아넬리제 폰 베켄도르프가 앞으로 나와서 깔끔한 장갑을 낀 왕자비의 손에 키스를 했다.

"어때, 이 학교가 마음에 들어?"

대답에는 관심도 없이 왕자비가 다정하게 소녀의 얼굴을 보며 물었다.

"미인이네, 당연하지."

그러자 아넬리제가 물러났다.

다시 케르니츠 백작 부인이 다가갔다. 그런데 이번에는 도와줄 필요 없이 왕자비가 스스로 기억해 냈다.

"마인하르디스의 딸은?"

왕자비는 마누엘라의 불안한 걸음을 너무 긴장하고 부끄러워하는 탓이라 생각하고 더욱 호감을 느꼈다. 마누엘라는 앞으로 나와서 떨리는 다리로 인사했다. 무릎을 낮게 구부리는 게 너무나 힘들었다.

"그래," 왕자비가 눈을 내리뜨고 있는 마누엘라를 바라보았다. "맞아, 아버지를 꼭 닮았구나. 네 어머니도 내가 알아. 정말 신앙심 깊은 분이었지. 어머니를 본받도록 해라."

그런 다음 마누엘라는 잊어버리고, 교장의 놀란 얼굴을 둘러보며 책망하듯 말했다.

"핼쑥해요, 너무 핼쑥하네요, 교장 선생님."

"몸이 조금, 아주 조금 안 좋습니다."

교장이 말을 더듬었다.

"감염되는 것은 아니지요?"

"아닙니다. 절대로, 절대로 아닙니다."

쓰러질 듯 서 있는 마누엘라에게 관심을 기울이지 않고 왕자비는 발길을 돌렸다.

"교장 선생님, 이렇게 많은 아이들을 돌보느라 힘드시겠습니다."

"네, 정말로……."

두 사람은 복도를 지나 원장실로 사라졌다.

케르니츠 백작 부인이 적절한 조치를 취했다. 그녀는 노부인으로, 오랜 궁정 생활을 하는 사이에 백발이 되었다. 이 순간 부인은 침착하게 폰 케스텐 선생에게 명했다.

"아이들은 해산시켜도 됩니다."

폰 케스텐 선생이 명을 받았다.

"이제 해산한다. 옷 갈아입고 흰 복장은 갖다 둬. 어서 조용히들 교실로 들어가."

아이들이 명령을 따랐다.

"그리고 교사들도……."

그런 요청이 오기를 기다리지 않고 교사들은 이미 흩어졌다. 노백작 부인은 왕자비를 기다리기 위해 근처 벤치에 앉았다. 옆에는 폰 케스텐 선생이 앉았다.

"날씨가 좋아요."

백작 부인이 먼저 입을 열자, 폰 케스텐 선생이 이야기를 거들었다.

왕자비의 방문 중에 렐라의 시선은 폰 베른부르크 선생님을 찾았지만 허사였다. 모든 사람이 차갑게 느껴졌다. 선생님은 마누엘라에게 관심을 보이려 하지 않았다. 얼굴은 무표정하고, 부동자세였다. 차라리 책망하는 시선이라면 나을 것 같았다. 마누엘라는 선생님한테 가고 싶다는 생각, 희망, 갈망뿐이었다. 선생님한테 가서 만질 수만 있다면 아픈 게 다 나을 거야. 선생님은 내가 사랑한다는 사실을 아셔야 해. 정말 이해하셔야 해. 그리고 내가 선생님을 기만하는 것 같은 짓을 결단코 할 수 없음을 아셔야 해. 마누엘라는 사랑하는 사람의 굳은 얼굴에서 시선을 떼지 못했다.

아무도 마누엘라에게 말을 걸지 않았다. 아이들은 시선도 주지 않고 흩어져 버렸다. 하지만 이제 그런 것은 상관없다. 오직 선생님을 만나야겠다는 생각만으로 마누엘라는 서둘러 옆 계단으로 갔다. 선생님이 방으로 들어가시기 전에 길을 막고 만나기 위해서다.

계단 세 개를 올라가야 했다. 계단은 가파르고 무릎이 떨렸다. 한 발 한 발 옮길 때마다 계단이 꺼지는 것 같았다. 쓰러지지 않으려면 난간을 잡아야 하는데 난간마저 흔들리는 것 같았다. 현기증이 났다. 하지만 서둘러야 했다. 이대로 병실로 돌아간다면 다시는 거기서 나와 선생님을 만날 수 없을 터였다. 어서 서둘러야 했다.

머리가 아팠다. 선생님을 만나서 무슨 말을 해야 할지, 무슨 말이 하고 싶은지 생각하는 것조차 힘들었다. 목사님은 무엇보다도 용서를 빌어야 한다고 했다. 그래, 그렇게 할 거야,

얼마든지 그럴 거야. 숨이 멎는 것 같았다. 마누엘라는 복도의 돌기둥에 기댔다. 가슴이 마구 뛰었다. 그런데 이런 데서 시간을 보내면 안 돼, 서둘러야 해. 선생님의 손을 잡고, 맞아, 정말 내가 잘못한 거야. 내가 잘못한 게 맞아. 그런데 갑자기 무슨 잘못이었는지 생각이 나지 않았다. 어렸을 때 엄마는 말했어. 잘못하면 용서를 빌어야 한다고. 그때 나는 잘못한 친구한테 제일 좋아하는 인형을 주었지. 무슨 일이었는지 지금은 생각이 나지 않았다. 나중에 생각나겠지. 사소한 일이었던 것 같은데…….

발소리가 들렸다. 어둑어둑하지만 렐라는 누구인지 알았다. 불안하다. 미칠 듯 애가 타는 불안이다. 렐라가 길을 막았다. 폰 베른부르크 선생님은 그냥 지나쳐 가지 못했다. 말을 하려고 하는데 말이 나오지 않았다. 목소리가 사라졌다. 다리가 떨렸다. 넘어지면 안 돼, 지금 넘어지면 안 돼, 라고 마누엘라는 생각했다.

"무슨 일이지?"

렐라가 양팔을 벌렸다. 머리를 들고 마치 비명을 지르는 사람처럼 입을 벌렸다. 눈은 멍하니 선생님의 얼굴을 응시했다.

그 순간 폰 베른부르크 선생은 놀라서 절망적인 마누엘라를 바라보았다. 마누엘라와 절대로 사적인 이야기를 하지 않기로 한 교장과의 약속은 기억에서 멀어졌다.

"마누엘라, 할 말이 있니?"

마누엘라는 선생님의 가슴에 얼굴을 묻었다.

"네."

"자, 들어가자."

폰 베른부르크 선생이 문을 열었다. 렐라는 뒤따라 들어

가서 문을 닫고 그 앞에 섰다. 지탱할 것을 찾다가 매끄러운 하얀 문고리를 잡았다. 그러고는 서서 기다렸다.

어스름한 방 안이 불빛에 환하게 빛났다. 한 손으로 책상 위의 등을 켜고 선생님은 책상 앞에 서 있었다. 고개를 약간 숙이고 두 손으로 책상을 짚은 채였다.

마누엘라는 선생님의 뒷모습을 바라보았다. 이제 말을 해야 했다. 그런데 무슨 말을 하지? 그래, 용서를 빌어야지.

마누엘라는 조용히 떨기 시작했다. 처음에는 무릎이, 그러다가 차츰 몸 전체가 떨렸다. 두 사람 사이에 적막이 흐르고, 어두운 방은 열기로 가득했다. 마누엘라는 문에 기댄 채로 눈을 감고 떨리는 입술을 진정했다. 나지막하고 형체도 없이, 외운 것 혹은 외국어를 말하듯 위쪽을 향해 말했다. 선생님은 고개를 푹 숙인 채 두 팔로 책상을 짚고 서 있었다.

"큰 잘못을 저질러서 용서를 빌러 왔어요. 선생님, 정말 잘못했어요."

잠시 침묵이 흘렀다. 무슨 일이지? 책상 앞에, 불빛 앞에 선 어두운 그림자가 이쪽으로 돌아설까? 하지만 선생님은 돌아보지 않았다. 렐라를 도와주러 오지 않았다. 폰 베른부르크 선생은 소파로 가서 앉아, 두 손으로 머리를 감쌌다. 계속 침묵만이 흘렀다.

다시 마누엘라가 말했다. 마치 후렴을 외우는 것 같았다.

"단식하고 기도하면서 제가 저지른 큰 죄악을 속죄하겠습니다."

계속 침묵뿐, 아무 소용이 없었다. 마누엘라는 어떤 반응이라도 있길 기다렸다. 묵묵히 사소한 표현이라도 해 주길 갈구했다. 하지만 아무것도 없었다. 기다려도 소용없었다. 선생님이 못 들으셨나? 내 목소리가 너무 힘이 없었어. 어떡하지? 알 수 없다. 그때 마지막으로 한마디 말이 생각났다.

"선생님, 제발 도와주세요."

통 소리에 폰 베른부르크 선생이 정신을 차렸다. 마누엘라가 힘없이 바닥에 쓰러졌다. 머리를 차가운 바닥에 대고 쓰러졌다.

"애야, 아아, 맙소사!"

다급하고 따스하고 아름다운 말들이 쏟아져 나오지만 마누엘라에게는 아무 소리도 들리지 않았다. 눈을 감은 채 죽은 사람처럼 창백한 얼굴로 사지를 늘어뜨린 상태로 누워 있다. 폰 베른부르크 선생은 마누엘라의 머리를 안고 가슴에 귀를 대고 맥박을 짚어 보았다. 의식이 없었다. 선생은 마누엘라를 안아서 소파에 눕혔다. 찬물로 이마를 적시자 마누엘라가 눈을 떴다. 조금 안정을 찾은 것 같았다. 무슨 일이 있었는지 마누엘라는 알지 못했다. 가까이에서 자신의 얼굴을 내려다보는 선생님의 걱정스러운 표정만 보였다. 자신을 심각하게 바라보는 진한 갈색의 눈을 보았을 뿐이다. 두 손이 선생님의 차가운 손에 꼭 쥐여 있었다. 옷은 끌러져 있었다. 호흡이 편했다. 무언가 무서운 꿈을 꾼 것 같지만 지금은 괜찮았다. 이제 편안하게 누워 안긴 채로 선생님을 느끼며 선생님의 두 팔에 기댔다. 선생님의 시선이 나를, 나의 내면을, 나의 눈을 향하고 있다. 너무도 행복해서 영원히 이랬으면 좋겠다. 폰 베른부르크 선생은 아이의 두 손을 모아서 가슴 위에 얹어 주었다. 그리고 일어났다. 이야기를 해야 하는데 가까이에서 마주 보면 곤란했다. 해야 할 말을 하려면 공간을, 거리를 만들어야 했다.

"마누엘라, 이제 기운을 차려. 이해해야 해, 이해를 해야만 해."

무슨 말이지, 라고 마누엘라는 생각했다. 기운을 내라니? 난 기운이 하나도 없는데. 무슨 말이지? 그냥 누워 있을 수밖에 없는데. 무시무시한 명령이 아니고서는 일어날 수가 없다.

"마누엘라, 우리 두 사람은 헤어져야 해."

너무 피곤한 탓인지 무슨 말인지 알아들을 수 없었다. 하지만 마누엘라는 노력했다. 무슨 말이지? '우리'가 '헤어져야' 한다니? 서서히 단어 하나하나가 눈앞에 펼쳐졌다. '헤어진다'라는 단어와 '우리'라는 단어가. '우리'라는 말, 얼마나 아름다운 단어인가. 처음으로 선생님하고 나, 우리 두 사람이 한 단어로 합쳐졌다. 그래요, '우리'예요. 그런데 이제 합쳐졌는데 '헤어지다'니, 그건 무슨 말이죠?

"얘야, 내 말 알아듣겠니?"

아뇨, 알아듣고 싶지 않아요.

"이제부터 마누엘라는 다른 아이들과 함께 지낼 수 없어. 격리실에서 혼자 지내야 해. 밥도 공동 식당에서 함께 먹을 수 없어. 공부 시간에만 아이들하고 함께 있을 수 있어."

마누엘라는 이해하지 못했다. 하지만 갑자기 어떤 생각이 떠올라서 불안에 휩싸였다. 의지와 상관없이 불안이 고조되었다.

"그러면 잘 때는……."

"잠도 취침실에서 함께 잘 수 없어."

"산책 때도 혼자서……."

"다른 아이들이나 나하고 함께 산책할 수 없어."

마누엘라가 똑바로 일어나 앉았다.

"종교 시간에는……."

"내가 아니고 목사님이 수업을 할 거야."

마치 방으로 잘못 들어와 벽에다 머리를 부딪치게 된 새처럼 마누엘라의 생각은 오락가락했다.

"선생님 저는……."

"그래, 넌 이제 나를 만날 수 없어."

마누엘라는 일어났다. 무슨 일이지? 뜨거운 돌덩이 같은 무언가가 갑자기 가슴에 쿵 떨어졌다.

"다시 못 만나요?"

그건 끝이다. 나에겐 이 세상에 선생님 하나뿐이다. 나는 고향도 없고, 가족도 없고, 삶도 없다.

"안 돼요."라는 말이 튀어나왔다.

"안 돼요."

누군가가 손가락을 밀어낼 때까지 물에 빠지지 않으려고 구명보트에 필사적으로 매달린 사람처럼 거칠고 고집스럽고 확실하게 "안 돼요." 소리가 나왔다.

"지시를 따라야만 해."

저만치 떨어진 선생님의 목소리는 낯설고 엄했다. 마누엘라는 이 갑작스러운 엄격함이 선생님 자신에 대한 맹세임을 알지 못했다. 불안의 끝은 항상 너무나 갑작스럽게 온다. 사잇길은 없고, 지름길로 갈 만한 힘밖에 없다. 그리고 서둘러야 한다.

"지시를 따라야 해. 하라는 대로 해야 해. 너는 치료를 받아야 해."

"치료요? 무슨 치료요?"

한 마디 한 마디가 무겁게, 또렷하게, 쓸쓸하게 가슴에 스며들었다. 한 마디 한 마디가 그랬다.

"나를 그렇게 사랑하면 안 돼, 마누엘라. 그건 안 좋아. 누구나 그런 감정과 싸워야 해. 극복해야 해. 이겨 내야 해."

마누엘라가 작은 소리로 중얼거렸다.

"싸워 이기다니, 무슨 말이죠?"

마누엘라의 시선은 선생님을 향했다. '누구나'라고 했는데 선생님도 그런가요? 선생님도 그러신가요? 마누엘라는 달려가 쓰러져서 선생님의 무릎에 머리를 묻었다. 그러면서 미친 듯이 빠르게, 정신없이, 마치 열에 들뜬 사람처럼 울부짖었다.

"선생님, 사랑하는 선생님, 전 싫어요. 그런 말 하지 마세요. 선생님은 알고 계세요. 그러면 전 살지 못해요. 그건 죽으라는 거예요." 그러면서 차분히 말했다. "한마디만 해 주세요. 작은 소리로요. '너를 버리지 않을 거야.'라고. 그러면 진정할게요. 무엇이든 다 하고, 무엇이든 참아 내고, 복종하고, 착해질게요."

마누엘라는 응답을 기다렸다. 하지만 아무 응답도 없었다. 두 손은 부드러워졌지만 이제 풀려나서 무릎에, 자신의 무릎에 놓여 있었다. 선생님은 뒤로 물러났다. 한 걸음. 이제 끝내야 했다.

"마누엘라, 일어나."

아이는 일어났지만 갑자기 이제 더 이상 아이가 아니었다. 말할 수 없이 평온해졌다. 앞에 서 있는 선생님보다도 더 평온했다.

"네, 저 갈게요." 미묘한 미소를 지으며 마누엘라가 선생님의 얼굴을 바라보았다. "폰 베른부르크 선생님, 저 가요."

손에 키스하려는 몸짓도 없었다. 마치 아무것도 느끼지 못하는 사람 같았다.

"안녕히 계세요, 폰 베른부르크 선생님."

그러고는 꿈꾸듯 문으로 가서 문을 열고 나갔다.

폰 베른부르크 선생은 일그러진 얼굴로 문 쪽으로 향했다. 하지만 문 앞에서 멈췄다. 두 손으로 머리를 움켜쥐었다.

"안 돼."라고 큰 소리로 말하고 다시 한 번 "안 돼."라고 말했다.

마누엘라는 그 소리를 듣지 못했다. 마치 꿈을 꾸는 것 같았다. 멍하니, 아무것도 보지도, 느끼지도 못한 채 점점 위로 올라갔다. 더 위로. 한 계단 한 계단, 하얀 계단을 올라갔다. 눈은 반쯤 감고 있었다. 아래를 내려다보면 안 돼. 그러면 어지러워. 그러면 안 돼.

"하늘에 계신 우리 아버지. 이것이 끝인가. 이것이 시작인가. 아버지의 이름이 거룩히 빛나시며……."

에델가르트가 발끝으로 살금살금 복도에서 한 발, 두 발 계단에 올랐다.

"에델가르트!" 날카로운 목소리에 에델가르트가 놀라서 뒤로 물러났다. "어딜 가는 거지?"

폰 케스텐 선생님의 말을 못 들은 척 에델가르트는 우뚝 서서 계단을 절망적으로 바라보았다.

"어서 내려와. 위에서 뭘 하는 거야."

복종이 몸에 밴 에델가르트가 천천히 폰 케스텐 선생 쪽으로 몸을 돌렸다. 머리를 숙인 채 선생님 앞으로 와서 섰다.

"에델가르트, 뭘 하고 있는 거야?"

에델가르트가 정신을 가다듬고 창백한 입술로 "폰 케스텐 선생님, 마누엘라를 찾고 있어요."라고 말했다.

"내 말을 안 듣는구나, 에델가르트. 전에 없이 웬 못된 짓이야!"

에델가르트가 얼굴을 들고 폰 케스텐 선생을 쳐다보았다.

그러고는 "마누엘라는 나쁜 학생이 아니에요, 선생님."이라고 폰 케스텐 선생의 불안한 눈을 바라보며 용기를 내서, 거의 자부심 가득한 얼굴로 말했다.

폰 케스텐 선생은 대답할 말을 찾았다. 그런데 그럴 새도 없이 아래에서 나지막하게 부르는 소리가 들렸다.

"마누엘라, 마누엘라"

폰 케스텐 선생이 난간 아래를 내려다보았다.

"거기 조용히 해. 모두들 정신 나간 거야?"

아이들이 무서운 흥분에 휩싸였다. 소동은 더욱 심해졌다. 불안, 알 수 없는 불안에 휩싸인 아이들이 아래층 복도를 뛰어가며 불렀다.

"마누엘라!"

아이들은 문마다 열어 보며 불렀다.

"마누엘라!"

취침실에서도, 텅 빈 교실에서도 나지막하게 불러 보았다.

"마누엘라……."

"따라와."

폰 케스텐 선생이 에델가르트에게 말하고 서둘러 아래로 내려갔다.

하지만 아이들은 이미 계단을 오르고 있었다. 폰 케스텐 선생을 벽으로 밀치며 위로 위로 계속 올라갔다.

아이들은 폰 베른부르크 선생의 방문 앞에서 멈춰 섰다.

노크를 해도 대답이 없었다.

문이 잠겨 있었다. 아무도 없었다.

마지막으로 용기를 내서 오다가 문을 마구 두드렸다.

"마누엘라!"

하지만 마누엘라는 거기에 없었다. 마누엘라는 아무것도 들으려 하지 않았다. 아무것도 들리지 않았다. 맨 위층 층계참의 창가에 서 있었다. 저 멀리 나무우듬지와 지붕들이 보였다. 높고 좁은 박공 창문이다. 벽의 돌림띠가 거의 무릎까지 왔다. 한 손으로 덧창을 열고 다른 손으로는 단단히 잡고 있었다.

키가 큰 나무 사이로 미풍이 불었다. 해가 지고 있었다. 거리는 조용했다. 무의식적으로 입술이 움직였다.

내가 항상 어리석어
주님의 능력 알지 못해도
어두운 밤에도 끝까지
나를 인도하소서.

마누엘라가 두 팔을 벌렸다.

이제 내 손을 잡으시어
내 갈 길을 인도하소서.
나의 마지막 길
영원히 인도하소서.

"마누엘라, 마누엘라, 마누엘라!"

"웃방에 가 봤어?"

"응."

"정원엔?"

"가 봤어."

"다 찾아봤어?"

"혹시 폰 베른부르크 선생님이……."

갑자기 미친 듯이 종이 울렸다.

"어머, 뭐지?"

"아래층이야."

"왜 계속 울리지? 누가 저렇게 종을 치지? 왜들 모두 계단 아래로 달려가지?"

알레만 씨는 제복의 단추를 바르게 채우지도 못한 채 부들부들 떨면서 문으로 갔다. 혼자서는 무서워서 문을 열 수가 없었다. 누군가 도와줘야 했다. 지금은 폰 베른부르크 선생이 곁에 있었다.

마누엘라는 싸늘한 돌층계에 누워 있었다. 알레만 씨는 팔을 벌려 폰 베른부르크 선생의 뒤를 따라 밀려오는 학생들을 막았다.

폰 베른부르크 선생이 무릎을 꿇었다. 마누엘라의 머리를 가만히 안았다. 손은 마누엘라의 심장 위에 놓여 있었고, 심장은 이미 멈춰 있었다.

학교 전체가 얼어붙었다. 입을 여는 사람은 아무도 없었다. 누구 하나 곁으로 다가가지 않았다.

폰 베른부르크 선생과 마누엘라, 두 사람만이 함께 있었다.

제복의 소녀, 제복의 처녀, 소녀 마누엘라

이 작품의 원서 제목은 『소녀 마누엘라(Das Mädchen Manuela)』이다. 그러나 번역서의 제목을 『제복의 소녀』라고 한 까닭은 로미 슈나이더 주연의 유명 영화 「제복의 처녀」의 명성 때문이다. 이 소설은 특이하게도 맨 처음에 연극으로, 그 뒤에 흑백 영화로 공개되었고, 훗날 소설로 쓰였다. 로미 슈나이더 주연의 컬러 영화는 작가가 세상을 떠나고 십 년 이상이나 지난 뒤에 만들어졌다. 이 소설의 작가 크리스타 빈슬로(Christa Winsloe)는 국내에서 '윈스뢰'로 표기될 만큼 관련 정보가 없었다. 최근 페미니즘과 관련하여 영화 「제복의 처녀」가 최초의 레즈비언 영화로 지칭되면서 작가 빈슬로와 소설도 주목을 받고 있다.

크리스타 빈슬로

크리스타 빈슬로는 다름슈타트에서 1888년 12월 23일, 장교의 딸로 태어났다. 어머니가 세상을 떠나자 포츠담에 있는 황후 아우구스타 기숙 학교로 보내져 교육을 받았다. 귀족의 딸들을 교육하는 이 학교는 규율과 전통을 강조했다. 졸업 후 빈슬로는 다름슈타트에서 조각가로 활동하다가 1913년에 헝가리의 대지주이자 작가, 예술 후원가인 루드비히 하트바니 남작과 결혼했다.

1차 세계 대전이 일어나자 하트바니 부부는 빈으로 피신했고, 1922년부터 별거에 들어갔다. 1924년 이혼 후에는 뮌헨에 정착, 에리카 만,[27] 테레세 기세[28] 등의 예술인과 교류했다. SPD(사민당)에 가입했고, 레즈비언으로서의 성적 정체성을 감추지 않았다. 이후 베를린에 화실을 열고 조각가로 활동하는 한편 글쓰기를 시작했다. 마흔을 바라보는 나이였다.

작가로서 첫 성공을 안겨 준 작품은 희곡으로 쓴 「기사(騎士) 네르스탕」으로, 1930년에 라이프치히에서 공연되었는데 폭발적인 관심을 모았다. 이 연극은 다음 해에 약간의 수정을 거쳐 「어제와 오늘」이라는 제목으로 베를린에서 공연되었다. 라이프치히 공연보다 레즈비언 색채가 더 강하게 연출되었다고 한다. 이 연극이 다시 성공을 거두자 같은 해에 영화가 만들어지는데, 그 영화가 첫 번째 「제복의 처녀」(1931)이다. 빈

---

27 Erika Mann. 작가 토마스 만의 장녀로 배우이자 작가로 「제복의 처녀」(1931)에서 교사 아템스 역을 맡았다.

28 Therese Giehse. 브레히트의 작품을 통해서 인정받은 대배우로 「제복의 처녀」(1958)에서 기숙 학교 교장 역을 연기했다.

슬로는 영화 제작의 속도를 따라가면서 희곡을 시나리오로 바꿨다고 한다. 「제복의 처녀」는 최초의 레즈비언 영화라고 불리는데, 정확히 말하면 그 타이틀은 1958년의 컬러 영화가 아니라 1931년의 이 영화에 해당하는 말이다.

1932년에 빈슬로는 전부터 가까웠던 미국 출신의 유럽 특파원 도러시 톰슨과 빈에서 동거에 들어간다. 독일에 팽배한 나치즘을 강한 어조로 비판하던 톰슨은 1933년에 히틀러가 총통이 되자 추방당한다. 이 일로 톰슨을 따라 미국으로 이주, 이후 약 십 년에 걸친 방랑 생활이 시작된다. 그러는 동안 두 번째 소설 『삶의 시작』이 완성과 동시에 영역되어 1935년에 영국에서, 다음 해에는 『젊은 여자 혼자』라는 제목으로 미국에서 출간되었다. 독일에서는 출판 불가였다. 자신의 언어로 창작하고 활동할 수 없는 상황은 작가에게 지옥이었다. 반려자인 톰슨이 정치 활동에 전념할수록 빈슬로는 미국에서 점점 고립되었다. 독일인 망명자들을 돕는 활동에 적극 참여했지만, 유대인이 중심인 활동 속에서 빈슬로는 유대인도 아닌 데다가 성 소수자였기 때문에 외톨이로 남았다. 시나리오를 몇 편 쓰고 할리우드에 발을 붙여 보려 했지만 결국 톰슨과 결별하고 유럽으로 돌아오게 된다.

이탈리아, 헝가리, 스위스 등지를 전전하면서 독일어로 쓴 세 번째 소설 『여행객』은 1938년에 암스테르담에서 출간되었다. 그해 여름 빈슬로는 팝스트[29] 감독이 기획한 「방황하

---

29 게오르크 빌헬름 팝스트(Georg Wilhelm Pabst): 오스트리아 출신의 영화감독
    이자 시나리오 작가, 배우로 「판도라의 상자」(1929), 「기쁨 없는 골목」(1925),
    「서푼짜리 오페라」(1931) 등을 만들었다.

는 소녀」의 시나리오를 쓰기 위해 파리로 간다. 일 년 동안 영화 작업에 몰두, 1939년 8월에 영화가 개봉되지만 개봉 사흘 후 2차 세계 대전이 발발한다. 영화는 팝스트의 명성에 비하면 그리 대단한 성공을 거두지는 못한다. 2차 세계 대전의 불길이 점점 사나워지자, 빈슬로는 프랑스에 정착하기로 한다. 생활은 곤궁해졌다. 남프랑스의 카뉴쉬르메르에 정착한 빈슬로는 그곳에서 스위스 출신의 피아니스트 시몬 장테를 만난다. 열 살 연하의 시몬은 빈슬로의 반려자가 되어 빈슬로의 글을 프랑스어로 번역하지만, 전쟁의 막바지에 신작을 출판하기란 불가능했다. 이런 안타까운 상황에서 빈슬로는 독일에 남지 않은 선택을 후회했다고 한다. 작가에게 있어 모국어와 출판 기회는 그만큼 소중한 것이었다.

연합군이 노르망디에 상륙하기 일 년 전인 1944년 3월, 오십 대 중반의 빈슬로는 시몬과 함께 부르고뉴의 클뤼니로 이주했고, 처음으로 독일 여행 비자를 받았다. 전쟁이 끝나면 독일로 돌아갈 계획이었다. 하지만 두 사람은 6월 10일 클뤼니의 숲에서 총에 맞아 사망한다. 스파이로 오인받아 일어난 사고였다. 총을 쏜 다섯 명의 프랑스 가축 상인들은 레지스탕스 단원임을 주장했고, 1948년에 무죄 석방되었다.

성 정체성, 여성의 자아 찾기라는 주제는 두 차례 걸친 세계 대전 중에 관심을 받지 못했다. 그러기에는 현실이 너무나 폭력적이었다. 독일을 떠나 네덜란드에서 소설 『제복의 소녀』를 발표한 1938년부터 프랑스 숲에서 세상을 떠난 1944년까지 빈슬로는 잊힌 작가였다.

두 편의 영화

● 흑백 영화 「제복의 처녀」(1931)

1931년의 영화 「제복의 처녀」는 베를린에서 공연된 「어제와 오늘」의 배역을 그대로 따르고 있는데, 연극의 흥행에 힘입어 저예산으로 급속히 제작되었다. 감독은 레온틴 사강과 카를 프뢸리히였고, 마누엘라 역은 연극에서와 마찬가지로 헤르다 틸레가 맡았다. 촬영 장소는 포츠담에 위치한 고아원과 베를린에 있는 프뢸리히의 스튜디오였다. 마를레네 디트리히의 「푸른 천사」가 개봉된 지 일 년, 유성 영화가 만들어지기 시작한 지 이 년밖에 안 된 상황이었다. 이 영화는 1932년 베니스 영화제에서 기술상을, 1934년에는 일본에서 최고의 외국 영화상을 받았으며, 현재 (불완전한 상태로) 유튜브에서 감상이 가능하다. 하지만 나치 치하의 독일에서 비도덕적이라는 이유로 상영이 금지되었고, 세계 대전 중에 원본은 거의 소실되었다. 미국에서도 검열의 대상이 되어 1978년에야 제한적으로 상영되었다. 지금 남아 있는 것은 1994년에 미국에서, 2000년에 영국에서 상영된 작품으로 상당 부분이 사라진 상태다.

● 컬러 영화 「제복의 처녀」(1958)

1958년의 「제복의 처녀」는 게자 폰 라드바니[30] 감독 작품으로 1931년 영화를 컬러로 리메이크한 것이다.(그 전에 1951

---

30   Géza von Radványi. 헝가리 출신의 감독이자 배우로 「제복의 처녀」 외에는 국내에 별로 알려진 바가 없다.

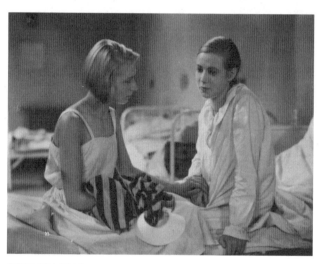

「제복의 처녀」(1931)

년에 멕시코에서 리메이크된 「제복의 처녀」가 있지만 널리 알려지지 않았다.) 「제복의 처녀」가 소설로 발표된 지 이미 이십사 년이나 흘렀지만 이 영화에서도 마누엘라의 어린 시절, 즉 기숙 학교 입학 전의 이야기는 그려지지 않았다. 프로이센의 몰락이나 소녀의 성장 스토리보다 두 여성의 위험한 사랑 이야기가 역시 대중의 관심 대상이었음을 말해 준다. 이번 영화의 꽃은 마누엘라 역의 로미 슈나이더와 폰 베른부르크 교사 역의 릴리 팔머로, 두 여성 간의 이른바 '굿 나이트' 키스는 영화 포스터를 장식할 정도였다. 1950~1960년대의 세계적인 영화 붐에서 이 영화는 독일뿐 아니라 미국, 일본에서까지 큰 호응을 얻었고 1959년에 국내에서도 개봉되었다. 현재 유튜브에서 레즈비언 영화 혹은 퀴어 영화로 소개되고 있다.

영화의 첫 장면에서 프로이센 장교의 딸 마누엘라는 얼마 전에 세상을 떠난 어머니의 묘지를 방문한 뒤 마차를 타고 수녀원에서 운영하는 기숙 학교에 입학한다. 아버지는 등장하지 않는다. 기숙 학교의 환경이나 학생들의 의상은 1931년 영화보다 훨씬 세련되어 요즘 보아도 어색하지 않다. 이번 영화에서는 폰 베른부르크 교사의 애정이 소설에서보다 적극적으로 표현되며, 동성 간의 사랑에 초점이 맞추어져 있다. 폰 베른부르크 선생은 다른 아이들에겐 이마에 굿 나이트 키스를 하면서도 마누엘라에게만은 입맞춤을 하고, 옷 선물 역시 특별한 애정을 표시하면서 주는 것으로 묘사된다.

「제복의 처녀」(1958)

소설 『제복의 소녀』(1933)

연극과 영화가 제작된 뒤 일 년이 채 안 되는 짧은 기간에 완성된 이 소설은 네덜란드에서 출간되었고, 같은 해에 영역본이 미국과 영국에서 출간되었다. 독일에서의 출간은 1951년에야 이루어졌다.

소설에서는 전체 여섯 개의 장(章) 중 후반 두 개의 장, 즉 5장에 와서야 마누엘라가 기숙 학교에 입학하는데, 분량으로 보면 기숙 학교 이야기는 전체 이야기의 반 정도를 차지한다. 이미 발표된 연극이나 영화를 배제하고 본다면 이 소설은 일종의 성장 소설로 볼 수 있다. 일인칭 소설은 아니지만 마누엘라의 시점인 경우가 많아서 마누엘라를 중심으로 스토리가 전개된다. 폰 베른부르크와 마누엘라의 관계에서는 마누엘라가 사춘기 소녀의 뜨거운 열정으로 사랑에 빠지고, 반면 폰 베른부르크 선생은 그것을 계속 제어하는 역할을 맡는다.

이 소설의 시대적 배경은 프로이센이 무너지고 바이마르 공화국(1919~1933)이 들어서는, 제국에서 공화국으로 정치 체제가 바뀌는 전환기다. 구사회의 몰락은 소설 전반부에서 프로이센 기병대 중령인 마누엘라의 아버지가 중심을 이루는 가정의 붕괴를 통해 그려진다. 마누엘라의 아버지는 보불 전쟁의 주역이지만, 선명하지 않은 이유로 국경 지대로 전출되었다가 결국 군복을 벗게 된다. 병약한 아내와 아들 하나를 저세상으로 보낸 그는 백수가 되어 딸을 기숙 학교로 보내고 이탈리아 해변에서 여성들과 어울린다. 주변에는 빚에 쫓겨 일자리를 찾아 아메리카로 이주하는 하급 장교도 있다. 구질서의 마지막 버팀목인 기숙 학교의 교장 수녀는 마음에 들지 않는 일이 있을 때마다 지팡이로 바닥을 두드리지만, 그녀의 권위는 이미 흔들리고 있다.

그런데 봉건적인 구질서에 대한 작가의 시선은 비판적인 동시에 향수(鄕愁)를 담고 있다. 희생적인 마누엘라의 어머니나 남자 친구 프리츠의 어머니에 대한 마누엘라의 애착과 기숙 학교 설립자인 왕자비가 보여 주는 품격과 아름다움이 그것이다. 1970년대 독일어권의 전투적인 페미니즘 문학 열풍에서 빈슬로의 소설이 주목받지 못했던 까닭은 이런 소극적이고 감상적인 시각과 관련이 있는 것으로 보인다. 하지만 그런 센티멘털리즘은 한편으로 「제복의 처녀」의 대중적 인기의 원동력이기도 하다.

'다른' 여성, 마누엘라와 폰 베른부르크

19세기 말에서 20세기로 넘어오는 전환기는 여성의 불평등한 지위에 대한 자각과 낭만적 사랑에 대한 회의, 성적 해방에 대한 여성들의 외침이 표출되기 시작한 시대였다. 여성에게도 학습권이 주어졌지만 어느 나라든 초기 여성 교육의 목표는 현모양처, 남성의 훌륭한 조력자를 육성하는 것이었다. 궁정에서 설립한 마누엘라의 기숙 학교도 장차 장교의 아내가 될 사람들을 양성하는 학교였다.

학생들은 마찰 없이 체제에 순응하기도 하지만(모범생 마르가) 대부분은 이중적인 생활을 하고 있다.(특히 일제와 에델가르트) 사춘기의 소녀들은 금지된 책을 숨어서 읽고, 외출을 위해 장신구를 감춰 두는가 하면, 옷장 안쪽에 요란한 엽서와 사진을 붙여 놓고 즐긴다.

기숙 학교에 입학한 첫날 마누엘라는 폰 베른부르크 선생에 대한 학생들의 유별난 사랑에 관해 듣게 된다. 그리고 물려받을 교복을 고르던 중 이상한 이니셜이 적힌 교표를 발견하고, 그 주인이 폰 베른부르크 선생을 '사랑'했던 학생이라는 말도 듣는다. 학교에서의 첫날 밤, 아이들을 한 명씩 포옹해 주며 침대로 다가온 폰 베른부르크 선생이 키스를 하자 마누엘라는 "눈물이 흐르고 입술이 떨려서 말이 나오지 않는다." 이후 폰 베른부르크 선생은 마누엘라에게 신앙, 기적, 유일한 사랑이 된다. "저는 여자가 싫어요. 남자가 되어서 폰 베른부르크 선생님을 위해서 살고 싶어요."라는 고백과 함께 마누엘라의 학교 생활은 달라진다.

이후 모든 것이 의미를 갖게 되었다. 모든 행동은 폰 베른부르크 선생님, 그분을 향한 충실한 봉사였다. 모든 것, 그 어떤 것도 모두 선생님과 연결되어 있었다. 그리고 하루가 종소리에 따라 움직이는 것이 아니라 그분의 목소리에 따라 움직였다. 선생님의 목소리가 언제나 상냥한 것은 아니었다. 때로는 엄격하고 명령조였다. 하지만 마누엘라는 그 목소리가 언제나 옳다는 사실을 잘 알았다. 기상, 옷 입기, 기도, 수업, 외출, 대기, 식사, 취침. 선생님은 언제나 함께였고, 모든 것은 선생님을 위한 일이었다.

— 179쪽

폰 베른부르크 선생 역시 다른 교사들과는 다른 타입이었다. "재산 있고 아름다워서 얼마든지 좋은 결혼을 할 수 있는" 폰 베른부르크 선생은 "약혼자가 키스를 하려 하자 상대의 가습을 밀치면서 결혼과 아이를 거부하고, 소녀들의 교육에 헌신하겠다는 각오로" 기숙 학교로 왔다는 소문이 자자하다. 남자라고는 나이 든 수위 한 사람밖에 없는 기숙 학교에서 학생들은 팔에다 선생의 이름 이니셜을 새길 정도로 열광한다. 흥미로운 점은 전통적으로 이상화된, 수동적인 여성과는 거리가 있는 폰 베른부르크 선생의 모습이다.

선생은 살짝 옆으로 바닥을 내려다보고 있었다. 눈은 반쯤 감은 것 같았다. 아름답게 휘어진 짙은 눈썹은 약간 위로 올라가 있었다. 개성 있게 커 보이는 입은 지금 약간 오만한 인상을 풍겼다. 조금 구부러진 귀족적인 코도 자부심 가득해 보였다. 아래위 턱은 꼭 다물렸는데, 마른 얼굴의 예민한 피부 아래로 저작 근육이 드러나 보였다. 이마는 좁고 높았다. 관자놀이는 파여 있고, 귀는 단단히 붙어 있었다. 턱은 부드럽지 않았다. 그 얼굴에는 확고부동한 뭔가가 있었다. 검은 머리에는 가르마가 또렷했다. 땋아 올린 머리는 목 아래까지 내려와 기품 있는 머리 모양과 잘 어울렸다. 목은 가늘었다. 목을 받치고 있는 단단한 근육은 자리를 잘 잡은 높은 옷깃 안으로 사라져서 보이지 않았다. 어깨는 넓고, 손은 잘생겼다. 길고 가늘고 약간 앙상한데, 장신구는 보이지 않았다.

— 166쪽

모든 아이들에게 보내는 굿 나이트 키스지만, 마누엘라는 폰 베른부르크 선생의 키스에 전율을 느낀다. 그리고 속셔츠를 선물받자 선생과의 관계를 특별하고 개인적인 관계로 생각한다.

교육자와 피교육자 그리고 에로스

파이데라스티아라고 불리는 교육자와 피교육자 간의 에로스는 고대 그리스에서는 자연스럽고 바람직한 것으로까지 여겨졌다.[31] 이것은 연상의 에라스테스(Erastes, 사랑하는 자, 멘토)가 에로메노스(Eromenos, 사랑받는 자, 멘티)를 사랑하는 것으로 귀족 계층의 남성들, 엘리트 사회에서 허용되었다. 이 개인적인 교육은 피교육자의 사춘기와 더불어 시작되어 15~16세에 절정에 달했다가 그가 성인이 되는 18세 정도에 끝나는 것이 일반적이었다.[32] 국가에 필요한 인재도 이런 교육 방식을 통해 양성되었다. 에로메노스와의 에로스는 진리와 신을 향한 천상의 에로스이고, 아내와의 관계는 지상의 에로스이기 때문에 두 개의 에로스는 어려움 없이 양립할 수 있었다. 여성들 사이에서 이와 비슷한 관계는 사포의 이야기가 전설처럼 전해진다.

20세기에 오면 이른바 여자다운 여자, 남자다운 남자의 신화는 파괴되고, 새로운 관념이 등장한다. 전통적인 성 관념이 균열하던 당대 상황에서, 마누엘라는 연극에서 남자 역을 맡아 자유로움을 만끽한다.

---

31 박광자, 「파이데라스티아(소년애)와 헤세의 소설」, 《헤세 연구》 16집, 2006. 12, 23~42쪽 참조. 『데미안』에서 데미안−싱클레어, 『나르치스와 골드문트』에서 나르치스−골드문트의 관계 역시 같은 맥락으로 이해될 수 있다.

32 두 사람은 서로의 관계를 공표하고 일정 기간 함께 기거하기도 하는데, 이때 소년의 아름다움 외에 재능과 용맹성을 중시했다. 육체적 접촉은 엄격하게 제한되었다.

머리는 풀리고, 기사의 은빛 의상은 몸에 꼭 맞아 어깨를 눌렀다. 치마를 안 입으니 어른 같았다. 걸음걸이도 달라져 있었다. 한쪽 발을 다른 쪽 발 앞에 놓는 것까지 갑자기 큰 의미를 띠었다. 책임감이었다. 그래도 이렇게 자유로우니 정말 좋았다. 한쪽 발을 의자에 올려놓고 구두끈을 묶을 때도 치마가 아니라서 정말 편했다. 다리를 마음껏 움직여도 괜찮았다. 발을 다른 데다 사용할 수도 있었다. 렐라는 벗은 구두를 발로 구석에 밀어 버렸다.

— 231쪽

폰 베른부르크/마누엘라의 관계는 교사/학생 관계이지만 중심은 피교육자인 마누엘라에게 있다. 그리고 동성 간의 애정을 통해서 피교육자의 교육이 이루어지지도 않는다. 오히려 학생 마누엘라를 통해서 폰 베른부르크 교사의 변화가 이루어진다. 폰 베른부르크 선생은 "군인 집안의 딸로 평생토록 감정 표현에 소심하고 감정의 발산을 경멸하는" 여성으로, 파혼을 하고 평생 독신으로, 교사로 살기로 결심을 한 이후 애정이나 행복을 모르는 사람이었다. 마누엘라에게 특별한 관심을 갖지만 그녀는 자제와 단념으로 일관한다.

은총처럼, 마치 한 번도 받아 본 적 없는 알 수 없는 행복처럼 선생은 이 아이의 사랑을 느꼈다. 그것은 다른 아이들의 강한 애착이나 우상화와는 다른, 훨씬 더 순수한 감정이었다. 마누엘라의 태도와 순박한 말에는 사랑이 넘쳤다. '내가 엘리자베트 폰 베른부르크가 아니라면, 그리고 이 아이를 통해 행복을 느끼면서 온 마음을 다해 끝없이 사랑해도 자책할 필요가 없다면 얼마나 좋을까.'

— 183쪽

마누엘라가 학교에서 감금형을 받고 거의 자살을 암시하는데도 폰 베른부르크 선생은 상황을 "이해해야" 한다고 말한다. "우리 두 사람은 헤어져야" 하고, 마누엘라는 "치료를 받아야 한다."라고 말한다.

그러나 마누엘라의 죽음을 통해서 폰 베른부르크 선생은 물론이고 주변에 몰려 선 학생들은 일종의 각성을 하게 된다. 그런 의미에서 마누엘라의 죽음이 아니라, 멀어져 가는 교장의 뒷모습으로 끝맺음을 한 영화의 엔딩 장면은 의미가 있다.

맺음말

마누엘라의 조금은 일탈된 모습에 교장은 폰 베른부르크 선생에게 소리친다. "세상이 그런 여자들을 어떻게 보는지 알기나 해요? 이 세상이 말입니다." 이에 대해 폰 베른부르크 선생은 "하지만 마누엘라는 절대로 나쁜 아이가 아니에요. 자유롭고, 독립적인 사람이 되려는 것뿐입니다."라고 대답한다. 그러나 그녀의 혼잣말은 교장의 질책에 묻혀 버리고 만다.

20세기 초반, 현실의 질곡 속에서 목숨을 잃은 마누엘라의 짧은 생은 달라지기 시작한 여성의 삶, 성 정체성, 여성 연대의 모습을 보여 준다. 어쩌면 작가 빈슬로는 연극과 영화가 마누엘라/폰 베른부르크 선생 간의 동성애 장면에 지나치게 집중한 데 불만을 느끼고 소설 장르에 도전하여 소설 『제복의 소녀』를 집필했는지도 모른다. 그럼에도 불구하고 소설 출간 후 이십오 년이 지나서 다시 만들어진 영화는 청순함(로미 슈나이더)과 우아함(릴리 팔머)이라는 전통적인 여성성을 여전히 부각시켰다. 예술의 산물이 생산자(작가)에게서 독립하여 독자적으로 해석된 모습을 보여 준 또 하나의 예라고 할 수 있다.

옮긴이 박광자	충남대학교 독문학과 명예 교수며 한국헤세학회 회장을 역임했다. 저서로 『독일 영화 20』, 『괴테의 소설』, 『헤르만 헤세의 소설』, 『독일 여성 작가 연구』가 있으며, 옮긴 책으로는 『산책』, 『프라하로 여행하는 모차르트』, 『그랜드 호텔』, 『얽힘 설킴』, 『벽』, 『페터 슐레밀의 기이한 이야기』, 『싯다르타』, 『시와 진실』, 『마리 앙투아네트 베르사유의 장미』 등이 있다.

제복의 소녀

1판 1쇄 찍음 2020년 8월 7일
1판 1쇄 펴냄 2020년 8월 14일

지은이 크리스타 빈슬로
옮긴이 박광자
발행인 박근섭, 박상준
펴낸곳 (주)민음사

출판등록 1966. 5. 19. 제16-490호
서울시 강남구 도산대로 1길 62(신사동)
강남출판문화센터 5층 06027
대표전화 02-515-2000 팩시밀리 02-515-2007
www.minumsa.com

ISBN 978 89 374 2969 9 04800
ISBN 978 89 374 2900 2 (세트)